BESTSELLER

Mary Higgins Clark nació en Nueva York y cursó estudios en la Universidad de Fordham. Está considerada una de las más destacadas autoras del género de intriga, y sus obras alcanzan invariablemente los primeros puestos en las listas de best sellers internacionales. Los últimos libros publicados en castellano son *Mentiras de sangre*, *Sé que volverás*, *Los años perdidos*, *Temor a la verdad*, *Asesinato en directo*, *El asesinato de Cenicienta*, *Fraude al descubierto*, *Legado mortal*, *Negro como el mar*, *Vestida de blanco* y *Cuando despiertes*.

Para más información, visita la página web de la autora: www.maryhigginsclark.com

Alafair Burke nació en Florida en 1969. Después de graduarse con honores en la Stanford Law School de California, trabajó en la fiscalía del estado en Oregón. Actualmente, vive en Nueva York y combina su actividad como catedrática de derecho en la Universidad Hofstra con la de escritora de novelas policíacas. Junto a Mary Higgins Clark ha escrito *El asesinato de Cenicienta*, *Vestida de blanco* y *Cuando despiertes*.

Para más información, visita la página web de la autora: www.alafairburke.com

Biblioteca

MARY HIGGINS CLARK
y ALAFAIR BURKE

Cuando despiertes

Traducción de
Eduardo Iriarte

DEBOLS!LLO

Papel certificado por el Forest Stewardship Council®

Título original: *The Sleeping Beauty Killer*

Primera edición: noviembre de 2018

© 2016, Nora Durkin Entreprises, Inc.
Todos los derechos reservados.
Publicado mediante acuerdo con el editor original Simon & Schuster, Inc.
© 2018, Penguin Random House Grupo Editorial, S. A. U.
Travessera de Gràcia, 47-49. 08021 Barcelona
© 2018, Eduardo Iriarte, por la traducción

Printed in Spain – Impreso en España

ISBN: 978-84-663-4478-4 (vol. 184/49)
Depósito legal: B-18.557-2018

Impreso en Novoprint
Sant Andreu de la Barca (Barcelona)

P 3 4 4 7 8 4

Penguin
Random House
Grupo Editorial

A Agnes Partel Newton,
con cariño,
Mary

A Chris Mascal y Carrie Blank,
por otros 20 + 20 años de amistad,
Alafair

AGRADECIMIENTOS

Una vez más, ha sido un placer escribir a cuatro manos con mi colega novelista Alafair Burke. Dos mentes con un solo crimen por resolver.

Marysue Rucci, editora jefe de Simon & Schuster, vuelve a ser nuestra mentora en este viaje. Mil gracias por tu apoyo y tus sabios consejos.

En casa, mi equipo sigue firmemente afianzado. Son mi extraordinario esposo, John Conheeney, mis hijos y mi asistente y mano derecha, Nadine Petry, que insuflan alegría a este asunto de ponerse a escribir.

Y vosotros, mis queridos lectores. Vuelvo a teneros en mis pensamientos mientras escribo. Cuando escojáis leer este libro, quiero que tengáis la sensación de aprovechar bien el tiempo.

Saludos y bendiciones,

MARY

Aunque todos los hombres matan lo que aman,
que todo el mundo lo oiga,
unos lo hacen con una mirada amarga,
otros con una lisonjera palabra,
el cobarde lo hace con un beso,
el hombre valiente con una espada.

OSCAR WILDE,
La balada de la cárcel de Reading

PRÓLOGO

—Póngase en pie la acusada.

A Casey le temblaron las rodillas cuando se levantó de la silla. Adoptó una postura perfecta —los hombros erguidos, la mirada al frente—, pero notó los pies inestables bajo su cuerpo.

«La acusada.» Desde hacía tres semanas, todo el mundo en la sala del tribunal se refería a ella como «la acusada». No Casey. No su nombre de pila, Katherine Carter. Y menos aún señora de Hunter Raleigh III, el nombre que habría adoptado a estas alturas si todo hubiera sido distinto.

En esta sala, se la había tratado como un término legal, no una persona, una persona que había querido a Hunter más intensamente de lo que hubiera creído nunca posible.

Cuando el juez la miró desde el estrado, Casey se sintió de pronto más pequeña del metro setenta y tres que medía. Era una niña aterrada en una pesadilla, levantando la mirada hacia un hechicero todopoderoso.

Las siguientes palabras del juez le provocaron un escalofrío que le recorrió todo el cuerpo.

—Señora presidenta del jurado, ¿han llegado a un veredicto unánime?

Una voz de mujer respondió:

—Sí, señoría.

Por fin había llegado el gran momento. Hacía tres semanas, doce vecinos del condado de Fairfield habían sido escogidos para decidir si Casey saldría libre o pasaría el resto de su vida en la cárcel. De un modo u otro, nunca gozaría del futuro que había imaginado. Nunca se casaría con Hunter. Hunter ya no estaba. Casey aún veía la sangre cuando cerraba los ojos por la noche.

La abogada de Casey, Janice Marwood, le había aconsejado que no intentase interpretar las expresiones faciales de los miembros del jurado, pero Casey no pudo evitarlo. Miró de soslayo a la presidenta, que era baja y regordeta, con un rostro dulce y amable. Tenía el aspecto de alguien al lado de quien se sentaría la madre de Casey en los picnics de la iglesia. Casey recordaba haber oído comentar a alguien que la mujer tenía dos hijas y un hijo. Había sido abuela hacía poco.

Seguro que una madre y abuela vería a Casey como un ser humano, no una simple «acusada».

Casey escudriñó la cara de la presidenta en busca de algún indicio de esperanza, pero no vio nada más que una expresión neutra.

El juez volvió a hablar.

—Señora presidenta, ¿quiere hacer el favor de leer el veredicto para que quede constancia?

La pausa que siguió se le hizo una eternidad. Casey alargó el cuello para mirar al público sentado en la sala. Directamente detrás de la mesa de la fiscalía estaban el padre y el hermano de Hunter. Hacía poco menos de un año, ella aún iba a formar parte de su familia. Ahora la fusilaban con la mirada igual que a un enemigo declarado.

Desvió la vista rápidamente hacia «su» zona de la sala, donde se fijó de inmediato en un par de ojos, de color azul intenso como los suyos y casi igual de asustados. Su prima Angela estaba allí, claro. Angela la había apoyado desde el primer día.

Agarrada de la mano de Angela estaba la madre de Casey, Paula. Tenía la piel pálida y pesaba cinco kilos menos que cuando su hija había sido detenida. Casey esperaba que alguien cogiese la otra mano de su madre, pero la siguiente persona en el banco era un desconocido con libreta y bolígrafo; otro periodista más. ¿Dónde estaba el padre de Casey? Sus ojos escudriñaron furiosamente la sala en busca de su rostro, con la esperanza de haberlo pasado por alto de algún modo.

No, no le había fallado la vista. Su padre no estaba. ¿Cómo podía no estar, precisamente hoy?

«Me lo advirtió», pensó Casey. «Acepta el acuerdo —había dicho su padre—. Tendrás tiempo para otra vida. Yo aún podré llevarte al altar y conocer a mis nietos.» Quería que los niños lo llamaran El Jefe, *The Boss*.

En cuanto se dio cuenta de que su padre no estaba en la sala del tribunal, Casey creyó saber exactamente lo que estaba a punto de ocurrirle. El jurado iba a condenarla. Nadie creía que fuera inocente, ni siquiera papá.

La mujer con el semblante amable y el veredicto por fin tomó la palabra.

—Del primer cargo, la acusación de homicidio, el jurado declara a la acusada... —La presidenta tosió en ese preciso instante, y Casey oyó un gemido procedente de la galería—. Inocente.

Casey ocultó la cara entre las manos. Se había acabado. Ocho meses después de despedirse de Hunter, por fin podía empezar a imaginar el futuro. Podría ir a casa. No tendría la vida que había planeado con Hunter, pero dormiría en su propia cama, se ducharía sola y comería lo que quisiera comer. Sería libre. Mañana daría comienzo un nuevo futuro. Quizá se compraría un cachorro, algo de lo que pudiera cuidar, que la quisiera incluso después de todo lo que se había dicho de ella. Luego, tal vez el año siguiente, volvería a la universidad a terminar su doctorado. Se enjugó las lágrimas de alivio.

Pero entonces recordó que aún no había terminado.

La presidenta carraspeó y siguió adelante.

—Del cargo alternativo de homicidio involuntario, el jurado declara a la acusada culpable.

Por un instante, Casey creyó que había oído mal. Pero cuando se volvió hacia la tribuna del jurado, la expresión de la presidenta ya no era impenetrable, ya no era dulce. Se había sumado a la familia Raleigh para mirar a Casey con aire de censura. Casey la Loca, tal como la había llamado la prensa.

Casey oyó un sollozo a su espalda y se volvió para ver a su madre santiguarse. Angela había posado las dos manos sobre ella en un gesto de absoluta consternación.

«Por lo menos una persona me cree —pensó Casey—. Por lo menos Angela cree que soy inocente. Pero voy a ir a la cárcel de todos modos, para mucho tiempo, tal como prometió el fiscal. Mi vida se ha acabado.»

1

Quince años después

Casey Carter se adelantó al oír el clic, y luego oyó el estrepitoso chasquido metálico tan conocido detrás de ella. Dicho chasquido era el sonido de las puertas de su celda. Las había oído cerrarse todas las mañanas cuando salía a desayunar, todas las noches después de cenar, y por lo general dos veces más entre medio. Cuatro veces al día durante quince años. Aproximadamente 21.900 chasquidos, sin contar los años bisiestos.

Pero este sonido en particular era distinto de todos los demás. Hoy, en lugar de su atuendo carcelario naranja, llevaba los pantalones negros y la camisa nueva de algodón blanco que su madre había llevado la víspera al despacho del alcaide, ambos una talla demasiado grandes. Hoy, cuando saliera, sus libros y fotografías la acompañarían.

Sería la última ocasión, Dios mediante, que oiría ese agobiante eco metálico. Después de esta vez, se había acabado. Sin libertad condicional. Sin restricciones. Una vez saliera de este edificio, sería libre por completo.

El edificio en cuestión era la Institución Correccional de York. Cuando llegó aquí, se compadeció de sí misma todas las mañanas y todas las noches. La prensa la llamaba Casey la

Loca, aunque Casey la Maldita habría sido más preciso. Con el tiempo, no obstante, se había acostumbrado a sentir agradecimiento por los pequeños detalles. El pollo frito de los miércoles. Una compañera de celda con una voz preciosa y predilección por las canciones de Joni Mitchell. Libros nuevos en la biblioteca. Con el paso de los años, Casey se había ganado el privilegio de dar clases de sensibilización al arte a un grupito de compañeras presas.

York no era un lugar en el que Casey se hubiera imaginado nunca, pero había sido su hogar durante década y media.

Mientras recorría los pasillos embaldosados —un guardia delante de ella, otro detrás— sus compañeras la jaleaban. «Venga, Casey.» «No te olvides de nosotras.» «¡Demuéstrales de qué eres capaz!» Oyó silbidos y aplausos. No echaría de menos la cárcel, pero recordaría a muchísimas de esas mujeres y las lecciones que le habían enseñado.

Estaba emocionada por salir, pero no había tenido tanto miedo desde el día de su llegada. Había pasado 21.900 chasquidos contando los días que le quedaban. Ahora por fin se había ganado la libertad, y estaba aterrada.

Le sobrevino una intensa sensación de alivio al ver que su madre y su prima la esperaban a la salida. Ahora su madre tenía el pelo entrecano, y era por lo menos un par de centímetros más baja que cuando Casey empezó a cumplir condena. Pero cuando la rodeó con los brazos, Casey volvió a sentirse como una niña pequeña.

Su prima Angela estaba tan preciosa como siempre. Le dio a Casey un fuerte abrazo. Casey procuró no pensar en la ausencia de su padre, ni en el hecho de que la cárcel no le había permitido asistir a su funeral hacía tres años.

—Muchísimas gracias por venir desde la ciudad —le dijo Casey a Angela. La mayoría de los amigos de Casey le retiraron la palabra una vez fue detenida. Los pocos que fingieron ser neutrales durante el juicio desaparecieron de su vida una vez fue condenada. El único apoyo que había recibido Casey del otro lado de los muros de la cárcel había sido el de su madre y Angela.

—No me lo habría perdido por nada del mundo —dijo Angela—. Aunque te debo una disculpa: esta mañana estaba tan entusiasmada que he salido de la ciudad sin la ropa que me pidió tu madre que trajera. Pero no te preocupes. Podemos pasar por el centro comercial de camino a casa para comprar algunas cosillas básicas.

—Eres única buscando excusas para ir de compras —bromeó Casey. Angela, que había sido modelo, era ahora directora de marketing de una compañía de ropa deportiva femenina llamada Ladyform.

Una vez en el coche, Casey le preguntó a Angela hasta qué punto conocía a la familia Pierce, los fundadores de Ladyform.

—He conocido a los padres, y su hija, Charlotte, que lleva la sucursal de Nueva York, es una de mis amigas más íntimas. ¿Por qué lo preguntas?

—El episodio del mes pasado de *Bajo sospecha* iba sobre la desaparición de Amanda Pierce, la hermana pequeña de tu mejor amiga. Es un programa que reinvestiga casos abiertos. Igual Charlotte podría ayudarme a conseguir una entrevista. Quiero que averigüen quién mató a Hunter en realidad.

La madre de Casey dejó escapar un suspiro hastiado.

—¿No puedes disfrutar de un solo día tranquilo antes de empezar con todo eso?

—Con el debido respeto, mamá, creo que quince años es tiempo suficiente esperando la verdad.

2

Esa noche, Paula Carter estaba sentada en la cama, recostada contra el cabecero, con un iPad mini en el regazo. Las voces amortiguadas de Casey y Angela en la sala de estar, con las risas enlatadas de la televisión de fondo, le resultaban reconfortantes. Había leído varios libros acerca de la transición de «reentrada» de los presos que volvían al mundo exterior. Teniendo en cuenta la persona tan libre de convencionalismos que había sido Casey cuando era más joven, Paula había temido en un primer momento que su hija intentara retomar de inmediato una vida ajetreada en Nueva York. En cambio, había averiguado que, las más de las veces, la gente en la situación de Casey tenía dificultades para comprender hasta qué punto eran libres.

Paula se había recluido en su habitación para darle a Casey la oportunidad de moverse por la casa sin tener a su madre rondando. A Paula le dolía pensar que un desplazamiento del dormitorio a la sala de estar, con pleno uso del mando a distancia de la tele, era lo más independiente que había sido su hija en quince años, tan inteligente, decidida y llena de talento.

Le agradecía mucho a Angela que se hubiera tomado el día libre para ir a recibir a Casey a la salida de la cárcel. Las dos chicas eran primas, pero Paula y su hermana, Robin, habían criado a sus hijas como si fueran hermanas. El padre de

Angela nunca había estado presente, de modo que Frank había sido una figura paterna para Angela. Luego, cuando esta tenía solo quince años, Robin también desapareció, así que Paula y Frank acabaron de criarla.

Angela y Casey estaban unidas como hermanas, pero no podían ser más distintas. Eran las dos preciosas y tenían los mismos ojos de color azul intenso, pero Angela era rubia y Casey morena. Angela tenía la estatura y la silueta de la modelo de tanto éxito que había sido a los veintitantos; la figura de Casey siempre había sido más atlética, y durante la universidad había jugado al tenis a nivel de competición en Tufts. Mientras que Angela se saltó la universidad para centrarse en su carrera de modelo y una ajetreada vida social en Nueva York, Casey se había tomado los estudios en serio y se había dedicado a múltiples causas políticas. Angela era republicana, Casey demócrata. La lista era interminable, y aun así, las dos seguían siendo uña y carne.

Ahora Paula volvió a fijar la vista en las noticias que había estado leyendo en el iPad. Solo diez horas después de abandonar su celda, Casey volvía a aparecer en los titulares. ¿Le llevaría tanta atención a recluirse en su habitación y no salir nunca más? O peor aún, ¿la animaría a buscar directamente la atención pública? Paula siempre había admirado la determinación de su hija a luchar —a menudo estruendosamente— por aquello en lo que creía. Pero si por Paula fuera, Casey se cambiaría de nombre, emprendería una vida nueva y no volvería a hablar nunca de Hunter Raleigh.

Qué peso se había quitado Paula de encima cuando Angela se puso de su parte contra la idea de Casey de contactar con los productores de *Bajo sospecha*. Casey había dejado el tema cuando llegaron al centro comercial, pero Paula conocía a su hija. La conversación no había terminado allí.

Oyó otra ráfaga de risas enlatadas de la televisión. De momento Casey y Angela estaban viendo una *sit-com*, pero bastaría un clic para que se toparan con las noticias. Paula estaba sorprendida de que la noticia se hubiera filtrado tan pronto, y se preguntó si los periodistas revisaban todos los días los nombres de los presos que eran excarcelados. O igual uno de los guardias de la cárcel había hecho una llamada. O quizá la familia Hunter había emitido un comunicado de prensa. Dios sabía que estaban convencidos de que Casey tendría que haber ido a la cárcel para el resto de su vida.

O quizá simplemente alguien había reconocido a Casey en el centro comercial. Paula lamentó una vez más haber delegado en Angela la tarea de ayudar a su prima a comprar un nuevo vestuario. Sabía lo ocupada que estaba su sobrina.

Paula había hecho un gran esfuerzo por que Casey tuviera en casa todo lo que necesitara: revistas en la mesilla de noche, toallas y un albornoz nuevo, un botiquín provisto de los mejores productos de spa... El objetivo de tanta preparación era mantenerla alejada de la atención pública, pero en cambio habían acabado yendo al centro comercial.

Volvió a mirar la pantalla del iPad. ¡CASEY LA LOCA SALE A DERROCHAR! No había fotografías, pero la supuesta periodista sabía a qué centro comercial había ido Casey y en qué tiendas había entrado. El denigrante artículo concluía: «Por lo visto, la comida de la cárcel no le ha pasado factura a la silueta de la Bella Durmiente. Según nuestra fuente, Casey está delgada y en forma gracias a las muchas horas haciendo ejercicio en el patio de la cárcel. ¿Lucirá la cazafortunas sus nuevos modelitos para buscar un novio nuevo? El tiempo lo dirá».

La bloguera se llamaba Mindy Sampson. Hacía tiempo que Paula no veía ese nombre impreso, pero volvía a las andadas. La razón por la que Casey estaba en una forma física excelente era que siempre había sido un culo inquieto, constantemente de aquí para allá entre el trabajo, las colaboraciones como voluntaria, los grupos políticos y las exposiciones de arte. En la cárcel, no tenía más entretenimiento que el ejercicio y obsesionarse con encontrar a alguien que la ayudara a limpiar su nombre. Pero una gacetillera como Mindy Sampson hacía parecer que había estado preparándose para la alfombra roja.

Tanto si quería como si no, Paula tenía que poner a su hija sobre aviso. Al enfilar el pasillo, ya no se oían las risas enlatadas. Cuando dobló la esquina, Casey y Angela tenían la mirada fija en la pantalla de la televisión. La cara de la presentadora de las noticias por cable rezumaba indignación santurrona. «Hemos tenido noticias de que Casey Carter ha sido puesta en libertad hoy y ha ido directa a un centro comercial. Así es, amigos, Casey la Loca, Casey la Asesina, la llamada Bella Durmiente Asesina vuelve a estar entre nosotros, y en lo primero que ha pensado es en un armario lleno de ropa nueva.»

Casey apagó la televisión.

—¿Ves ahora por qué estoy tan desesperada por lo de *Bajo Sospecha*? Por favor, Angela, he escrito a abogados defensores y consultorios jurídicos de todo el país, y nadie está dispuesto a ayudarme. Ese programa de televisión podría ser mi mejor oportunidad, mi única oportunidad. Y tu amiga Charlotte tiene acceso directo a los productores. Por favor, solo necesito una cita.

—Casey —la interrumpió Paula—, ya hemos hablado de esto. Es una idea terrible.

—Lo siento, pero tengo que darle la razón a tu madre —convino Angela—. Detesto decirlo, pero hay quien cree que te fuiste de rositas.

Paula y Frank quedaron destrozados cuando su única hija fue condenada por homicidio involuntario, pero los medios informaron del veredicto como una derrota de la fiscalía, que describió a Casey como una asesina despiadada.

—Ya me gustaría ver a uno de esos pasar una semana en una celda —protestó Casey—. Quince años son una eternidad.

Paula posó una mano en el hombro de su hija.

—Los Raleigh son una familia poderosa. El padre de Hunter podría mover hilos con los productores. Ese programa podría mostrarte bajo una luz muy negativa.

—¿Una luz negativa? —rezongó Casey—. Yo diría que eso ya está pasando, mamá. ¿Crees que no he visto cómo me miraba la gente cuando hemos ido hoy de compras? No puedo ni entrar en una tienda sin sentirme como un animal del zoo. ¿Qué clase de vida es esta? Angela, ¿me harás el favor de llamar a tu amiga o no?

Paula notó que Angela empezaba a ceder. Las dos habían estado siempre muy unidas, y Casey se mostraba más persuasiva que nunca. Paula miró a su sobrina con ojos suplicantes. «Por favor —pensó—, no le dejes cometer este error.»

Sintió un gran alivio cuando Angela respondió con el mayor tacto posible:

—¿Por qué no esperas unos días, a ver cómo te sientes?

Casey negó con la cabeza, claramente decepcionada, pero luego cogió en silencio el mando a distancia y apagó la televisión.

—Estoy cansada —dijo de repente—. Me voy a la cama.

Paula concilió el sueño esa noche rezando por que los medios pasaran a hablar de alguna otra cosa para que Casey pudiera empezar a adaptarse a una nueva vida. Cuando despertó por la mañana, cayó en la cuenta de que debería haber sabido que su hija nunca esperaba a tener la aprobación de nadie para hacer aquello que consideraba importante.

La habitación de Casey estaba vacía. Había una nota encima de la mesa del comedor. «He ido en tren a la ciudad. Volveré a casa esta noche.»

Paula supuso que Casey debía de haber caminado los ochocientos metros hasta la estación de tren. No tuvo que plantearse por qué se había marchado mientras ella seguía dormida. Iba a ver a la productora de *Bajo sospecha*, costara lo que costase.

3

Laurie Moran sonrió con amabilidad al camarero y rehusó que le rellenaran la taza de café. Miró de reojo el reloj de pulsera. Dos horas. Llevaba sentada a esa mesa del 21 Club dos horas enteras. Era uno de sus restaurantes preferidos, pero tenía que volver al trabajo.

—Mmmm, este suflé es una absoluta delicia. ¿Seguro que no quieres un poco?

Su acompañante en la que estaba resultando ser una comida penosamente larga era una mujer llamada Lydia Harper. A decir de algunos, era una valiente viuda de Houston que había criado a dos chicos sola desde que un desconocido perturbado había asesinado al padre de estos, un estimado profesor de la facultad de Medicina de Baylor, después de una disputa por un incidente de tráfico. Según otros, era una manipuladora que había contratado a un sicario para que matase a su esposo porque la aterraba que se divorciara de ella y pidiera la custodia de sus hijos.

El caso era perfecto para el programa de Laurie, *Bajo sospecha*, una serie de «especiales informativos» sobre crímenes reales centrada en casos abiertos. Hacía dos semanas que Lydia había aceptado participar en una nueva investigación del asesinato de su marido, pero aún no había firmado los documentos. Después de decirle a Laurie una y otra vez que «tenía que ir sin falta a la oficina de correos», le había soltado dos días antes que quería reunirse con ella —en Nueva York, con un billete de avión en primera clase y dos noches en el Ritz-Carlton— antes de firmar sobre la línea de puntos.

Laurie había supuesto que Lydia quería disfrutar de un viaje de cinco estrellas a costa del programa, y estaba dispuesta a complacerla si era lo que hacía falta para que firmase el acuerdo de participación. Pero cada vez que Laurie había intentado abordar el asunto durante la comida, Lydia había cambiado de tema para hablar del espectáculo de Broadway que había visto la víspera, las compras que había hecho en Barneys esa mañana o lo excelente que estaba el picadillo de pavo clásico del 21 que había pedido del menú del almuerzo.

Laurie oyó que su móvil volvía a vibrar en el bolsillo exterior de su bolso de mano.

—¿Por qué no contestas? —sugirió Lydia—. Lo entiendo. Trabajo y más trabajo. No se acaba nunca.

Laurie había desatendido varias llamadas y mensajes, pero temía no contestar a esta, que podía ser de su jefe.

Notó un vuelco en el estómago en cuanto vio la pantalla del móvil. Cuatro llamadas perdidas: dos de su asistente, Grace Garcia, y dos de su ayudante de producción, Jerry Klein. También vio una serie de mensajes de textos de ambos.

«Brett te está buscando. ¿Cuándo vas a llegar?»

«Ay, Dios mío. Casey la Loca ha venido para hablar de su caso. Dice que conoce a Charlotte Pierce. Seguro que quieres hablar con ella. ¡Llámame!»

«¿Dónde estás? ¿Sigues almorzando?»

«CL sigue aquí. Y Brett sigue buscándote.»

«¿Qué le decimos a Brett? Llama ya mismo. A Brett le va a explotar la cabeza si no vuelves enseguida.»

Y luego un último mensaje de Grace, recién enviado: «Si vuelve a entrar en tu despacho otra vez, tendremos que pedir una ambulancia en la planta 16. ¿Qué parte de "no está" no entiende?».

Laurie puso los ojos en blanco, imaginándose a Brett de aquí para allá por los pasillos. Su jefe era un brillante productor de renombre, pero también era impaciente y petulante. El año anterior había corrido entre los empleados del estudio una imagen hecha con Photoshop de su cara pegada al cuerpo de un bebé en pañales con un sonajero en la mano. Laurie siempre había sospechado que había sido cosa de Jerry, pero estaba segura de que habría borrado sus huellas electrónicas para no ser descubierto.

Lo cierto era que Laurie había estado eludiendo a Brett. Hacía un mes desde la emisión de su último especial, y sabía que ya estaba ansioso por que empezara la producción del siguiente.

Dios sabía que tenía que estar agradecida. No hacía mucho, Laurie había pasado horas sin dormir preguntándose si aún tenía una carrera. Primero, había dejado de trabajar un tiempo después de que su marido, Greg, fuera asesinado. Luego, cuando se reincorporó, tenía un historial cuando menos lleno de altibajos. Cada vez que un programa fracasaba, oía a ambiciosos y jóvenes ayudantes de producción —todos ansiosos por ocupar su puesto— comentar en voz alta si estaba «de bajón» o había «perdido el toque».

Bajo sospecha había cambiado todo eso. Laurie había empezado a darle vueltas a la idea antes de que muriera Greg. A la gente le encantaban los misterios, y contar las historias desde el punto de vista de los sospechosos era una perspectiva novedosa sobre los casos abiertos. Pero después de que Greg fuera asesinado, dejó de lado la idea durante años. En retrospectiva, se daba cuenta de que no quería quedar como una viuda obsesionada con el asesinato sin resolver de su propio marido. Pero, como se suele decir, la necesidad es la madre de la ciencia. Con su carrera en juego, por fin presentó la que sabía que era su mejor idea. Habían hecho tres especiales de éxito, cada uno de ellos con mejores índices de audiencia y tendencias virales que el anterior. Pero, como también se suele decir, el buen trabajo se recompensa con más trabajo.

Hacía un mes, Laurie estaba convencida de que iba adelantada con respecto a la agenda de trabajo. Tenía lo que a su modo de ver era un caso perfecto. Unos alumnos del consultorio jurídico penal de la facultad de Derecho de Brooklyn se habían puesto en contacto con ella para hablarle de una joven condenada por el asesinato de su compañera de cuarto en la universidad hacía tres años. Tenían pruebas de que uno de los testigos clave de la fiscalía había mentido. Aquello no encajaba con el modelo típico de su programa, que revisaba casos sin resolver desde la perspectiva de personas que habían pasado años bajo una nube de sospecha. Pero la posibilidad de liberar a una mujer que había sido injustamente condenada despertó en Laurie el ansia de hacer justicia que la había llevado a estudiar periodismo.

Luchó con uñas y dientes para conseguir que Brett aprobara la idea, y le vendió el concepto de las condenas injustas como candente tendencia narrativa. Entonces, tres días después de que Brett diera luz verde con entusiasmo, la fiscalía anunció en una rueda de prensa conjunta con los estudiantes de Derecho que estaba tan convencida con las nuevas pruebas que había accedido a la libertad de la acusada y a reabrir el caso. Se había hecho justicia, pero el programa de Laurie se había ido al garete antes de empezar.

Así pues, Laurie había pasado a su segunda opción: el asesinato del doctor Conrad Harper, a cuya viuda tenía ahora delante, a punto de acabarse el postre.

—Lo siento muchísimo, Lydia, pero me ha surgido un asunto urgente en la oficina. Tengo que volver, pero dijiste que querías hablar conmigo en persona sobre el programa.

Lydia sorprendió a Laurie al dejar la cucharilla y pedir la cuenta.

—Laurie, quería que nos viéramos —dijo—. Me pareció que era lo más adecuado. Después de todo, no voy a participar.

—¿Qué...?

Lydia levantó la palma de la mano.

—He hablado con dos abogados distintos. Ambos dicen que tengo mucho que perder. Prefiero aguantar a los vecinos mirándome con cara de pocos amigos que meterme en un lío legal.

—Ya hemos hablado de eso, Lydia. Esta es tu oportunidad de averiguar quién mató a Conrad en realidad. Sé que tienes fundadas sospechas de un antiguo alumno.

Un alumno al que su marido había suspendido el semestre anterior había estado acosándolo.

—Y, por supuesto, si quieres investigarlo, adelante. Pero yo no me someteré a ninguna entrevista.

Laurie abrió la boca para hablar, pero Lydia la interrumpió de inmediato.

—Por favor, ya sé que tienes que volver al trabajo. No vas a convencerme de que cambie de parecer. Mi decisión es definitiva. Lo que ocurre es que pensé que tenía que darte la noticia en persona.

En ese preciso instante llegó el camarero con la cuenta, que Lydia se apresuró a entregar a Laurie.

—Me alegro mucho de haber tenido ocasión de conocerte, Laurie. Te deseo lo mejor.

La periodista notó que un escalofrío le recorría la columna cuando Lydia se levantó de la mesa y la dejó allí, sola. «Ella lo hizo —pensó Laurie—, y nadie podrá demostrarlo nunca.»

Mientras esperaba a que el camarero volviera con su tarjeta de crédito, Laurie escribió un mensaje conjunto a Grace y Jerry: «Decidle a Brett que llego en diez minutos».

¿Qué iba a hacer una vez llegara allí? Su caso del profesor asesinado se había ido al garete.

Estaba a punto de enviar el mensaje cuando recordó el texto anterior de Jerry sobre Casey la Loca. ¿Era posible? Lo comprobó. «¿De verdad ha preguntado por mí Casey Carter?»

Grace contestó de inmediato. «¡SÍ! Está en la sala de reuniones A. ¡Hay una asesina convicta en nuestro edificio! He estado a punto de llamar a la policía.»

Como periodista, Laurie había entrevistado a varias personas acusadas e incluso condenadas por homicidio. Grace, por el contrario, se estremecía con solo pensarlo. La respuesta de Jerry llegó inmediatamente después de la de Grace: «Me daba miedo que se fuera, pero cuando le he dado las gracias por esperar, ¡ha dicho que no nos libraremos de ella hasta que te vea!».

Laurie se sorprendió sonriendo mientras firmaba la cuenta del almuerzo. Que Lydia Harper se hubiera echado atrás del programa quizá acabara siendo una suerte. La excarcelación de Casey había abierto las noticias de todas las cadenas el día anterior, y ahora estaba buscando a Laurie. Escribió otro mensaje desde el taxi. «Entretened todo lo posible a Brett. Decidle que tengo una pista sobre un nuevo caso prometedor. Quiero hablar primero con Casey.»

4

Cuando Laurie salió del ascensor en la planta dieciséis de las oficinas de los Estudios Fisher Blake en Rockefeller Center, fue directa a la sala de reuniones. Grace se las había apañado para averiguar por medio de Dana, la secretaria de Brett, que este estaría ocupado unos quince o veinte minutos con una conferencia, pero que seguiría intentando dar caza a Laurie una vez hubiera acabado.

Laurie se estaba preguntando por qué Brett tenía tantas ganas de hablar con ella. Estaba atosigándola para que concretara su siguiente caso, pero eso no era nada nuevo. ¿Cabía la posibilidad de que hubiera descubierto de antemano que la viuda del profesor iba a suspender su colaboración? Desechó la idea. Quizá su jefe quisiera que la gente pensara que era clarividente, pero no lo era.

La mujer que la esperaba en la sala de reuniones se puso en pie de un brinco en cuanto Laurie abrió la puerta. Esta reconoció a Katherine Carter, Casey, de inmediato. Laurie acababa de salir de la universidad y estaba empezando su carrera como periodista cuando el caso de la Bella Durmiente saltó a los titulares. El comienzo de su «carrera» quería decir servir cafés en la redacción de un periódico regional en Pennsylvania, pero, por aquel entonces, Laurie estaba en el paraíso, absorbiendo hasta el último ápice de conocimiento.

En tanto que aspirante a periodista, no había perdido detalle del juicio. Cuando la noche anterior oyó la noticia de la puesta en libertad de Casey, Laurie no podía creer que hubieran transcurrido ya quince años. Qué rápido pasaba el tiempo, aunque probablemente no se lo parecería así a Casey.

Cuando su juicio había copado los titulares, Casey estaba despampanante, con larga y lustrosa melena morena, piel de alabastro y unos ojos azules almendrados que chispeaban como si estuviera pensando algo gracioso. Recién acabada la universidad, había encontrado un puesto de ayudante en el departamento de arte contemporáneo de Sotheby's. Estaba haciendo un máster y soñaba con tener su propia galería cuando conoció a Hunter Raleigh III en una subasta. Si la nación entera siguió el caso de cerca no fue solo por la posición acomodada de su prometido: Casey era cautivadora por méritos propios.

Incluso quince años después seguía siendo preciosa. Ahora llevaba el pelo más corto, hasta los hombros, como la propia Laurie. Estaba más delgada, pero se la veía fuerte. Y sus ojos aún chispeaban de inteligencia cuando le estrechó la mano con firmeza.

—Señora Moran, muchas gracias por recibirme. Lamento no haber llamado para pedir cita, pero supongo que está saturada de solicitudes.

—Así es —dijo Laurie, a la vez que indicaba con un gesto que tomaran asiento a la mesa de la sala de reuniones—. Pero no de gente con un nombre tan notable como el suyo.

Casey dejó escapar una risa triste.

—¿Y de qué nombre hablamos? ¿Casey la Loca? ¿La Bella Durmiente Asesina? Por eso estoy aquí. Soy inocente. Yo no maté a Hunter, y quiero recuperar mi nombre, mi buen nombre.

Para quienes no se tuteaban con él, «Hunter» era Hunter Raleigh III. Su abuelo, el primer Hunter, había sido senador. Los dos hijos del primer Hunter, Hunter Junior y James, se alistaron en el ejército tras licenciarse en Harvard. Después de que Hunter Junior fuera una de las primeras bajas en la guerra de Vietnam, su hermano menor, James, dedicó su vida a la carrera militar y llamó a su primogénito Hunter III. James ascendió al rango de general de tres estrellas. Incluso después de jubilado, seguía sirviendo como embajador. Los Raleigh eran una versión menor de los Kennedy, una dinastía política.

Y entonces Casey mató a su heredero al trono.

Al principio, la prensa apodó a Casey la Bella Durmiente. Aseguraba haber estado profundamente dormida mientras un desconocido o desconocidos irrumpían en la casa de campo de su prometido y lo mataban a tiros. La pareja había asistido a una gala de la fundación de la familia Raleigh esa noche en la ciudad, pero se retiraron temprano porque Casey estaba indispuesta. Según ella, se durmió en el coche y ni siquiera recordaba el momento de llegar a casa de Hunter. Despertó horas después en el sofá de la sala de estar, fue al dormitorio y se lo encontró cubierto de sangre. Ella era una promesa joven y bonita en el mundo del arte. Hunter era un miembro querido de una apreciada familia política americana. Fue una tragedia de esas que cautivaban a la nación.

Y entonces, en cuestión de unos ciclos de noticias, la policía detuvo a la pobre Bella Durmiente. La fiscalía tenía un caso sólido. La prensa empezó a llamarla la Bella Durmiente Asesina y, con el tiempo, Casey la Loca. Según la mayor parte de las teorías, cuando Hunter rompió el compromiso, ella se emborrachó y se dejó llevar por la ira.

Ahora estaba en una sala de reuniones con Laurie, afirmando todavía, después de tantos años, que era inocente.

Laurie era consciente de cómo iban pasando los segundos que quedaban para que tuviera que enfrentarse a su jefe. Por lo general, habría querido repasar metódicamente la versión de Casey de la historia, pero tenía que ir al grano.

—Perdona que sea tan directa, Casey, pero es difícil dejar de lado las pruebas en tu contra.

Aunque Casey negó haber disparado la pistola que, según se demostró, era el arma homicida, se encontraron sus huellas dactilares en ella. Y sus manos dieron positivo en la prueba de restos de pólvora. Laurie le preguntó si negaba esos hechos.

—Supongo que las pruebas se llevaron a cabo correctamente, pero lo único que eso quiere decir es que el auténtico asesino me puso el arma en la mano y efectuó un disparo. Piénsalo: ¿por qué iba a decir que no había disparado nunca el arma si hubiera matado a Hunter con ella? Podría haber explicado fácilmente mis huellas diciendo que la disparé en el campo de tiro. Por no hablar de que quien disparó contra Hunter, fuera quien fuese, por lo visto falló dos veces, según los orificios de bala encontrados en la casa. Yo tenía muy buena puntería. Si hubiera querido matar a alguien, cosa que nunca ocurrió, te aseguro que no habría fallado. Y si hubiera disparado su arma, ¿por qué iba a consentir que me hicieran una prueba de residuos de pólvora?

—¿Y las sustancias que encontró la policía en tu bolso?

Casey describió que aquella noche se encontraba tan mal que la policía le hizo un análisis de sangre para ver si había consumido estupefacientes. Para cuando los resultados confirmaron que tenía alcohol y un sedante en el organismo, en el registro de la casa de Hunter habían encontrado esa misma sustancia en el bolso de noche de Casey.

—Por otra parte, si me tomé la molestia de drogarme, ¿por qué iba a dejar tres comprimidos más de Rohypnol en mi propio bolso? Una cosa es que me acusaran de asesinato, pero nunca pensé que nadie me creyera tan estúpida.

Laurie estaba al tanto de lo que era el Rohypnol, una sustancia comúnmente usada en las violaciones tras una cita.

Hasta el momento, lo que estaba contando Casey era una reelaboración de los argumentos que había intentado plantear su abogada en el juicio. Aseguraba que alguien la drogó en la gala, fue a casa de Hunter, le disparó y la incriminó mientras ella dormía. El jurado no se lo tragó.

—Ya seguí tu juicio entonces —dijo Laurie—. Perdona que te lo diga, pero creo que uno de los problemas fue que tu abogada no llegó a sugerir en ningún momento una explicación alternativa concreta. Insinuó que igual la policía dejó pruebas falsas, pero en realidad nunca explicó un motivo para que hicieran algo así. Y lo que es más importante, nunca presentó al jurado un sospechoso alternativo. Así que, dime, Casey: si tú no mataste a Hunter, ¿quién lo mató?

5

—He tenido mucho tiempo para pensar acerca de quién pudo haber matado a Hunter —dijo Casey, que le dio a Laurie un papel con cinco nombres—. No creo que fuera un allanamiento al azar ni un robo que se torció mientras yo estaba inconsciente en el sofá.

—Yo tampoco lo hubiera creído —convino Laurie.

—Pero cuando descubrí que tenía restos de un sedante en el organismo, caí en la cuenta de que quien mató a Hunter debía de haber estado en Cipriani para la gala benéfica de la Fundación Raleigh aquella noche. A lo largo de ese día me sentí bien. No fue hasta que llevaba una hora o así en el acto cuando empecé a encontrarme mal. Alguien debió de echarme la sustancia en la copa cuando no miraba, lo que significa que tuvo acceso a la gala. No alcanzo a imaginar que nadie quisiera hacerle daño a Hunter, pero desde luego no fui yo. Podría decirse que todas estas personas tuvieron móvil y oportunidad.

Laurie reconoció tres de los cinco nombres, pero le sorprendieron como posibles sospechosos.

—¿Jason Gardner y Gabrielle Lawson estuvieron en la gala?

Jason Gardner era el exnovio de Casey y autor de unas reveladoras memorias que hicieron arraigar el apodo de Casey la Loca en el imaginario cultural. Laurie no alcanzaba a recordar todos los detalles sobre los vínculos con Gabrielle Lawson, pero era una *celebrity* de la alta sociedad neoyorquina. Por lo que recordaba Laurie, la prensa amarilla habló de que Hunter aún estaba presuntamente interesado en ella, pese a haberse comprometido con Casey. Laurie no había estado al tanto de la presencia de Jason ni de Gabrielle en Cipriani aquella noche.

—Sí. Gabrielle solía aparecer allí donde iba Hunter. Recuerdo que se acercó a nuestra mesa y lo abrazó como tenía por costumbre. Pudo fácilmente haberme echado algo en la copa. Y Jason, bueno, en teoría había ido a ocupar uno de los sitios en la mesa corporativa de su empresa, pero a mí me pareció mucha coincidencia. Como era de esperar, me llevó aparte en un momento dado y me dijo que aún me quería. Naturalmente, le dije que tenía que superarlo. Iba a casarme con Hunter. Los dos estaban visiblemente celosos de lo que teníamos Hunter y yo —aseguró Casey.

—¿Lo bastante celosos como para matar?

—Si un jurado lo creyó de mí, no veo por qué no podría ser cierto de uno de ellos.

El tercer nombre conocido de la lista la sorprendió especialmente.

—¿Andrew Raleigh? —comentó Laurie, arqueando una ceja. Era el hermano menor de Hunter—. No puedes hablar en serio.

—Mira, a mí no me gusta acusar a nadie. Pero como has dicho, si yo no lo hice, y sé que no lo hice, fue algún otro. Y Andrew bebió mucho aquella noche.

—Igual que tú —señaló Laurie—, según numerosos testigos.

—No, eso no es verdad. Me tomé una copa de vino, dos como mucho, pero dejé de beber en cuanto me encontré mal. Cuando Andrew bebe, es..., bueno, se convierte en otra persona. El padre de Hunter nunca disimuló que quería más a

Hunter que a Andrew. Ya sé que ese hombre tiene una reputación excelente, pero puede ser un padre cruel. Andrew estaba tremendamente celoso de Hunter.

A Laurie le pareció que era una hipótesis bastante forzada.

—¿Y estos otros dos nombres: Mark Templeton y Mary Jane Finder? —No le sonaba ninguno de los dos.

—Esos son un poco más complicados de explicar. Mark, además de ser uno de los mejores amigos de Hunter, era también director financiero de la Fundación Raleigh. Y, en mi opinión, es el sospechoso más probable.

—¿Aunque él y Hunter fueran amigos?

—Déjame terminar. Hunter no había dicho nada en público, pero tenía pensado presentarse candidato a un puesto político, o bien alcalde de Nueva York o bien senador de Estados Unidos. De un modo u otro, estaba decidido a pasar del sector privado al público.

Quizá él no hubiera declarado sus intenciones políticas, pero el público desde luego había especulado. Hunter aparecía con regularidad en las listas de los solteros más cotizados del país. Cuando de pronto anunció su compromiso con una mujer después de haber salido con ella menos de un año, muchos se preguntaron si sería el primer paso de cara a convertirse en candidato. Otros consideraron que Casey era una opción arriesgada como esposa de un político. Mientras que la familia Raleigh era conocida por sus opiniones conservadoras, Casey era una liberal declarada. Hacían una extraña pareja política.

—Antes de empezar a hacer ninguna campaña política —explicó Casey—, Hunter había estado revisando la contabilidad de la fundación para estar totalmente seguro de que no hubiera donaciones ni prácticas de recaudación de fondos que pudiesen resultar embarazosas o controvertidas bajo el escrutinio público. La noche de la gala su chófer lo trajo de Connecticut y me recogieron en mi apartamento. En el coche mencionó que iba a contratar un contable forense para que llevara a cabo una investigación más a fondo debido a lo que describió como unas «irregularidades» en la fundación. Hunter se apresuró a asegurarme que se había andado con mucho cuidado y estaba seguro de que no había de qué preocuparse. No volví a pensar en ello hasta cuatro años después de ser condenada, cuando Mark de pronto dimitió sin previo aviso.

Era la primera vez que Laurie oía hablar del asunto.

—¿Eso es algo inusual? —preguntó Laurie. No estaba muy versada en el funcionamiento de las fundaciones privadas.

—Por lo visto se lo pareció a los expertos en economía de la prensa —dijo Casey—. En la biblioteca de la cárcel nos dejaban consultar medios de comunicación en internet. Al parecer, los activos de la fundación estaban a un nivel tan bajo que se dispararon las especulaciones. Hay que tener en cuenta que cuando Hunter se empleó a fondo en esa fundación, triplicó sus beneficios. Una cosa es que los ingresos disminuyeran sin Hunter al timón, pero las noticias decían que los activos totales estaban bajo mínimos, lo que planteó dudas sobre si se estaban administrando mal los fondos o algo peor.

—¿Cómo afrontó la fundación las especulaciones?

Casey se encogió de hombros.

—Lo único que sé es lo que pude averiguar por medio de mis búsquedas en internet, y los activos de una fundación benéfica no aparecen tanto en las noticias como, pongamos por caso, un prominente juicio por homicidio. Pero, por lo que sé, una vez empezaron los periodistas a hablar de la repentina dimisión de Mark, el padre de Hunter designó un nuevo director financiero a la vez que se deshacía en elogios hacia Mark. La noticia se esfumó. Pero sigue siendo un hecho que los activos de la fundación estaban a un nivel misteriosamente bajo. Creo que Hunter detectó el problema años antes. Además, puedo decirte lo siguiente: Mark Templeton estaba sentado justo a mi lado en la gala. Bien podría haberme echado algo en la copa.

Laurie solo había accedido a ver a Casey por curiosidad y

para decirle a Brett que estaba detrás de una posible historia, pero ya empezaba a verse poniendo a todos esos sospechosos alternativos delante de la cámara. Se dio cuenta de que cuando imaginaba el programa, seguía figurándose a Alex como presentador. Una vez concluyó su último caso, este había anunciado que tenía que centrarse a jornada completa en su trabajo como abogado defensor penal. Su abandono del programa dejó sin aclarar del todo lo que había sido una relación personal cada vez más intensa entre ambos. Laurie ahuyentó la idea de su mente y siguió adelante.

—¿Y Mary Jane Finder? ¿Quién es?

—La ayudante personal del general Raleigh.

Laurie notó que se le dilataban los ojos.

—¿Qué vínculo hay aquí?

—Empezó a trabajar para él unos años antes de que yo conociera a Hunter. A este no le cayó bien Mary Jane desde el principio, pero le preocupaba especialmente la autoridad que parecía tener después de que falleciera su madre. Pensaba que ella intentaba aprovecharse de su padre, o quizá incluso casarse con él ahora que había enviudado.

—¿No le caía bien al hijo del jefe? No parece un móvil muy sólido para un asesinato.

—No es solo que no le cayera bien. Hunter creía que era intrigante y manipuladora. Estaba convencido de que ocultaba algo y decidido a conseguir que fuera despedida. Y resulta que, cuando íbamos hacia la gala, le oí llamar a un abogado amigo suyo para pedirle que le recomendase un detective privado, pues necesitaba verificar los antecedentes de alguien. Luego le oí decir: «Es un asunto delicado». Cuando colgó, le pregunté si estaba relacionado con la auditoria que pensaba hacer de la fundación.

Alguien llamó a la puerta de la sala de reuniones y las interrumpió. Jerry asomó la cabeza.

—Lo siento mucho, pero Brett ha terminado con la conferencia. Ahora está con Grace, preguntando dónde estás.

Laurie no se atrevía a facilitarle a Brett su ubicación exacta, o irrumpiría allí y se adueñaría de la conversación. Pero tampoco quería poner a Grace en el apuro de tener que mentirle directamente al jefe de su jefa.

—¿Puedes hacer el favor de decirle que has hablado conmigo y que no tardaré más de cinco minutos en ir a su despacho?

Brett supondría que estaba hablando por teléfono. Así dejaría a Grace en paz, pero Laurie tenía que darse prisa.

—Bien, o sea que el detective privado era para la fundación —dijo Laurie, reanudando la charla.

—No, no lo era. O por lo menos, a mí no me lo pareció. Le pregunté a Hunter si estaba relacionado con la auditoría. Lanzó una cauta mirada de reojo al chófer, Raphael, como para decir: «Ahora no». Me dio a entender que no quería que Raphael oyera el nombre de la persona a quien quería investigar.

—Igual era el mismo Raphael —especuló Laurie.

—Eso seguro que no —dijo—. Raphael era uno de los hombres más buenos y amables que he conocido, y él y Hunter se adoraban. Era prácticamente como un tío para él. Pero también era sumamente confiado y quería creer lo mejor de todo el mundo, incluida Mary Jane. Hunter había dejado de quejarse de ella en presencia de Raphael para evitar ponerlo en una situación incómoda con una mujer que cada vez ejercía más influencia sobre el personal de servicio de la familia. Si Hunter estaba en lo cierto y Mary Jane ocultaba algo, quizá ella encontró algún modo de evitar que averiguase la verdad.

—Pero ¿estaba en la gala? —indagó Laurie.

—Ah, desde luego que estaba, sentada al lado del general Raleigh. Hunter tenía motivos para estar preocupado por sus planes.

Laurie casi podía ver a Brett empezando a mirar el reloj, contando los minutos que faltaban para que llegase.

—Casey, esta lista es un punto de partida estupendo. Déjame que haga una investigación preliminar y ya me pondré en contacto...

—No, por favor, tengo muchas más cosas que contarte. Eres mi única esperanza.

—No te estoy diciendo que no. De hecho, estoy muy intrigada.

A Casey empezó a temblarle el labio inferior.

—Ay, Dios mío, cómo lo siento. —Se abanicó los ojos—. Me he jurado que no iba a llorar. Pero no tienes idea de cuántas cartas he escrito a abogados y consultorios jurídicos y periodistas. Muchos me contestaron diciendo eso mismo: «Estoy intrigado», o «déjeme que lo estudie». Y luego no volví a tener noticias suyas.

—Eso no es lo que está pasando aquí, Casey. En todo caso, yo debería preocuparme si destino un montón de recursos a investigar tus alegaciones y me encuentro con que has llevado tu historia a cualquier web dispuesta a publicar.

Ella negó firmemente con la cabeza.

—No, desde luego que no. Ya he visto las crueldades que son capaces de inventar esos supuestos periodistas. Pero conozco tu programa, y sé que Alex Buckley es uno de los mejores abogados defensores de la ciudad. No hablaré con ningún otro medio hasta que hayas tomado una decisión.

Oír el nombre de Alex hizo que a Laurie le diera un vuelco el corazón.

Casey le imploró:

—¿Cuándo podemos volver a vernos?

Laurie recordó el mensaje de texto que le había enviado antes Jerry. «¡Ha dicho que no nos libraremos de ella hasta que te vea!» Pues ahora mismo tenía que librarse de ella.

—El viernes —dejó escapar Laurie. Dentro de dos días. Estaba a punto de desdecirse cuando cayó en la cuenta de que sería buena idea reunirse con Casey y su familia fuera de la oficina antes de tomar una decisión definitiva acerca de cómo proceder—. De hecho, puedo ir a verte. ¿Podría conocer a tus padres?

—Mi padre falleció —dijo Casey con tristeza—, pero ahora vivo con mi madre. Aunque estamos en Connecticut.

«Entonces tendré que ir a Connecticut», pensó Laurie.

Estaban en la puerta de la sala de reuniones cuando Laurie se dio cuenta de que había olvidado abordar una parte de la cadena de mensajes de texto que había recibido antes.

—Mi ayudante de producción ha mencionado que conoces a Charlotte Pierce, ¿no?

Tres meses antes, Laurie no tenía noción de Charlotte Pierce como persona. Pensaba en Charlotte como «la hermana», es decir, «la hermana» de Amanda Pierce, la novia desaparecida cuya ausencia había sido el tema del especial más reciente. Pero, para sorpresa de Laurie, una vez terminada la producción, Charlotte la invitó a almorzar. Varias comidas más tarde, ahora Laurie consideraba a Charlotte su amiga, la primera que había hecho en mucho, mucho tiempo.

Casey sonrió con timidez.

—Quizá exageré un poco nuestra relación —confesó—. Mi prima, Angela Hart, trabaja con ella. Son súper buenas amigas, pero la verdad es que no he llegado a conocerla.

Laurie vio cómo Casey se ponía unas gafas de sol grandes, se recogía el pelo y se calaba sobre los ojos una gorra de los Yankees.

—Ya fue bastante malo que me reconocieran en el centro comercial —dijo con amargura.

Mientras iba a toda prisa hacia el despacho de Brett, Laurie se dijo que llamaría a Charlotte para ver si tenía información privilegiada. También tomó una nota mental: Casey Carter estaba dispuesta a exagerar la verdad si convenía a sus fines.

6

La secretaria de Brett, Dana Licameli, lanzó a Laurie una mirada compasiva al tiempo que le indicaba con un gesto que pasara a lo que en ese momento a ella se le antojó el cadalso.

—Ten cuidado —le advirtió—. No le había visto tan cabreado desde que su hija volvió de Europa con un piercing en la nariz.

Brett se volvió de inmediato en la silla giratoria para encararse con ella.

—Pensaba que después de la temporada que has pasado ausente de la oficina, igual volvías morena y oliendo a ron y bronceador. —Miró el reloj de muñeca—. ¿Casi tres horas en el 21 Club? Ojalá tuviéramos todos tanta suerte. No eches la culpa a tu equipo. Han hecho todo lo posible por encubrirte, pero le he encargado a Dana que echara un vistazo a tu agenda en el ordenador de tu asistente.

Laurie abrió la boca para hablar, pero no le salió nada. Detestaba la idea de que por su culpa Jerry y Grace hubieran sido víctimas del abuso de Brett durante su ausencia. Si decía lo que de verdad pensaba, los tres se quedarían sin empleo. Por fin encontró palabras e hizo el esfuerzo de mascullar:

—Lo siento, Brett. Evidentemente, he olvidado que teníamos una reunión programada esta tarde.

Pese a lo mordaz de su entonación, Brett pareció calmarse. Hasta le ofreció una media sonrisa. A los sesenta y un años, según creía recordar Laurie, seguía siendo bastante atractivo. Con una buena mata de pelo gris metálico y una fuerte mandíbula, tenía el aspecto de uno de los muchos presentadores de noticias que él mismo había contratado a lo largo de los años.

—No seas tan sarcástica. Sabes que no había ninguna reunión. Pero has estado esquivándome, y los dos sabemos por qué.

—No he estado esquivándote —mintió Laurie, a la vez que se retiraba un mechón de pelo castaño claro detrás de la oreja. Solo había estado esperando la puñetera autorización de la viuda de Texas para poder decirle a Brett que estaban oficialmente preparados para grabar—. Estaba convencida de que teníamos cerrado el caso del profesor de medicina. La viuda se hacía la remolona, pero estaba segura de que daría su aprobación.

—¿Quieres decir que no la ha dado? Me dijiste que simplemente estaba muy ocupada con sus criajos para ir a la oficina de correos.

Laurie estaba convencida de que no se había referido a los niños de Lydia como «criajos».

—Por lo visto se lo ha pensado mejor, o ha estado dándome largas desde el principio.

—Apuesto a que le da miedo hacerlo —dijo Brett—. Igual es culpable.

Una de las cosas más difíciles del trabajo de Laurie era convencer a todos los protagonistas de que participaran en el programa. Por lo general, intentaba mostrarse tan amable y simpática que a la gente le costara negarse, pero a veces era necesario recurrir a tácticas más duras. No siempre se sentía orgullosa de las maniobras que se veía obligada a utilizar, pero si faltaba una sola pieza del puzle, la producción entera se venía abajo.

—Yo también lo creo. Dijo que consultó a dos abogados y tenía mucho que perder.

—Bueno, eso la hace culpable, a mi modo de ver.

—Casualmente estoy de acuerdo en este caso —reconoció Laurie—, pero sin duda ya lo tenía decidido. Y un especial sobre el asesinato sin resolver de su marido no tendría gracia sin ella ante la cámara.

—Estás intentando fastidiarme el día, ¿verdad? —Brett había adoptado un tono sarcástico.

—No era mi intención, no. Pero la buena nueva es que la temporada que he pasado ausente, según has dicho, me ha permitido encontrar un nuevo caso que investigar. Acabo de reunirme con Casey Carter.

—¿Casey la Loca? Ayer la vi en las noticias. ¿Llevaba uno de los vestidos que se compró en el centro comercial?

—No se lo he preguntado. Estaba muy ocupada escuchando cómo aseguraba ser inocente. Y me ha presentado cinco sospechosos alternativos. Podría ser estupendo para *Bajo sospecha*. Las historias de condenas injustas hacen furor ahora mismo.

—Pero solo cuando son injustas.

—Lo sé. No ha sido más que un primer encuentro. Aún tengo mucho trabajo por hacer, pero por lo menos está hablando conmigo y no con otro.

—Sinceramente, en este caso, me da igual si esa chica es una asesina o no. Ya solo con su nombre se dispararán los índices de audiencia. —Laurie esperaba que Brett la sometiera a un tercer grado sobre detalles que aún no tenía, pero, en lugar de exigirle información sobre el caso, se limitó a decir—: Bueno, espero que este caso siga adelante. Los Estudios Fisher Blake no han sobrevivido tantos años financiando salidas en falso.

—Mensaje recibido —dijo Laurie, procurando disimular su alivio—. ¿Solo querías verme para que te pusiera al corriente sobre el siguiente especial?

—Claro que no. Tenemos que hablar del problema evidente: tanto si nos gusta como si no, Alex ya no está, y necesitas un presentador nuevo. —Brett alargó la mano por encima de la mesa y le tendió un papel—. Por suerte para ti, tengo al hombre perfecto para el puesto.

Mientras Laurie miraba fijamente el grueso papel de tono marfil que tenía en la mano, solo podía pensar en Alex. En cómo supo, la primera vez que vio sus ojos color verde azulado mirar a la cámara detrás de sus gafas de montura negra, que era el presentador perfecto para *Bajo sospecha*. En cómo se montó en el coche con ella sin dudarlo después de que su padre fuera ingresado en el hospital con palpitaciones cardíacas. En su primera cena a solas en Marea. En cómo corrió por instinto hacia ella y Timmy cuando el asesino de Greg intentó matarlos a ellos también. En las horas pasadas planteándose teorías acompañados de una botella de vino tinto. En el tacto de sus labios contra los de ella.

Se dio cuenta en ese instante de que Brett estaba en lo cierto. Había estado esquivando a su jefe, y no era a causa de la espera de un documento de una mujer de Texas. Tal como había confiado en que la viuda cambiara de opinión, cayó en la cuenta de que parte de ella había estado esperando que Alex también lo hiciera. Quizá su bufete dejara de estar tan ocupado temporalmente. O quizá una vez Laurie tuviera un caso entre manos, se sentiría demasiado intrigado para resistirse. O tal vez echaría de menos trabajar con ella sin más.

Pero ahora la idea de que Alex dejaba el programa era real. Tenía delante un currículum que pertenecía a una persona real con un nombre real: Ryan Nichols. *Magna cum laude* por la facultad de Derecho de Harvard, una temporada como secretario judicial en el Tribunal Supremo, experiencia procesal en calidad de fiscal federal. No fue hasta que llegó a la entrada sobre su trabajo como presentador cuando relacionó el nombre de Ryan con la cara que había visto últimamente en el circuito de noticias por cable.

Se imaginó la emisión de una grabación que aún no existía. *Bajo sospecha, con Ryan Nichols.* «No, no suena bien. El nombre tendría que ser Alex Buckley», pensó.

La voz ronca de Brett interrumpió sus pensamientos.

—Lo sé, Ryan es perfecto. Vendrá el viernes a las cuatro para hacerlo oficial. Ya me darás las gracias luego.

Cuando Laurie daba media vuelta para irse, tuvo la sensación de que el nudo que tenía en el estómago no podía estar ya más tenso. Entonces volvió a oír la voz de Brett detrás de ella.

—Y entonces hablaremos también de Casey la Loca. Me muero de ganas de oír los detalles.

Estupendo. Tenía dos días para elaborar una presentación detallada de la alegación de condena injusta por parte de Casey Carter, aunque no tenía la menor idea de si esa mujer era inocente o una asesina. Necesitaba llamar a Charlotte.

Laurie acababa de sentarse en el sofá de terciopelo color borgoña del elegante vestíbulo de Ladyform cuando apareció Charlotte por una puerta blanca de doble hoja. Se levantó y se dieron un abrazo rápido.

—Hoy somos igual de altas —observó Charlotte con alegría.

—Gracias a que yo llevo tacones de ocho centímetros y tu suela plana —comentó Laurie. Charlotte medía cerca de un metro setenta y cinco. Estaba un poco fornida pero parecía cómoda en su propia piel. El pelo castaño claro hasta la altura de la barbilla le enmarcaba pulcramente la cara redonda y sin maquillar. Laurie la consideraba la representante perfecta de la empresa de su familia.

—Muchas gracias por recibirme con tan poca antelación —dijo Laurie mientras Charlotte abría camino hacia su despacho.

—No hay de qué. Me viene bien un poco de distracción. El vuelo de Seattle de mi madre aterriza dentro de una hora. Y noticia bomba: mi padre ha decidido venir de Carolina del Norte. Así que en cuanto hayamos terminado aquí, igual empiezo a darle al vodka.

—Ay, cariño. ¿Tan mal está la cosa? Parecían llevarse bien la última vez que los vi. —«Más que bien», pensó Laurie.

Si la desaparición fue lo que distanció a la pareja, averiguar la verdad sobre lo que le ocurrió a su hija parecía haber vuelto a acercarlos.

—Solo bromeaba. Bueno, casi. Se diría que vuelven a ser novios, y eso es muy dulce. Pero ojalá volvieran a estar juntos para que dejaran de usar las visitas que me hacen como excusa para verse. Mi padre confía cada vez más en mí con la empresa, pero aún tengo la sensación de que me vigila de cerca cuando está aquí. Y hablando de posibles parejas, ¿qué tal te va con Alex?

—Bien. Lo último que supe fue que estaba bien.

En teoría, Alex había dejado el programa por motivos estrictamente profesionales, pues tenía que volver a trabajar a jornada completa en su bufete. Pero solo lo había visto una vez en el último mes, y su «cita» de este jueves era para ver el partido de los Giants en el apartamento de Alex con Timmy y el padre de Laurie. Acabarían tarde, pero en el colegio del niño no había clase al día siguiente porque los maestros tenían reuniones.

—Mensaje recibido —repuso Charlotte—. Por teléfono me dijiste que querías hablarme del programa, ¿no?

—¿Trabajas con una mujer llamada Angela Hart?

—Claro. Es mi directora de marketing y una de mis mejores amigas. Ah, ya sé por qué estás aquí —dijo con entusiasmo—. Tiene que ser por su prima.

—Así que ya sabes que está emparentada con Casey Carter, ¿no?

—Desde luego. Ha llevado con discreción su parentesco con Casey, pero yo sabía que si uno de cada dos viernes salía temprano no era para ir a los Hamptons, como decía. Iba a visitar fielmente a Casey. Hace unos años, después de unos cuantos martinis, le pregunté a Angela a bocajarro: ¿Tu prima lo hizo? Me juró por su vida, sin vacilar un instante, que Casey es inocente.

—¿Te ha dicho que Casey ha venido a verme hoy? Quiere aparecer en *Bajo sospecha*. Hasta me ha dado una lista de cinco sospechosos alternativos que su abogada defensora no llegó a investigar en serio.

—No tenía ni idea —aseguró Charlotte—. No soy experta en el caso, pero tenía la impresión de que las pruebas eran convincentes. No se me ocurriría hacerle esa observación a Angela, claro, pero en la cárcel todo el mundo asegura que es inocente.

—Lo sé, pero no puedo por menos que estar intrigada. Una cosa es decir que eres inocente y otra presentarse en mi despacho al día siguiente de salir de la cárcel. A decir verdad, recordé cómo me sentí el día que tu madre vino a pedir ayuda. No pude negarme.

—Evidentemente, igual Angela no es muy objetiva cuando se trata de su prima, pero ¿quieres hablar con ella?

—Esperaba que nos presentases.

La mujer que llegó al despacho de Charlotte dos minutos después era pasmosamente guapa. La larga melena de color miel le caía en perfectas ondas, y cuando sonrió, literalmente le brillaron los dientes detrás de los carnosos labios de color fresa. Era más alta incluso que Charlotte, quizá algo más de un metro ochenta, con una figura esbelta y grácil. Tenía los mismos ojos almendrados y azules de su prima Casey.

Sujetaba a duras penas entre los brazos un montón de expedientes y documentos.

—He preparado unos planos provisionales para el desfile, y he confirmado el arrendamiento del almacén. He negociado mejores condiciones, pero tengo que presentar los papeles antes de mañana por la mañana.

Se detuvo de repente cuando vio que Charlotte tenía una visita en su despacho. Liberó una mano para darle un apretón rápido.

—Angela Hart —dijo.

Laurie se presentó como la productora de *Bajo sospecha*.

Por lo visto, Angela se percató de inmediato de la conexión con su prima.

—Tendría que haber imaginado que iría a por todas. Cuando Casey se empeña en algo, es como un perro con un hueso.

—¿Te había contado que estaba interesada en nuestro programa?

—En cuanto nos montamos en el coche después de que saliera de la cárcel.

—No parece que te entusiasme mucho la idea.

—Lo siento. No quiero mostrarme negativa. Solo quería que se tomara unos cuantos días para pensarlo. Evidentemente, sé que la experiencia de su familia fue positiva; de hecho, iba a preguntarte hoy al respecto, Charlotte, y hablarlo luego con Casey. Pero el asunto este del arrendamiento se ha complicado...

—El espacio que usamos normalmente para el desfile de otoño sufrió un incendio por un cortocircuito —explicó Charlotte—. Tuvimos que buscar otro sin apenas tiempo. Una auténtica pesadilla.

—Charlotte me ha dicho que estás a cargo del marketing, ¿no? —preguntó Laurie al caer en la cuenta de que se había apresurado a abordar la discusión del caso.

—Desde que Ladyform abrió una sucursal en Nueva York —contestó Angela en tono animado—. Vaya, hace más de doce años. De no ser por Charlotte, probablemente estaría vagando por las calles, rebuscando latas y botellas.

—Venga ya —dijo su amiga—. Cualquier empresa habría tenido suerte de contratarte.

—Charlotte es muy amable —aseguró Angela—. La verdad es que era una modelo en las últimas cuando me contrató. En cuanto cumples los treinta, los mejores trabajos que te ofrecen son anuncios de fajas y crema antiarrugas. Empapelé la ciudad entera con mi currículum buscando algún empleo en el mundo de la moda, y no conseguí ni una sola entrevista. No tenía titulación, ni experiencia laboral aparte de posar delante de la cámara. Ahora soy una mujer de cuarenta y cuatro años con una carrera de verdad, y todo gracias a que Charlotte me dio una oportunidad.

—¿Estás de broma? —dijo Charlotte—. La oportunidad

nos la diste tú. Ni me imagino lo que pensaste cuando viniste a la entrevista y te encontraste con Amanda y conmigo. ¡No éramos más que unas crías!

Laurie sabía que Charlotte y su hermana menor, Amanda, eran las que habían encauzado Ladyform hacia una nueva dirección con una sucursal en Nueva York. Lo que antes había sido un pequeño negocio familiar dedicado a la fabricación de fajas, se había convertido en una marca referente de ropa deportiva para mujeres a la última.

—Sea como sea —continuó Angela—, estuvimos una hora con la entrevista y luego acabamos yendo al bar de al lado para seguir charlando mientras bebíamos vino. Somos amigas desde entonces.

—Ya sé lo que es eso —dijo Laurie—. Charlotte y yo nos conocimos cuando mi programa se ocupó del caso de su hermana, pero fue ella quien se aseguró de que siguiéramos siendo amigas después.

—Por si sirve de algo —explicó Charlotte—, mi familia pasó más de cinco años en un auténtico infierno, sin la menor idea de qué le había pasado a Amanda. *Bajo sospecha* nos sacó de aquella pesadilla. Laurie podría hacer lo mismo por Casey.

—Sé que tu programa puede descubrir nuevas pruebas —dijo Angela—, pero a mi tía y a mí nos preocupa que dé más notoriedad a Casey. Habría sido diferente hace diez años, cuando todavía estaba en la cárcel. Pero ahora está en libertad. Cumplió su condena. Entiendo el deseo que tiene Casey de convencer a la gente de que sería incapaz de hacerle daño a una mosca, y mucho menos a Hunter, a quien quería con pasión. Pero no creo que tenga la menor idea de cuánto ha cambiado el mundo en los últimos quince años. Si le pareció que los titulares de la prensa amarilla eran malos, ya verá cuando se entere de cómo pueden destrozarla Twitter y Facebook. Lo mejor que puede hacer es dejar el pasado atrás.

—Supongo que tu tía es la madre de Casey, ¿no? —preguntó Laurie.

Angela asintió.

—Tía Paula es la madre de Casey y la hermana de mi madre. Casey y yo éramos las dos hijas únicas, así que estuvimos muy unidas de pequeñas. Yo tenía unos cinco años cuando me di cuenta de que su nombre completo era Katherine Carter, de modo que nuestro apellido era distinto. Recuerdo que mi madre tuvo que explicarme que en realidad no era mi hermana pequeña.

—Debiste de pasarlo muy mal cuando fue condenada.

Angela suspiró.

—Fue terrible. Estaba convencida por completo de que el jurado vería la verdad. Ahora me doy cuenta de lo ingenua que fui. Entonces Casey solo tenía veinticinco años, acababa de salir de la universidad. Ahora tiene cuarenta y no imagina lo distinto que es todo. Tenía una antigualla de móvil antes de ir a la cárcel y al salir no sabía usar mi iPhone para buscar algo.

—¿Paula está en contra de que Casey haga mi programa?

—Totalmente en contra. Para ser sincera, la condena de Casey acabó prematuramente con la vida de su padre. Me preocupa cómo afectará a Paula el estrés provocado por el nuevo exceso de atención.

Charlotte le dio unas palmaditas en la mano a su amiga para mostrarle su apoyo.

—Yo tenía la misma preocupación por mis padres cuando mi madre convenció a Laurie de que investigara la desaparición de Amanda. Pensaba que ya era hora de que siguieran adelante con su vida. Pero ahora que saben lo que ocurrió, por fin han dejado atrás el limbo en el que vivieron durante cinco años.

Laurie se había sentido igual después de averiguar la verdad acerca del asesinato de Greg hacía un año. «Limbo» era una palabra perfecta para describir el estado en el que se había encontrado hasta hacía poco.

—¿Tuviste tú alguna implicación en el caso? —preguntó Laurie, cambiando de tercio—. ¿Conocías a Hunter?

—Evidentemente, no estaba allí cuando fue asesinado —dijo Angela—. Pero los vi a los dos aquella misma noche en la gala de su fundación. Y fui la primera persona a la que Casey llamó desde la casa de campo cuando encontró el cadáver; después de emergencias, claro. Yo tenía programada una sesión de fotos a la mañana siguiente, pero me apresuré a coger el coche. Cuando llegué a New Canaan, en Connecticut, ella seguía ida por completo. Saltaba a la vista que la habían drogado. De hecho, fui yo quien insistió en que la policía le hiciera un análisis de sangre. Como era de esperar, dio positivo en alcohol y Rohypnol. ¿Tomaría alguien con dos dedos de frente eso por voluntad propia? Desde luego que no. No es una droga que se tome por diversión. Te convierte en un zombi, por lo que sé.

Laurie se encontró pensando en su amiga, Margaret, que estaba convencida de que alguien le había echado algo en la bebida mientras estaba en un bar, poco después de acabar la universidad. Recordó que Margaret dijo sentirse igual que si lo estuviera viendo todo desde fuera de su propio cuerpo.

—¿Sigues creyendo que Casey es inocente?

—Claro. Por eso rechazó un acuerdo con la fiscalía que le hubiera permitido salir libre después de cumplir seis años de condena.

—Y si Casey y yo acabamos decidiendo seguir adelante con el caso, ¿nos ayudarás? Por lo que tengo entendido, tú y su madre sois las únicas personas que han mantenido el contacto con ella.

—¿Puedo convencerte de alguna manera de que le des algo de tiempo para adaptarse antes de que tome una decisión definitiva? Todo esto me parece precipitado.

—No, me temo que no. Tengo plazos que cumplir.

—Sé sincera: en realidad no nos necesitas a Paula y a mí, ¿verdad? Seguirás adelante al margen de lo que pensemos.

—Sí, siempre y cuando tengamos a Casey y por lo menos alguno de los sospechosos alternativos.

—Entonces ¿qué puedo decir? Seguiré apoyando a Casey porque es lo que siempre he hecho. Pero puedo decirte desde ya que Paula no te quitará ojo de encima. Está convencida de que Casey comete un terrible error.

—Bueno, espero que no sea así —dijo Laurie—. Y me doy por advertida.

9

Dos días después, Laurie se miraba la cara en el espejo de su tocador. Habría jurado que la víspera no tenía ese pliegue entre las cejas. ¿Era posible? ¿Podían aparecer arrugas literalmente de la noche a la mañana? Hizo ademán de coger el corrector, pero se detuvo. Prefería ser ella misma, y si eso suponía alguna que otra arruga más, pues que así fuera; no le hacía gracia, pero aun así lo aceptaba.

Vio reflejado en el espejo a Timmy, irrumpiendo en su habitación iPad en mano.

—Mamá, vas a encontrar tráfico denso a la ida y a la vuelta. Tienes que salir de Connecticut antes de las tres por lo menos si quieres llegar a casa de Alex a tiempo para el saque inicial. Habrá retenciones todo el trayecto hasta el Bruckner.

No podía creer lo rápido que estaba creciendo su hijo. Había aprendido a usar todas las aplicaciones de tráfico online mientras hacía de «copiloto» en el asiento de atrás durante el viaje del mes pasado a Florida.

No vio necesidad de decirle que en realidad debía salir antes. Tenía una reunión a las cuatro con Brett y el nuevo presentador que este había elegido.

Le dio a Timmy un fugaz abrazo antes de llevarlo a la sala de estar.

—Soy yo la que te enseñó a no llegar tarde a ningún sitio, incluido el colegio —le recordó—. Vete a por los zapatos y la mochila. Y no olvides los deberes de mates. Se quedaron en la mesita de centro anoche.

Mientras Timmy volvía a su habitación arrastrando los pies, entró su padre y le dio una taza de café.

—Hasta me he acordado de usar esa asquerosa leche de almendra que tanto te gusta.

Lo cierto era que en un principio Laurie la había comprado con la esperanza de que su padre se aficionara. Desde que le pusieron dos *stents* en el ventrículo derecho el año anterior seguía una dieta sana para el corazón, pero insistía en tomar el café con leche entera. «Bueno, si alguien se merece tener un pequeño vicio, ese es mi padre», se dijo Laurie. Hacía seis años el subcomisario de policía de Nueva York era Leo Farley, candidato en potencia a ser el siguiente comisario. Entonces, una tarde, mientras empujaba a Timmy en un columpio, Greg, el marido de Laurie, fue asesinado de un disparo en la frente. Laurie se convirtió de pronto en una madre viuda que no tenía la menor idea de quién había matado a su marido. Leo dejó el trabajo que adoraba, todo por ella y Timmy.

Ahora estaba a punto de llevar a su nieto al colegio, como hacía todos los días sin falta después de recorrer unas pocas manzanas desde su apartamento para recogerlo. Si quería leche en el café, que se la echara.

—Está claro que a Timmy le hace ilusión ver a Alex esta noche —comentó.

—Claro —dijo ella—. Adora a Alex.

—Todos lo adoramos —señaló su padre—. Perdona —añadió de inmediato—, no era ninguna indirecta.

—Lo sé, papá, no pasa nada.

Era un secreto a voces que Leo quería que su hija viviera feliz por siempre jamás con Alex. Parte de ella también lo deseaba con desesperación. Pero cada vez que Laurie pensaba que podía estar preparada, se imaginaba a Greg y notaba cómo se alejaba de Alex. Su marido seguía llenándole el corazón hasta el punto de que se preguntaba si alguna vez tendría sitio para alguien más.

Desde que había dejado el programa, Alex decía que había tenido que viajar mucho por un caso importante, pero Laurie ya sabía por qué no contestaba a sus llamadas: se había enamorado de ella y mantenía las distancias hasta que estuviera preparada para sentir lo mismo. Laurie debía dejarle espacio y esperar que siguiera allí cuando estuviera lista para comprometerse, si alguna vez llegaba a estarlo.

—Timmy ha dicho que vas a ir a una cárcel. ¿De qué va eso? —preguntó Leo.

Timmy tenía el don de oír solo las palabras más emocionantes que salían de la boca de su madre.

—No voy a ir literalmente a una cárcel, sino a ver a una persona que salió de la cárcel el martes. Papá, ¿qué recuerdas de la Bella Durmiente Asesina?

—Que asesinó a un hombre magnífico y luego intentó culpar a la policía de haberla incriminado. Tendría que haber ido a la cárcel de por vida, pero el jurado se dejó engañar y se apiadó de ella. —Le nubló el gesto una expresión preocupada—. Anda, Laurie, haz el favor de decirme que no vas a reunirte con ella.

10

La pantalla del móvil de Laurie le notificó que su coche había llegado y la esperaba en la calle Noventa y cuatro, pero su padre seguía intentando convencerla de que ese viaje era una pérdida de tiempo.

—Te mirará a los ojos y luego te mentirá a la cara, como hizo con la policía cuando fue detenida.

Laurie estaba empezando a lamentar haber mencionado el motivo de su viaje a Connecticut. Apuró el último trago de café, porque le hacía falta hasta la última pizca de cafeína.

—Todavía no he tomado una decisión —dijo.

—Ya puedo predecir lo que te dirá Casey: que fue drogada en la gala benéfica por algún desconocido sin identificar.

—Lo sé, lo sé —dijo ella mientras revisaba el maletín para asegurarse de que tenía todo lo que iba a necesitar ese día—. Los análisis de sangre demostraron que no solo había consumido alcohol, sino también Rohypnol. Me dirá que ese medicamento se considera un *roofie*, una droga que se usa para incapacitar a una víctima, no con fines recreativos.

—Solo que no fue drogada por un desconocido, Laurie. Lo hizo ella misma para poder cargarle el asesinato a otro. —Leo meneó la cabeza, asqueado.

—Papá, tengo que ir, ¿vale? Le prometí a Casey que por

lo menos me plantearía investigar su caso. Eres tú quien me enseñó que, una vez das tu palabra...

—Vale, pero ¿por qué tienes que ir hoy? Tómate un tiempo para plantearte otros casos.

Sintió deseos de decir: «Porque Brett me está atosigando», pero no quería dar a su padre ninguna otra razón para que detestase a su jefe. Leo la apoyaba de una manera exagerada. ¿Cuántas veces le había dicho que ella estaba a la altura de cualquier equipo de televisión del país? Si de su padre dependiera, tendría una vitrina llena de premios Emmy y el programa *60 Minutes* se moriría de ganas de ficharla.

—Por lo visto, la madre de Casey no quiere que salga en mi programa.

—Una mujer lista —dijo rotundamente—. Lo más seguro es que sepa que su hija es culpable.

—Sea como sea, prefiero tener ocasión de conocerla lo antes posible, por si al final decido cubrir el caso.

—Cosa que desde luego espero que no hagas.

Timmy y Leo acompañaron a Laurie hasta el todoterreno negro que la esperaba delante del edificio. Laurie le dio un último abrazo a su hijo y luego vio cómo él y Leo emprendían su paseo diario hasta la escuela Saint David.

Mientras veía discurrir la ciudad del otro lado de la ventanilla del todoterreno, la alegró pensar que iba a hacer el largo trayecto hasta Connecticut y a volver el mismo día. Su hijo no era el único que estaba ilusionado por ver a Alex esa noche. La apretada agenda entre ahora y entonces haría que el tiempo pasara volando.

11

Paula Carter estaba en el umbral de la habitación de invitados, viendo a su hija ocupada en el despacho que había improvisado. Casey había salido de la cárcel con dos cajas; por lo que veía Paula, estas contenían sobre todo expedientes y libretas, ahora apilados encima del tocador y de las dos mesillas. A excepción de su desplazamiento a la ciudad hacía dos días, Casey había pasado todo el tiempo allí dentro, revisando esos documentos.

—Ay, cariño, es un cuarto muy pequeño, ¿no? —preguntó.

—Es un palacio en comparación con el sitio donde he dormido estos años —dijo Casey con una sonrisa triste—. En serio, mamá, gracias por todo lo que has hecho por mí. Sé que debió de ser duro mudarte aquí arriba.

«Aquí arriba» era Old Saybrook, en Connecticut, a poco más de quince kilómetros de la cárcel donde había vivido Casey los últimos quince años.

Paula nunca había pensado que se iría de Washington D.C. Se había ido a vivir allí cuando tenía solo veintiséis años para casarse con Frank, doce años mayor que ella. Se conocieron en Kansas City. Él era socio de uno de los bufetes más importantes de la nación; ella ayudante del abogado local de uno de los clientes del bufete de Frank. Un defecto de fabricación originado en la planta del cliente en Missouri había conllevado meses de declaraciones en el juzgado. Para cuando las dos partes llegaron a un acuerdo, Frank le había propuesto matrimonio a Paula y le había preguntado con ansiedad si se plantearía mudarse a Washington. Ella le dijo que el único inconveniente era que echaría de menos desesperadamente a su hermana gemela, Robin, y a su sobrinita, Angela, que acababa de aprender a llamarla tía Paw-Paw. Robin era madre soltera; el padre de la niña nunca había formado parte de su vida. Paula le había conseguido a su hermana un empleo de secretaria en su empresa y estaba ayudándola a criar a su pequeña. De pequeñas, Paula y Robin soñaban con estudiar Derecho.

En cuestión de tres días, Frank halló una solución: Robin y su hija, Angela, también se trasladarían a Washington. Su empresa contrataría a Robin como secretaria y le ofrecería un horario flexible si quería obtener la licencia de auxiliar jurídica o incluso estudiar Derecho. Las tres —Paula, Robin y la pequeña Angela— se fueron juntas a Washington.

Y qué aventura había sido. Paula y Frank se casaron antes de un año, y Casey llegó para su segundo aniversario. Paula no cumplió su sueño de convertirse en abogada, pero Robin sí, mientras su hermana disfrutaba de una vida maravillosa con Frank. Tenían una casa preciosa en Georgetown con un jardincito en el que las niñas podían jugar al aire libre. La Casa Blanca, el National Mall y el Tribunal Supremo estaban justo delante de su puerta. ¿Quién iba a pensar, comentaban ella y Robin, que nuestras hijas crecerían con todo esto al alcance de la mano?

La capital pasó a ser un miembro de la familia.

Entonces, justo dos años después de que se licenciara por la facultad de Derecho a los treinta y seis, a Robin le diagnosticaron cáncer. Se sometió a todos los tratamientos, se le cayó el pelo, tuvo náuseas las veinticuatro horas del día. Pero no dio resultado. Angela aún estaba en el instituto cuando enterraron a su madre. Vivió con los Carter en Georgetown hasta que se graduó y luego se trasladó a Nueva York con sueños de llegar a ser modelo. Cuatro años después, Casey también se fue, primero para asistir a la universidad en Tufts y luego para hacer carrera en el mundo del arte en Nueva York.

Solo quedaron en Washington Frank y Paula. Al menos las chicas se tenían la una a la otra en Nueva York; al principio, antes del asunto de Hunter.

Y tres años atrás, mientras Paula y su marido subían las escaleras del Monumento a Lincoln, Frank se derrumbó. El médico del hospital Sibley Memorial le dijo a Paula que no había sufrido. «Debió de sentir como si hubieran apagado las luces.» A su modo de ver, su marido murió con el corazón roto. Se le rompió el día que Casey fue condenada.

Sin Frank, la casa de Georgetown parecía mucho más grande. Paula salía a pasear y veía todos los lugares que acostumbraba a visitar con gente a la que echaba de menos con desesperación. Robin y Frank habían desaparecido, Angela seguía en Nueva York y Casey vivía en una celda de dos por tres metros en Connecticut. No, la capital de la nación no era su familia. Casey, Frank, Angela y Robin sí lo eran. Así pues, vendió la casa y compró un adosado en Old Saybrook por la única razón de que estaba cerca de su hija. A decir verdad, habría pagado un millón de dólares por mudarse a la celda de al lado de Casey si se lo hubieran permitido.

Pero ahora su hija estaba aquí, se sentía un poco más en casa. Se enjugó una lágrima que se le estaba formando en el rabillo del ojo, con la esperanza de que Casey no se hubiera dado cuenta.

«Frank te rogó que aceptaras el acuerdo con la fiscalía. "Soy viejo, cada vez más viejo", te decía. Casey, podrías haber estado en la calle hace nueve años. Tu padre habría podido pasar contigo seis años, quizá más.»

—Debe de ser Laurie Moran —dijo Paula—. No sé por qué quieres pasar por esto, pero sabe Dios que nunca haces caso de mis consejos. —«Como tampoco hacías caso de los de tu padre», pensó.

12

—¿Seguro que no quiere un té?

Era la tercera vez que Paula se lo ofrecía. Entretanto, se había alisado repetidamente el dobladillo de la falda, se había levantado a enderezar un cuadro en la pared y había cambiado de postura una y otra vez en el rincón del sofá.

—Sí, me encantaría. —A Laurie no le apetecía el té, pero habría estado dispuesta a beber leche agria si así tenía un respiro de la energía nerviosa de esa mujer.

Una vez Paula salió de la habitación. Casey dijo:

—Estoy teniendo *flashbacks* de la última vez que estuve bajo el mismo techo con mis padres, justo después de que Hunter fuera asesinado. Vinieron de Washington e insistieron en quedarse en mi apartamento porque no querían que estuviera sola, y yo tampoco estaba segura de quererlo. Mi madre se pasó dos días seguidos ofreciéndome fruta, queso, zumo, té. Se levantaba en mitad de una conversación y se ponía a fregar las encimeras de la cocina. Los suelos estaban tan limpios que te veías reflejada.

Para cuando volvió Paula con una bandeja de té de plata de ley, Laurie había dirigido la charla hacia la noche del asesinato de Hunter Raleigh.

—¿A qué hora te fuiste de la gala en Cipriani? —preguntó.

—Eran poco más de las nueve. Me sentí fatal por obligar a

Hunter a marcharse de su propia fiesta. Los camareros estaban empezando a servir el postre. Le dije que me iba en taxi, pero insistió en acompañarme. Me encontraba muy mal, apenas podía tenerme en pie, y creo que se dio cuenta de que me ocurría algo grave. No fue hasta más tarde cuando me di cuenta de que alguien me había drogado.

«Ya llegaremos a eso, desde luego», pensó Laurie. Pero quería hacerse una idea general primero, de principio a fin.

—Así que el chófer os llevó a los dos de regreso a casa de Hunter, ¿no?

—Sí, Raphael. Estaba esperando fuera con el coche.

—Teniendo en cuenta que no te encontrabas bien, ¿no preferiste quedarte en la ciudad?

Además de la casa de campo de Hunter en New Canaan, tanto Casey como Hunter tenían apartamentos en Manhattan.

Casey negó con la cabeza.

—Aquella casa era mágica. Pensé de veras que me sentiría mejor una vez llegáramos allí. Estuve dando cabezadas durante el trayecto. Tendría que haberme dado cuenta de inmediato de que algo iba mal, fuera la hora que fuese. Por lo general, me cuesta mucho conciliar el sueño. Nunca he podido dormir en un coche ni en un avión.

Incluso la fiscalía reconoció que Casey tenía Rohypnol en el organismo. La única duda era si había tomado la sustancia ella misma después de disparar contra Hunter, para tener una coartada, o si alguien la había drogado esa misma noche con anterioridad.

Laurie sabía por la revisión que había llevado a cabo del caso que la policía había obtenido una imagen del coche de Hunter pasando por el carril de peaje de la autopista Henry Hudson. Casey estaba sentada con la espalda recta en el asiento trasero al lado de Hunter. En el juicio, el fiscal aportó la imagen como prueba para desacreditar la afirmación de Casey de que había sido drogada en la gala, en lugar de después del asesinato, por su propia mano.

—¿El único síntoma que tenías era la fatiga?

Margaret, la amiga de Laurie convencida de que la drogaron, dijo que lo que sintió era muy distinto del cansancio sin más.

—No, era horrible. Estaba mareada y confusa y tenía náuseas. Notaba frío y calor al mismo tiempo. Me costaba mucho hablar, como si no me acordara de ninguna palabra. Recuerdo sentirme como si no tuviera control en absoluto sobre mi mente ni mi cuerpo. Recé a Dios para dejar de sentirme así.

Era exactamente la misma sensación que había descrito Margaret.

—Llamaste a emergencias después de medianoche —señaló Laurie—. A las 0.17, para ser precisos. ¿Qué pasó entre el momento en que llegasteis a casa y esa llamada?

Casey se apartó el largo flequillo de los ojos de un soplido.

—Se me hace raro volver a hablar de esto. Durante años, he repasado mentalmente esa noche, pero nadie había querido oír mi versión desde que fui detenida.

Laurie oyó la voz de su padre en la cabeza: «Si tan inocente era, ¿por qué no declaró?».

—Tengo que corregirte, Casey. La gente quería oír tu versión desesperadamente, pero no subiste a testificar.

—Mi abogada me aconsejó que no lo hiciera. Dijo que habían encontrado a un par de personas que nos habían oído a Hunter y a mí teniendo intensas peleas. Que eso daría una mala imagen mía en el juicio. La fiscalía me haría pedazos plantándome cara cada vez que perdiera los nervios. Que hable claro no quiere decir que sea una asesina.

—Si hiciéramos el programa, te plantearíamos las mismas preguntas difíciles. ¿Lo entiendes? —se interesó Laurie.

—Desde luego —repuso Casey—. Responderé a cualquier pregunta.

—¿Con un polígrafo?

Casey accedió sin dudarlo. En realidad, Laurie no pensaba recurrir a esa tecnología porque no era fiable, pero la buena disposición de Casey a someterse a un detector de mentiras era un factor a su favor. Laurie decidió volver a poner a prueba su franqueza preguntándole si estaría dispuesta a renunciar a la confidencialidad entre abogado y cliente para que su letrada pudiera hablar con Laurie directamente. Casey accedió de nuevo.

—Continúa con tu relato, por favor —la instó Laurie.

—Apenas recuerdo entrar en la casa. Como he dicho, iba quedándome dormida a ratos. Hunter me despertó cuando enfilamos el sendero de acceso. Raphael se ofreció a ayudarme cuando tuve problemas para bajar del coche, pero luego me las arreglé para entrar, cogida de la mano de Hunter. Debí de ir directa al sofá y perder el conocimiento. Seguía con el vestido de noche cuando desperté.

—¿Y qué pasó cuando despertaste en el sofá?

—Fui dando tumbos al dormitorio. Seguía sintiéndome mareada, pero fui capaz de recorrer el pasillo. Hunter estaba en la cama, pero no bajo las sábanas, no como si estuviera durmiendo, sino más bien como si hubiera caído encima de espaldas. Sé por las fotografías que en realidad la sangre estaba en la camisa y el edredón, pero en ese momento me dio la impresión de que estaba ensangrentado de arriba abajo. Me precipité hacia él y lo zarandeé, suplicándole que despertara. Cuando le tomé el pulso, me pareció notar algo, pero entonces me di cuenta de que era el temblor de mi propia mano. Ya estaba frío. Había muerto.

13

La madre de Casey, Paula, no paraba de moverse en el sofá.

—Ya sabía que esto sería demasiado para ti, tan poco después de volver a casa. Igual podemos seguir con esta conversación más adelante, señora Moran.

El destello de irritación en los ojos de Casey, hasta entonces mate, fue inconfundible.

—Mamá, llevo esperando esto casi media vida. Haz el favor de mantenerte al margen. Después de llamar a emergencias, llamé a mi prima. Gracias a Dios por ella. No sé qué habría hecho en la cárcel sin Angela. —Casey miró de inmediato a Paula y añadió—: Y mi madre, claro. La policía me encontró en la cama, aferrada a Hunter. Llevaba un vestido sin tirantes, conque tenía las manos, los brazos y los hombros manchados de sangre. Hunter seguía con la camisa y los pantalones del esmoquin. La chaqueta estaba en el banco al pie de la cama.

—¿Cómo entró la policía en la casa? —preguntó Laurie.

—Dijeron que encontraron la puerta entreabierta, cosa en la que no me fijé cuando desperté en el sofá.

—¿No es raro que la puerta estuviera abierta?

—Claro, pero a menudo no echábamos la llave hasta que nos íbamos a la cama. Había también un sistema de alarma, pero por lo general solo se activaba cuando volvíamos a la ciudad. Hunter debía de estar muy ocupado ayudándome a entrar y probablemente no cerró a su espalda. Yo diría que quien lo mató se coló por la puerta antes de que hubiera tenido ocasión de cerrarla, y luego la dejó abierta.

Además de las dos heridas de bala que acabaron con la vida de Hunter, la policía había encontrado dos orificios de bala en las paredes entre la sala de estar y el dormitorio principal.

—Entonces, una vez llegó la policía —dijo Laurie—, encontró el arma de Hunter en la sala de estar, ¿no?

Casey asintió.

—Como he dicho, yo estaba en la cama, abrazada a Hunter, cuando oí entrar a la policía. Me gritaron que me alejara del cadáver. Me sentí de nuevo como si estuviera en un sueño. No sé si fue por la conmoción o la droga, pero no obedecí de inmediato. Aún estaba muy grogui. A veces todavía me pregunto si todo hubiera sido distinto en el caso de que hubiese seguido sus instrucciones más rápidamente. Estaban recorriendo a toda prisa la vivienda, registrando cuartos de baño y armarios. Se mostraron muy agresivos conmigo e insistieron en que fuera al vestíbulo. Tuvieron que separarme por la fuerza de Hunter. Entonces, una vez en el vestíbulo, oí que una agente gritaba: «¡ARMA!». Me llevé un susto, pensando que habían descubierto a un intruso escondido en la casa. Pero entonces la agente levantó un arma que había encontrado bajo el sofá de la sala de estar. Me preguntó si la había visto alguna vez. Parecía la Walther P99 nueva de Hunter. Una nueve milímetros —aclaró—. Era su adquisición más reciente.

—Hunter era tirador y coleccionista entusiasta —explicó Paula—. Pensé que sin duda Casey lo convencería para que cambiara de aficiones, pero en cambio, antes de que me diese cuenta, ella lo estaba acompañando al campo de tiro. Frank y yo nos llevamos un disgusto.

Laurie tomó nota mental de que la familia de Casey tenía unas opiniones políticas definidas.

—Lo disfrutaba como pasatiempo —explicó Casey—, igual que otros hombres juegan al golf.

—¿Cuál fue tu reacción cuando la policía encontró un arma de fuego debajo del sofá en el que aseguraste que habías estado durmiendo? —preguntó Laurie.

—Me quedé sorprendida. Por lo general, Hunter guardaba las armas en una caja fuerte, salvo una que tenía en la mesilla de noche. Cuando le dije a la policía que era la última arma de Hunter, no se me pasó por la cabeza que fueran a pensar que la usé para matarlo.

Según las actas del juicio que había repasado Laurie la víspera, Casey declaró que ella no había tenido ocasión de disparar el arma nueva. Pensaba que igual Hunter se la había llevado al campo de tiro cuando la compró, pero juró que ella «definitivamente» no la había tocado. Sin embargo, la policía halló sus huellas dactilares en la pistola y restos de pólvora en sus manos.

Paula volvió a intervenir:

—Cuando la policía pidió permiso para hacer una prueba de restos de pólvora, le dijeron a Casey que era para descartarla como sospechosa. Dígame, ¿le parece justo? Le hicieron creer que estaban de su parte, pero fueron tras ella desde el primer momento.

—Como es natural, accedí a la prueba. Estaba dispuesta a hacer todo lo necesario para ayudar. No tienes idea de lo aterrador que es saber que yo estaba allí aquella noche. Estaba allí mismo mientras alguien lo perseguía desde la sala de estar al dormitorio, disparándole. Estaba en el sofá, dormida, mientras alguien asesinaba al único hombre que he amado. Siempre me preguntaré si me pidió ayuda a gritos. —Se le volvió a quebrar la voz.

Paula dejó escapar un suspiro exasperado.

—No sé por qué tenemos que remover otra vez todo esto. No podemos volver atrás en el tiempo. Si pudiéramos, te obligaría a aceptar ese acuerdo con la fiscalía. En cambio, decidiste correr suerte con el jurado. Y la incompetente de tu abogada básicamente consiguió encerrarte arguyendo que aquella noche estabas ida por completo. Si Casey hubiera querido que la condenaran por homicidio involuntario, podría haberse declarado culpable ya para empezar y obtenido una sentencia mejor.

Casey levantó la palma de la mano.

—Mamá, si alguien sabe el precio que pagué por ir a juicio, soy yo.

Laurie repasó los cinco nombres de los sospechosos alternativos que le había facilitado Casey: su exnovio, Jason Gardner; Gabrielle Lawson, la mujer de la alta sociedad que había ido detrás de Hunter; Andrew Raleigh, que estaba celoso de su hermano mayor; Mark Templeton, el director financiero de la fundación y Mary Jane Finder, la ayudante personal a la que quizá estaba investigando Hunter.

—¿Hemos pasado a alguien por alto? —preguntó.

—Son todos los que se me han ocurrido —confirmó Casey—. Cualquiera de ellos podría haberme echado algo en la bebida, haberse marchado de la gala después de nosotros y conducido hasta Connecticut, con la seguridad de que yo habría perdido el conocimiento para cuando llegara.

—Pero ¿y si no lo hubieras perdido? —indagó Laurie. Por lo que había oído sobre el Rohypnol, les efectos variaban mucho. El asesino no podía haber tenido plena seguridad de que Casey estaría inconsciente por completo.

—Ya lo he pensado —dijo Casey—. Por una parte, odio pensar que no estuve despierta para ayudar a Hunter. Pero tengo que suponer que quien le disparó, fuera quien fuese, habría hecho lo mismo conmigo si hubiera mostrado alguna señal de estar consciente.

Paula miró a su hija con gesto implorante. Le suplicó:

—Estás tomando una decisión demasiado apresurada. ¿Dar nombres en un programa de televisión? ¿Has pensado en cómo responderá esta gente? Intentarán destrozarte. Cualquier esperanza que tengas de pasar página se irá al traste.

—Mamá, ya estoy destrozada, y no necesito pasar página. No quiero empezar de nuevo como una persona distinta. Quiero recuperar mi vida. Quiero pasear por un centro comercial sin que tengas que seguir con la mirada a uno de cada dos clientes, preguntándote si me reconocen.

Sin más explicación, Casey se levantó de repente del sofá, desapareció un momento por el pasillo y volvió con una fotografía.

—He pasado dos días revisando todo mi expediente bajo una luz distinta. No puedo creer que no lo hubiera visto antes, pero creo que haber salido de esa celda y estar en un lugar diferente me ha abierto los ojos. He tenido quince años para descubrir el modo de demostrar que otra persona entró en la casa aquella noche, y creo que por fin lo he encontrado.

14

Cuatro horas después, Laurie miró el reloj una vez más en el asiento trasero del todoterreno. Por lo general, le encantaba que los Estudios Fisher Blake estuvieran en el Rockefeller Center, con vistas a la icónica pista de patinaje. Pero hoy, el tráfico en el centro estaba absolutamente paralizado. Furiosa ante la perspectiva de tener esperando a Brett, por fin se apeó a tres manzanas del edificio y las recorrió prácticamente a la carrera. Eran las 15.55 cuando salió del ascensor en el piso dieciséis. Estaba sin resuello, pero estaba allí.

Vio a Jerry y a Grace merodeando delante de su despacho. Grace, como siempre, llevaba todo el rostro expertamente maquillado. Lucía un vestido de punto púrpura con cuello de pico que se ceñía a sus curvas y era lo bastante largo para rozar la parte superior de unas botas negras que le llegaban hasta los muslos. Para Grace, era un atuendo casi recatado. Alto y delgado, Jerry descollaba sobre ella, con aspecto pulcro en lo que Laurie sabía que a él le gustaba llamar su «traje entallado».

Los dos se animaron al verla.

—¿Qué andáis conspirando?

—Estaba a punto de preguntarte eso mismo —repuso Jerry con ironía.

—Aquí la única conspiración era el tráfico, que casi me impide llegar a mi cita de las cuatro con Brett.

—No solo con Brett —señaló Grace en tono burlón.

—¿Queréis hacer el favor de decirme qué pasa aquí? —exigió Laurie.

Jerry fue el primero en hablar.

—Hemos visto que la secretaria de Brett se encontraba con Ryan Nichols en recepción hace un cuarto de hora. Es nuestro nuevo presentador, ¿verdad? Su currículum es perfecto.

Grace fingió abanicarse.

—No solo su currículum. Bueno, todos echaremos de menos a Alex, pero ese tío está como un tren.

Estupendo. Laurie no había conocido siquiera a Ryan Nichols, pero él ya contaba con el apoyo no solo de Brett sino ahora de Grace y Jerry. Y había llegado quince minutos antes de la hora a la que estaba programada la reunión.

Entró en el despacho de Brett y lo encontró sentado en el sofá al lado de Ryan Nichols. Se fijó en una botella de champán en la mesita de centro y tres copas. A ella Brett nunca le pedía que se sentara en el sofá para las reuniones, y la única vez que le ofreció champán fue después de que su primer especial hubiera liderado los índices de audiencia en su franja horaria. Reprimió el impulso de disculparse por interrumpir una situación tan íntima de «colegueo».

Ryan se levantó para recibirla. Grace no había exagerado su atractivo: tenía el pelo rubio y grandes ojos verdes. Su sonrisa reveló unos dientes perfectos. Le estrechó la mano con tanta firmeza que casi le hizo daño.

—Me alegro mucho de conocerte por fin, Laurie. Me hace mucha ilusión unirme al equipo. Brett estaba diciéndome que estás en el proceso de selección de nuestro siguiente caso. Estoy encantado de poder entrar en acción.

¿El equipo? ¿Entrar en acción? Más bien adelantarse a los acontecimientos, pensó ella.

Intentó mostrarse igual de entusiasta, pero sabía que no se le daba bien mentir.

—Sí, Brett y yo tenemos que tomar muchas decisiones sobre la dirección del programa, el siguiente caso y el nuevo presentador. Pero agradezco mucho que estés interesado. Con tus antecedentes, debes de estar muy solicitado.

Ryan miró a Brett con expresión confusa.

—Laurie, lamento no haber sido más claro cuando hablamos. Ryan *es* tu nuevo presentador, así que ya puedes eliminar eso de tu lista de tareas pendientes.

Laurie abrió la boca, pero no le salió ninguna palabra.

—Bueno —dijo Ryan—, tengo que ir al servicio. ¿Crees que Dana puede indicarme dónde está? Me orientaré por aquí en un abrir y cerrar de ojos.

Brett asintió y Ryan cerró la puerta al salir.

—¿Intentas sabotear esto? —dijo Brett con desdén—. Qué incómodo ha sido.

—No quería provocar una situación rara, Brett, pero no tenía ni idea de que ya habías tomado la decisión sin contar conmigo. Creía que *Bajo sospecha* era mi programa.

—Todos los programas que se hacen en este estudio son programas míos. Y te di el currículum de Ryan y no pusiste ninguna objeción.

—No caí en la cuenta de que iba en plan «habla ahora o calla para siempre».

—Bueno, la decisión me corresponde a mí, y la he tomado. Fuimos afortunados de contar con Alex, pero Ryan es mejor incluso. Conectará más con los espectadores jóvenes. Y sinceramente, con sus credenciales, bien podría convertirse en el próximo fiscal general. Por suerte, prefiere hacerse famoso.

—¿Y eso es bueno en el caso de un periodista?

—Ahórrate la retórica arrogante. Lo que haces es un *reality show*, Laurie. Afróntalo.

Ella negó con la cabeza.

—Somos más que eso, Brett, y lo sabes.

—Sí, has hecho un buen trabajo. Y has ayudado a algunas personas. Pero eso solo es posible gracias a los índices de audiencia. Tuviste un mes para proponer otro presentador, y lo fuiste demorando. Así que ya me darás las gracias por encontrarte a alguien del nivel de Ryan.

Oyó que llamaban a la puerta y volvió a entrar Ryan.

Se esforzó por adoptar su mejor sonrisa.

—Bienvenido a *Bajo sospecha* —dijo, mientras Brett descorchaba el champán.

Apenas había tomado el primer sorbo cuando Brett le preguntó cómo iba el asunto de Casey Carter.

Laurie empezaba a resumir su reunión con Casey cuando Ryan la interrumpió.

—No es un caso sin resolver. La premisa del programa es revisar casos pendientes desde la perspectiva de personas que han vivido, y cito textualmente, «bajo sospecha».

«Gracias por decirme la premisa de mi propio programa», pensó Laurie.

—El homicidio de Hunter Raleigh se resolvió —continuó Ryan—, y la única persona bajo sospecha fue condenada y encarcelada. Caso cerrado. ¿Se me escapa algo?

Laurie empezó explicar que ella y Brett ya habían decidido que un caso de condena injusta sería un siguiente paso adecuado para la serie.

Esta vez fue Brett quien la interrumpió:

—No te falta razón, Ryan. Ese caso se cerró de manera contundente. La chica bebió demasiado en la gala y lo abochornó en público. Probablemente se pelearon en casa. Él iba a poner fin a su compromiso, y ella le sacó un arma. Por lo que recuerdo, las pruebas fueron abrumadoras. Parece ser que lo único que estaba en tela de juicio era si lo hizo a sangre fría o en el calor del momento. Supongo que el jurado le dio el beneficio de la duda en ese sentido.

—Con el debido respeto, Brett, la última vez que hablamos, dijiste que te traía sin cuidado si era inocente o no. Que solo con su nombre tendríamos garantizado un buen número de espectadores.

Ryan no esperó siquiera a que contestara Brett.

—Eso es un modelo anticuado de medios de comunicación —sostuvo—. Los quince minutos de fama se han reducido ahora a quince segundos. Para cuando emitamos el programa, podría ser agua pasada. El público joven es el que impulsa los índices de audiencia. Necesitamos espectadores que se hagan eco del programa en las redes sociales. Esos nunca han oído hablar de Casey Carter.

Brett inclinó la copa de champán en dirección a Ryan.

—Una vez más, no le falta razón. ¿Tenemos un enfoque nuevo, o no es más que un refrito de su defensa hace quince años?

Laurie tuvo ganas de apurar el champán de un trago, pero en cambio dejó la copa. Quería estar despejada.

Metió la mano en el maletín, sacó la fotografía que le había dado Casey y se la tendió a Brett.

—Este es nuestro enfoque.

—¿Qué es esto? —preguntó.

—Casey ha tenido quince años para analizar las pruebas de su caso. Puede recitar de memoria hasta la última palabra de todos y cada uno de los informes policiales. Pero después de que habláramos el miércoles, fue a casa y empezó a mirarlo todo desde una nueva perspectiva, incluidas las antiguas fotografías del escenario del crimen. Cree que salir de la cárcel le ha ayudado a ver esas imágenes bajo una nueva luz. Se ha permitido recordar lo que era estar con Hunter en aquella casa.

—Venga ya —comentó Ryan en tono sarcástico.

—Fue entonces cuando se fijó en esto —continuó Laurie, señalando la fotografía.

—Es una mesilla —dijo Brett—. ¿Y qué?

—No se trata de lo que hay, sino de lo que falta. El recuerdo preferido de Hunter, una foto enmarcada de él con el presidente en la Casa Blanca en honor a la Fundación Raleigh, no está. Según Casey, siempre estaba ahí. Y estudió todas las demás fotos del escenario del crimen. La policía fotografió hasta el último centímetro de esa casa. Y la foto de Hunter con el presidente no aparece por ninguna parte. ¿Qué fue de ella?

—Así que aceptas la palabra de una asesina de que había una foto en esa mesilla —señaló Ryan.

—Nuestro programa funciona porque damos una oportunidad justa a la versión de todos los participantes —saltó ella—. Es lo que se llama investigación.

—Tiempo —dijo Brett, a la vez que hacía una T con las manos—. Entonces, suponiendo que esté en lo cierto sobre la foto que falta, ¿cuál es su teoría?

—Que el auténtico asesino se la llevó como recuerdo. No faltaba nada más de la casa.

A Laurie la alivió ver que Brett asentía.

—Así que quien se llevó la foto debía de saber el valor que tenía para Hunter —observó.

—Exacto.

Laurie estaba pensando otra vez en los sospechosos alternativos, sobre todo en el amigo, Mark Templeton. Hunter le había confiado los asuntos financieros de su iniciativa más importante: una fundación que llevaba el nombre de su madre. Malversar dinero de ese fondo en particular parecía un asunto personal. Hunter era rico, guapo, poderoso y querido. Laurie imaginó el resentimiento acumulado a lo largo de los años por un hombre que trabajaba a su sombra, rematado por una acusación de malversación y la amenaza de ponerlo en evidencia. Dos disparos en el dormitorio. La fotografía en la mesilla de Hunter y el presidente, como para burlarse de él.

—Piensa en los índices de audiencia —añadió para alentarlo, consciente de qué le interesaba a Brett en el fondo—.

«El regreso de la Bella Durmiente: Casey Carter habla ante las cámaras por primera vez en la vida.»

La enfureció que Brett volviera la vista hacia Ryan buscando su aprobación.

—¿Cómo sabemos que existió esa foto enmarcada? —preguntó Ryan.

—No lo sabemos —dijo Laurie—, aún no. Pero ¿y si eso cambia?

—Entonces, igual tienes una historia que contar, así que ponte las pilas. —Brett dejó la copa de pronto y se levantó—. Más vale que nos pongamos en marcha, Ryan. No quiero llegar tarde a la firma de libros.

—¿Cómo? —se interesó Laurie.

—Ya conoces a mi amigo historiador, Jed, ¿no?

—Claro.

Laurie lo conocía porque cada vez que Jed Nichols publicaba un libro, Brett presionaba a la sección de noticias a fin de que encontraran huecos en los que promocionarlo. También sabía que Jed era el amigo íntimo y compañero de habitación de Brett en Northwestern. Y entonces vio la relación. Nichols, como Ryan Nichols.

—Jed es tío de Ryan —explicó Brett—. Creía que lo había mencionado.

«No —pensó ella—. Algo así sin duda lo recordaría.»

Laurie estaba en un pórtico delante de un edificio con escaleras de entrada en la confluencia de las calles Ridge y Delancey, con el dedo índice contra un oído para bloquear el ruido del tráfico en el puente de Williamsburg. Apenas alcanzaba a oír a su padre en el otro extremo de la línea.

—Papá, voy a llegar tarde a casa de Alex. —Tenía la sensación de haber llegado con retraso más veces en la última semana que en los cinco años anteriores—. Haz el favor de recoger a Timmy y nos vemos allí.

—¿Dónde estás? Suena como si estuvieras en mitad de la autopista. No seguirás con Casey Carter, ¿verdad? Hazme caso, Laurie: esa mujer es culpable.

—No, estoy en el centro. Pero tengo que hablar con una testigo.

—¿Ahora mismo? ¿Sigues trabajando?

—Sí, pero no me llevará mucho tiempo. Llegaré para el saque inicial.

Cuando colgó, tenía un mensaje de texto nuevo en la pantalla. Era de Charlotte.

«Angela acaba de hablar por teléfono con Casey, que ha dicho que estuviste allí varias horas. Angela le ha advertido de que no se haga muchas ilusiones. ¿Cómo lo has visto tú?»

Tecleó una respuesta rápida en la pantalla.

«Soy prudentemente optimista. Queda mucho por hacer.»

Le dio a enviar y se guardó el móvil en el bolsillo.

No quería ni pensar en cómo se sentiría su padre si ella acababa creyendo que habían condenado a Casey injustamente. Y no quería decepcionar a Charlotte llegando a la conclusión de que la prima de su amiga era culpable de asesinato. Pero necesitaba concretar un caso para su siguiente episodio.

Cuando pulsaba el portero automático del apartamento, pensó: «Iré donde me lleven las pruebas. Es la única respuesta acertada».

15

Era un apartamento modesto pero tan limpio que relucía. No era de extrañar, quizá, teniendo en cuenta que su propietaria había sido durante décadas el ama de llaves más apreciada por la familia Raleigh, Elaine Jenson.

—Gracias por recibirme avisando con tan poca antelación, señora Jenson.

—Llámeme Elaine, por favor. —La mujer tenía un aspecto tan pulcro como su apartamento, con una blusa turquesa perfectamente planchada y pantalones negros. Medía un metro cincuenta y dos a lo sumo—. Aunque he de reconocer que no tengo claro que hubiera accedido a esto de haber sabido la naturaleza de su programa de televisión. Supongo que no es coincidencia que me llamara para hacerme preguntas sobre Hunter poco después de salir de la cárcel Casey Carter.

Cuando Laurie había llamado mientras volvía de Connecticut, sencillamente había dicho que trabajaba en los Estudios Fisher Blake y quería hablar con ella sobre sus antiguos jefes.

—No es coincidencia. De hecho, Casey me dio su nombre. —Los labios fruncidos de Elaine dejaron claro que no le hacía gracia la conexión—. Supongo que no es admiradora suya.

—¿Admiradora? No. Hubo un tiempo en que sí, pero ya no.

—Cree que es culpable.

—Claro. No quería creerlo, al principio no. Adoraba a Casey. Era joven, pero era formidable y me pareció una buena elección como esposa para Hunter, pese a las reticencias del padre de él. Me alegra no haber dicho nada, porque resultó que el general tenía razón sobre ella. Aunque nunca predijo que fuera a asesinarlo, claro.

—¿El padre de Hunter no la veía con buenos ojos?

—Ay, querida, ¿ve? Supuse que como periodista debía de saberlo. Yo no hablo de la familia. Creo que más vale que se vaya, señora Moran.

—No he venido a sacar a la luz viejos cotilleos —dijo Laurie—. Si la familia no aprobaba a Casey antes de la muerte de Hunter, ella no me lo mencionó.

Elaine bajó la vista al regazo.

—Eso es porque Hunter nunca se lo contó —dijo en voz queda—. Ahora, por favor, no pienso decir nada más. Ya estoy jubilada, pero los Raleigh han sido maravillosos conmigo. No estaría bien que hable de esto.

—Lo entiendo. —Laurie se levantó de su silla—. Tiene un apartamento precioso —comentó, cambiando de tema—. ¿Siempre ha vivido en la ciudad?

Elaine tenía aún el mismo número de teléfono que figuraba en los informes policiales después del asesinato de Hunter. Había bastado una llamada para localizarla.

—Este ha sido mi hogar desde que me casé con mi marido hace veintiséis años, pero Hunter sabía cuánto les gustaba el aire libre a mis hijos. Me los llevaba a la casa de campo durante semanas seguidas en verano. Nos alojábamos en la casa de invitados y echábamos una mano allí, pero normalmente trabajaba para la familia en la ciudad.

—¿Y qué me dice de Mary Jane Finder? ¿Iba alguna vez a la casa de campo?

—No a trabajar de por sí, pero lo habitual era que estuviera cerca del general —dijo, con un ligero deje en la voz—. Había estado en la casa, claro.

Al detectar desaprobación, Laurie prefirió no insistir.

—Creo que incluso asistió a la gala de la fundación con él la noche que Hunter fue asesinado. Parece un poco raro en el caso de una ayudante.

—Eso pensaba yo también. Muchos lo pensábamos, pero ¿quién soy yo para decir nada?

Quizá Elaine fuera protectora con la familia Raleigh, pero no lo era con la ayudante del general.

—Tengo entendido que a Hunter no le parecía bien.

Laurie se dio cuenta de que Elaine estaba escogiendo sus palabras con cuidado.

—Desconfiaba. Su padre era viudo. Poderoso, con dinero. No es insólito que llegue alguien de fuera y se aproveche.

—¿Y qué hay de Raphael, el chófer de Hunter? Tengo entendido que Mary Jane y él eran amigos. ¿Sigue usted en contacto con él? —Laurie lo tenía en su lista de personas a entrevistar. Como mínimo, podría describir en qué condiciones se encontraba Casey durante el trayecto de regreso a casa desde la gala.

A Elaine se le entristeció el semblante.

—Qué encanto de hombre. Falleció hace unos cinco años. Raphael era amigo de todo el mundo. La mayor parte de los empleados que yo conocía ya no están, pero no así Mary Jane. Si por esa mujer fuera, seguiría allí hasta su último aliento. Bueno, creo que ya he hablado suficiente.

Laurie volvió a darle las gracias a Elaine por atenderla. Cuando se acercaba a la puerta del apartamento, hizo una observación más:

—Parece que Hunter era un hombre maravilloso.

A Elaine se le avivaron los ojos.

—Un auténtico caballero. No solo era generoso y honrado, sino también un visionario. Habría sido un excelente alcalde, o incluso presidente de Estados Unidos.

—Creo que llegó a conocer al presidente, ¿no? —indagó Laurie.

—Ah, desde luego que sí —alardeó Elaine—. En la Casa Blanca. La Fundación Raleigh fue una de las cinco organizaciones benéficas escogidas como ejemplo del valor de las donaciones privadas. Eso fue todo mérito de Hunter. La fundación llevaba años en funcionamiento, pero fue Hunter quien decidió centrar su misión en la prevención y el tratamiento del cáncer de mama, después de que su madre falleciera de esa enfermedad. Pobre señora Betsy. Ay, qué horrible fue —dijo, su voz convertida en un suspiro.

—Tengo entendido que a Hunter lo conmovió el reconocimiento de la Casa Blanca.

—Estaba muy orgulloso —dijo, sonando también ella orgullosa—. Hasta tenía una foto de esa noche en la mesilla de su habitación.

«Bingo», pensó Laurie.

—¿En la casa de campo?

Asintió.

—La mayoría de la gente tendría algo así en mitad de la pared del despacho, pero a Hunter no le gustaba alardear. Creo que la tenía en un lugar especial porque significaba algo para él a título personal.

—Sé que parece una pregunta extraña, pero ¿habría estado esa foto en la mesilla la noche que fue asesinado?

—Es una pregunta extraña, desde luego. Pero la respuesta es sí.

—¿Porque siempre estaba allí?

—No, estoy más segura que todo eso. El caso es que yo iba a la casa de Hunter en Connecticut un día a la semana a limpiar. Raphael solía llevarme y traerme. Pero esa noche me trajo a casa un servicio de transporte porque Raphael iba a llevar a Hunter a la gala. Estaba quitándole el polvo a la foto de él con el presidente cuando entró en el dormitorio. En el momento en que se marchaba a la gala, le pregunté a Hunter si pensaba hacerse otra foto con el presidente allí. Se rio y dijo: «No, el presidente no va a asistir». Pensé en esa conversación después de que se fuera. No tenía idea de que sería lo último que llegaría a decirle.

—¿Y después de eso estuvo alguien más en la casa?

—No, solo yo. Cerré al marcharme. Y luego, claro, Hunter y Casey volvieron a New Canaan... —Dejó la frase en suspenso.

Laurie imaginó la escena como si estuviera ocurriendo en ese mismo instante, justo delante de ella. Le pareció absolutamente real. Laurie daba crédito al testimonio de Elaine de que la foto enmarcada había estado en aquella mesilla cuando Hunter se fue a la gala, lo que suponía que empezaba a creer que igual Casey estaba diciendo la verdad.

Hubo alguien más en la casa aquella noche.

16

Estaban en el apartamento de Alex esperando el saque inicial. El partido de fútbol americano no había empezado, pero los tentempiés iban viento en popa. En el tablero de un aparador en la sala de estar de Alex había un surtido de patatas fritas, salsas para untar y galletitas saladas.

—Supongo que lo del cuenco casi vacío de palomitas con sabor a queso es cosa de Timmy —comentó Laurie.

—Yo también he comido —confesó Alex. Estaba sentado en el sofá, con el brazo por encima de los hombros de ella.

—Ramon, si por Timmy fuera, no comería más que macarrones con queso y palomitas con sabor a queso —comentó Laurie.

El título oficial de Ramon (escogido por él mismo) era el de mayordomo, pero también era ayudante, chef y amigo de confianza de Alex. Y por suerte para este y cualquier invitado a su casa, era un organizador de fiestas nato, siempre capaz de planear el menú perfecto para un acontecimiento.

—No te preocupes, no es todo comida basura —respondió Ramon con una sonrisa—. He preparado un chile con pavo bien saludable para cenar. ¿Quieres una copa de chardonnay?

Alex había recibido a Laurie con un cálido beso.

—Me parece que Ramon te conoce bastante bien, Laurie —dijo con convicción—. Me alegro de que hayas podido llegar a tiempo. Ya sé lo mucho te habría disgustado perderte una sola jugada.

A Laurie le gustaba ver el fútbol, pero no era una seguidora ferviente. Aun así, le encantaba ver a su hijo y su padre disfrutando juntos del deporte, de modo que animaba a todos sus equipos preferidos. Y cuando Alex se acomodó en el sofá a su lado para el saque inicial y le pasó el brazo por los hombros, eso también le gustó.

En el descanso, Timmy siguió de buena gana a Ramon a la cocina para prepararse una copa de helado de postre. El padre de Laurie preguntó de inmediato cómo habían ido las cosas en Connecticut.

—Por lo menos Casey no ha vuelto a ir de compras —comentó en tono de desaprobación—. ¿Ir al centro comercial nada más salir de la cárcel? No es la mejor publicidad si quiere que la gente se compadezca de ella.

—No fue así, papá. Es que literalmente no tenía ropa.

Laurie empezó a poner a Alex al corriente, pero él la interrumpió.

—Tu padre me ha dicho que fue a verte. —Había algo extraño en su voz.

—A juzgar por esa reacción, yo diría que mi padre también ha dejado claro que no quiere que toque el caso ni con un palo de tres metros. Y sospecho que tú tampoco.

—Lo siento —se disculpó Alex—, no quería sonar tan negativo.

—Bueno, ahora que has pasado más tiempo con ella, ¿cuál es tu opinión? —se interesó Leo—. ¿Está tan loca como dicen?

—Para nada. —Hizo una pausa, buscando los adjetivos adecuados—. Es directa. Muy práctica. Habló con mucha claridad y muy abiertamente de su caso, pero sin emoción. Casi como si fuera periodista o abogada.

—Eso es porque miente —señaló Leo.

—Eso no lo sé, papá. La descripción de su estado mental aquella noche parecía muy creíble. Y hay pruebas de que una de las posesiones más preciadas de Hunter desapareció de la casa. Por lo que sé, la policía no lo investigó.

—¿Ves? Te ha convencido de que culpes a la policía, tal como hizo durante el juicio.

—No quería decir eso. Nadie se dio cuenta de que había desaparecido. Ella lo dedujo a partir de antiguas fotos del escenario del crimen. Lo confirmé con el ama de llaves de Hunter. He ido a hablar con ella esta tarde después de trabajar. Alex, qué callado estás. ¿Seguiste el caso durante el juicio?

—Lo siento, pensaba que como ya no estoy en el programa...

—Nada oficial. Solo tengo curiosidad por saber lo que opinas —le instó.

Leo negó con la cabeza.

—A ver si tú consigues hacerla entrar en razón, por favor.

—Mira, las pruebas contra ella eran muy sólidas —observó Alex—. Seguro que ya lo sabes. Algunos miembros del jurado dijeron después del juicio que una mayoría abrumadora quería condenarla por homicidio. Hubo dos que se compadecieron de ella y convencieron a todos los demás de que accedieran al veredicto de homicidio involuntario para poder llegar a un acuerdo.

—¿Sabes algo de su abogada, Janice Marwood? Casey y su madre dieron a entender que fue un desastre absoluto.

—No la conozco personalmente, pero, por entonces, me pareció que no era muy buena. Su estrategia de defensa estaba manga por hombro. Por una parte, intentó sugerir que la policía había manipulado pruebas para hacer una detención rápida en un caso con mucha repercusión mediática. Pero hacia el final del juicio, insinuó que incluso en el caso de que Casey fuera culpable, mató a Hunter en un arrebato de pasión. Entretanto, Casey no subió a testificar, y el jurado no tuvo un relato claro por el que guiarse. En esencia, yo le pondría una nota de «bien justito».

—Papá, por si te interesa, en el caso de que investigue la reclamación de Casey, no le pondré las cosas nada fáciles. Ya sabes cómo funciona nuestro programa: todo el mundo está bajo un microscopio. Podría salir de todo esto muy, pero que muy mal parada.

—Pero no ir a la cárcel —señaló—. Ya ha cumplido condena. Y si resulta que lo mató a sangre fría, no pueden volver a encarcelarla por asesinato. La absolvieron. No pueden procesarla por segunda vez, ¿verdad, Alex?

—Así es. Laurie, sería la primera persona que aparece en tu programa sin miedo a ser acusada y condenada en el caso de que encuentres pruebas adicionales en su contra.

No le faltaba razón, pero Laurie no estaba segura de que eso fuera suficiente para abandonar el proyecto.

—Tendré que tomar una decisión pronto. Brett no deja de atosigarme.

Alex se mostró preocupado.

—Me parece que quieres decir algo.

Negó con la cabeza, pero parecía distante.

—Yo no me precipitaría a meterme en algo solo porque Brett te esté atosigando.

—Por no hablar del incordio de que ha contratado a mi presentador sin consultarme.

Leo empezó a renegar de inmediato en su nombre, amenazando con llamar a Brett para soltarle un discurso sobre liderazgo.

—Papá, soy una mujer hecha y derecha. No puedo permitir que mi padre llame a mi jefe.

—¿Hay alguna posibilidad de que yo conozca a ese tipo? —preguntó Alex.

—Quizá. Se llama Ryan Nichols.

Alex dejó escapar un silbido.

—Viene pegando fuerte. He de reconocer que podría ser mucho peor.

—Lo sé. Sobre el papel, es perfecto en todos los sentidos. Tiene una gran reputación, pero con un ego a la misma altura. Me da la impresión de que es uno de esos que se besan en el espejo todas las mañanas, y no sé si vale para el puesto. Además, es sobrino del mejor amigo de Brett, así que hay un alto grado de nepotismo. Tendrías que haber visto cómo Brett miraba una y otra vez a Ryan para saber su opinión; me he sentido como si estuviera perdiendo mi propio programa.

—Se fijó en que Alex desviaba la mirada hacia la vista del East River. Hablar sobre Casey era una cosa, pero no tendría que haber empezado a quejarse de Ryan.

Timmy llegó a la sala de estar con un *banana split*.

—Mamá, Ramon ha comprado cinco sabores distintos de helado. ¿A que mola?

Durante el resto de la velada, Laurie no habló del trabajo porque no quería que Alex se sintiera responsable de sus problemas. Pero se dio cuenta de lo mucho que lo echaba ya en falta.

17

Casey se vio pulsando el botoncito para cerrar la puerta de su nuevo dormitorio y se detuvo. Hizo el esfuerzo de dejarla un poco entreabierta.

Ahora que había salido de la cárcel, ¿qué iba a hacer? ¿Dónde podía encontrar trabajo una delincuente convicta? Seguro que en casas de subastas de arte no. Podía probar suerte con la escritura, pero eso atraería la publicidad que quería eludir. ¿Le permitiría un tribunal cambiarse de nombre legalmente? Cuántas preguntas y qué pocas respuestas.

Había oído historias de mujeres que salían de la cárcel solo para volver a entrar, que era difícil adaptarse a la libertad una vez fuera. Nunca se le había pasado por la cabeza que la atañeran a ella. Pero allí estaba, temerosa de dormir con la puerta abierta en la casa de su propia madre.

Nada había sido tan horrible como lo de ir a comprar ropa. Hasta que hubo entrado en el centro comercial, Casey no cayó en la cuenta de lo raro que sería estar entre desconocidos en público. Sin uniformes. Sin reglas tácitas de comportamiento. En el trayecto en tren de ida y vuelta a la ciudad al día siguiente, se había escondido tras las páginas de un periódico.

Quizá su madre y Angela tenían razón. Podía olvidarse del pasado y empezar una nueva vida. Pero ¿dónde, y haciendo qué? ¿Se suponía que debía cambiarse el nombre, mudarse a un lugar en mitad de la nada y vivir como una ermitaña? ¿Qué vida era esa? Además, si algo había aprendido aquellos primeros días, era que ni siquiera podía ir a un centro comercial en un área residencial de Connecticut sin que el pasado le diera alcance.

Y no todo su pasado. Nadie la recordaba como una alumna destacada en Tufts, la estrella del equipo de tenis de la universidad ni la presidenta de la sección local de Jóvenes Demócratas. Ni como una de las pocas personas que había encontrado trabajo en Sotheby's nada más acabar la universidad. Ni cómo hizo reír a Hunter el día que lo conoció recitando de memoria el nombre de pila entero de Picasso: Pablo Diego José Francisco de Paula Juan Nepomuceno María de los Remedios Cipriano de la Santísima Trinidad Mártir Patricio Clito Ruiz y Picasso. Ni la noche que él la abrazó y sollozó mientras describía el dolor de haber visto a su madre morir de cáncer de mama, la misma enfermedad que le arrebató la vida a su tía Robin tan joven.

«Nadie recordará nada bueno de mí», pensó Casey, mientras empezaba a desvestirse. Era un personaje, una caricatura, el remate de un chiste.

A su pesar, se acordó de Mindy Sampson. Era ella quien había acuñado la mayoría de los crueles apodos de Casey.

Había supuesto que Mindy ya estaría jubilada a estas alturas. Sabía que la habían despedido del *New York Post*. No había caído en la cuenta hasta esta noche de que Mindy había pasado a publicar su columna online, en un blog llamado «El chismorreo».

Quizá hubiera cambiado el medio, pero su porquería seguía siendo la misma. «Antes incluso de que me detuvieran, Mindy ya me tenía ganas. Fue ella quien publicó aquella horrenda foto de Hunter al lado de la miserable Gabrielle Lawson. El día que salió, oí a las otras mujeres de Sotheby's chismorrear en plan "ya te lo dije" y "lo sabía": "Ya te dije que esa no podría retenerlo. Ya sabía que nunca llegarían a casarse".» Mucha gente envidiaba lo que ella había tenido con Hunter, y Mindy se había aprovechado de esa envidia para vender periódicos.

«Ahora Mindy está otra vez intentando hacer publicidad de su sitio web a mi costa», pensó Casey.

Se puso el pijama nuevo y cogió su nuevo teléfono móvil, que había estado usando antes para leer las entradas de «El chismorreo» sobre su puesta en libertad. Usó la yema del dedo para actualizar la página tal como su madre le había enseñado y desplazó la pantalla hasta los comentarios. Notó que le recorría la columna un viejo escalofrío familiar al ver un mensaje nuevo en la sección de comentarios. «No es ninguna sorpresa. Todos los que conocen a Casey saben que es una narcisista. Entre que le disparó a Hunter y se drogó, seguro que se retocó el maquillaje para estar lista para las cámaras.» El usuario había firmado el comentario con un seudónimo: RIP_Hunter.

La habitación estaba en silencio, pero Casey casi alcanzó a oír cómo le latía el corazón en el pecho. La parte superior de la pantallita le hizo saber que eran algo más de las diez. Gracias a Dios que aún contaba con una persona que atendía a sus llamadas, fuera la hora que fuese.

Su prima contestó después de dos tonos.

—Angela —dijo, con voz entrecortada—. Vete a la web elchismorreo.com y teclea mi nombre. Hay un comentario horrible sobre mí de RIP_Hunter. Seguro que es Mindy Sampson sacando trapos sucios por medio de Gabrielle Lawson. Me tienen otra vez en el punto de mira. —Empezó a sollozar—. Dios Santo, ¿es que no he sufrido ya suficiente?

18

El lunes siguiente, los pensamientos de Laurie fueron interrumpidos por las voces de Grace y Jerry delante de su despacho, contándose cómo les había ido el fin de semana. Por lo que pudo entender, Jerry había visto toda una temporada de una serie de la que ella no había oído nunca hablar, y Grace había salido por tercera vez con un tal Bradley y su compañero exigía detalles.

Era raro que Laurie llegara antes que Grace a la oficina, y mucho más antes que alguien tan madrugador como Jerry, pero hoy tenía planeado decirle a Brett que quería usar la reivindicación de inocencia de Casey para su siguiente especial. Necesitaba estar preparada.

—Bueno, ¿ya habéis escogido tú y Bradley el diseño de la porcelana? —preguntó, al tiempo que abría la puerta del despacho.

—Perdona —dijo Grace—. No sabía que estabas aquí. ¿Quieres café?

Laurie levantó el *venti latte* de Starbucks que había comprado de camino.

—No va a haber boda —anunció Grace—, ni voy a volver a salir con Bradley, si a eso vamos.

—Vaya, vaya —bromeó Jerry—, ¿qué tiene este de malo?

Grace no tenía dificultad para encontrar admiradores entre los del sexo opuesto, pero esa admiración no era siempre mutua.

—Me pidió que fuera con él a una fiesta de empresa la semana que viene. Y antes de que tuviera ocasión de aceptar, me dijo: «Y, claro, te pagaré un vestido que sea apropiado para la ocasión».

—¿Sigue Bradley vivo y coleando? —preguntó Laurie con una carcajada.

Grace sonrió.

—Le dejé seguir con vida. No querría ser la protagonista de nuestro próximo especial, ¿verdad? Pero lo he bloqueado en todas mis redes sociales. Por lo que a mí respecta, es un fantasma.

Laurie admiraba el talento de Grace en el mundo moderno de las citas, a veces despiadado. Antes de conocer a Greg, Laurie no se había sentido nunca cómoda con las relaciones románticas. Nada le parecía tan horrible como una cita desastrosa. Grace, en cambio, siempre les encontraba la parte positiva. Una buena anécdota que contar bien valía una mala cita. Y, por encima de todo, se quería tal como era, y eso era lo único que importaba.

—Hablando de nuestro próximo especial —dijo Laurie—. Quiero contaros el planteamiento antes de soltárselo a Brett. Y me decís si os parece bien.

Acercaron sendas sillas.

—Somos todo oídos —aseguró Grace.

Había pasado tanto tiempo preparándolo que expuso a la perfección el meollo de las pruebas contra Casey, junto con la nueva información que había recabado desde que se reunió con ella.

Jerry le dedicó una rápida ovación cuando terminó de hablar.

—Ha sido asombroso. No estoy seguro de que necesitemos un presentador nuevo.

Grace levantó un índice con gesto severo.

—No se interponga entre Ryan Nichols y yo. Podría ser una posición muy peligrosa, señor Klein.

Después de conocer a Ryan, Laurie tuvo la sensación de que quizá él no encontraría las bromas de Grace tan graciosas como Alex.

—Procura no acosar sexualmente a nuestro nuevo presentador, Grace. Además, igual no le tienes tanto cariño una vez lo conozcas.

—Oh-oh. Me parece que alguien ya ha empezado con mal pie —comentó Grace.

—Cuenta, cuenta —la instó Jerry, inclinándose hacia delante para oír los detalles.

—Olvidadlo. No tendría que haber dicho nada. Bueno, ¿qué pensáis? ¿Es un buen caso para el programa?

Cuando Laurie conoció a Jerry, este era un becario de la universidad socialmente torpe que se dedicaba a llevar bocadillos a los equipos de producción. Con los años había crecido, no solo figurativa sino literalmente, pues ya no iba encorvado para disimular su cuerpo alto y larguirucho. *Bajo sospecha* había empezado como la criatura de Laurie, pero ahora era un proyecto en equipo. Jerry tenía buen ojo para coger un artículo periodístico y transformarlo en un programa de televisión visualmente atractivo. Y Grace se había convertido en su público de prueba más valioso, capaz de señalar en un instante cómo responderían los espectadores.

Jerry habló primero:

—Ya me conoces, yo siempre pienso antes que nada en el marco. Me encanta la idea de recrear la gala en Cipriani, tan lujosa y elegante; entonces la transición al escenario pastoral de la casa de campo en Connecticut resultará muy dramática. Así que, desde la perspectiva de la producción, funciona. La familia Raleigh y la propia Casey captarán mucho público. No tengo tan claro cómo presentar el asunto económico de la fundación, pero seguro que encontraremos el modo de explicarlo en términos convincentes. ¿Qué más sabemos sobre el antiguo director financiero de la fundación?

—Se llama Mark Templeton —dijo Laurie—. Hice una búsqueda de noticias. Cuando dimitió, un periodista investigó los archivos públicos de la fundación y vio que los activos habían disminuido sustancialmente a lo largo de los últimos años, lo que sugería una posible relación entre su marcha y los fondos menguantes. Pero el padre de Hunter, James, se apresuró a acallar las especulaciones diciendo que la recaudación de fondos había disminuido desde el asesinato de su hijo. Contrató a un nuevo recaudador y director financiero a jornada completa, y desde entonces, parece ser que la situación económica de la fundación es sólida. Por lo que a Templeton respecta, ahora es director de Los Chicos de Holly.

—¿Qué es eso? —preguntó Jerry.

—Una ONG dedicada a crear albergues para adolescentes sin techo. Parece un grupo de fiar, pero hubo un período de inactividad de ocho meses después de abandonar la Fundación Raleigh. Podría ser un tiempo de descanso, o una señal de que esos rumores le pasaron factura a la hora de buscar trabajo. Le dejé un mensaje el viernes a última hora, pero no he tenido respuesta.

Grace estaba callada, cosa muy poco habitual en ella.

—Pareces preocupada —señaló Laurie.

—No me dejes nunca jugar al póquer. No puedo disimular lo que pienso ni debajo de una manta. Bien: voy a decirlo. Casey Carter es una chalada. Se le nota en los ojos. Cuando tuvo lugar el caso le dije a mi madre: «Mamá, esa chica tiene mirada de loca».

Jerry estaba riéndose.

—Grace, éramos unos críos cuando ocurrió.

—Es posible, pero sé reconocer a una mala pécora, te lo aseguro. Tenía algo bueno entre manos. Iba a ser la señora de Hunter Raleigh III. Probablemente ya tenía elegido el vestido para cuando lo nombraran presidente. Y entonces hizo el ridículo más espectacular en la gala, y él cortó con ella cuando llegaron a casa. Caso cerrado.

—¿Y la foto desaparecida? —indagó Laurie—. ¿No te ha parecido convincente?

—Probablemente se la lanzó cuando estaban peleando, luego limpió los fragmentos de cristal y enterró la foto en el bosque antes de llamar a emergencias, o se la llevó como recuerdo después de habérselo cargado.

Jerry no estaba convencido.

—Entonces ¿por qué iba a esperar hasta ahora para mencionar la foto desaparecida? Su abogada podría haberla usado entonces para plantear una duda razonable en el juicio.

Los interrumpió el sonido del teléfono fijo de Laurie. Contestó Grace.

—Despacho de la señora Moran. —Al colgar, añadió—: Hablando del rey de Roma. Dicen de recepción que han venido a verte Katherine Carter y Angela Hart.

19

—Laurie, ¿estás siguiendo todo esto?

La pregunta era de Angela. Laurie se sorprendió mirando a Casey y pensando en el comentario de los «ojos de loca» que había hecho Grace. Laurie había percibido un centelleo en los ojos de Casey que había atribuido a la inteligencia y el sentido del humor, pero ahora alcanzaba a imaginar un fuego latente tras ellos.

—Perdona —dijo—. Te sigo. Es mucho que procesar.

Casey y Angela habían llegado al despacho de Laurie con copias impresas de comentarios online hechos a lo largo del fin de semana sobre artículos que cubrían la puesta en libertad de Casey. Hasta donde sabían, el primero había aparecido en un sitio web de cotilleos llamado «El chismorreo». Lo firmaba RIP_Hunter.

—Encontré otros cuatro comentarios de RIP_Hunter colgados en otros sitios —dijo Casey—. Todos decían básicamente lo mismo: soy una narcisista que mató a Hunter para que nadie se enterara de que iba a romper conmigo.

Angela posó una mano protectora sobre la rodilla de Casey.

—Nunca se saca nada bueno de leer la sección de comentarios en internet.

—¿Cómo no voy a leerla? —preguntó Casey—. Mira lo

que dicen de mí. Me siento como si estuviera otra vez igual que hace quince años.

—Solo que no estás en un juicio —le recordó Angela—. Eres libre. ¿A quién le importa lo que piense de ti un trol en internet?

—A mí. A mí me importa, Angela.

Por desgracia, Laurie sabía un par de cosas sobre «troleos» en la Red. Unos años después de morir Greg, cometió el error de entrar en un chat donde detectives aficionados opinaban sobre asesinatos sin resolver. Estuvo una semana sin poder dormir después de leer los comentarios de desconocidos convencidos de que ella había contratado a un sicario para que ejecutara a su marido delante de su hijo de tres años. Laurie volvió a hojear los comentarios que le había imprimido Casey.

«Cualquiera que conozca a Casey... A todos nos da miedo hablar con periodistas, no vaya a ser que venga a por nosotros también...»

—Él, o ella, habla como si te conociera en persona —observó Laurie.

—Exacto —convino Casey—. Y esto también ocurrió entonces.

—¿A qué te refieres?

—Durante mi juicio, la cobertura de noticias en internet era aún bastante nueva. La mayor parte de la gente seguía informándose por la prensa y la televisión. Pero había chats que hablaban sobre mi juicio. Ya te imaginas el tono de la mayoría. El caso es que alguien colgaba comentarios fingiendo que me conocía, ofreciendo información de primera mano que me hacía parecer culpable. Y todos estaban firmados por «RIP_Hunter».

—¿Por qué supones que es un desconocido? —preguntó Laurie.

—Porque nadie que me conozca diría algo así, porque no es verdad.

—¿Ni siquiera algún conocido que no te apreciara?

Casey se encogió de hombros al imaginarlo.

—Supongo que es posible. O tal vez se trata de alguien que estaba obsesionado con Hunter. Los comentarios insistían una y otra vez en lo maravilloso que era, lo buen alcalde o incluso presidente que habría sido. Que yo había robado no solo el futuro de Hunter, sino todo el bien que habría hecho al resto de la sociedad. Intenté buscar los viejos comentarios online anoche, pero no llegué a ninguna parte. Si Hunter tenía un acosador, él o ella bien podría haber comprado una entrada para la gala de aquella noche. Igual fue esa persona quien me drogó y luego nos siguió a casa. Quizá Hunter cogió el arma en defensa propia y algo se torció.

—¿Tenemos alguna manera de demostrar que alguien con ese mismo seudónimo estuvo troleándote durante el juicio? —se interesó Laurie.

—No estoy segura —dijo Casey—. Se lo comenté a mi abogada. Y uno de los miembros del jurado vio uno de los peores comentarios. Le envió una nota al juez al respecto.

Era la primera noticia que tenía Laurie sobre una nota semejante de un miembro del jurado.

—¿Qué decía la nota?

—El hombre del jurado explicó que su hija estaba leyendo sobre el caso en internet e intentó hablar con él al respecto. Este le dijo que no podía comentar nada del juicio hasta que hubiera terminado, pero entonces su hija le soltó que alguien en internet decía que yo le había confesado el delito. El comentario era algo así como: «Casey Carter es culpable. Ella misma me lo dijo. Por eso no testifica». Naturalmente, lo había colgado RIP_Hunter.

Laurie no era abogada, pero estaba bastante segura de que verse expuesto a un comentario así sería motivo para prescindir de ese miembro del jurado. Hasta podría ser causa de que el juicio se declarase nulo.

—Eso es muy perjudicial —señaló Laurie—. Se supone

que los miembros del jurado no tienen que leer información externa sobre el caso ni especular acerca de las razones de un acusado para no prestar testimonio. Por no hablar de que el autor del mensaje decía que confesaste.

—Cosa que desde luego no hice —exclamó Casey.

—No vi nada acerca de una nota de un miembro del jurado en los documentos que me diste. —Seguro que se acordaría de una nota como la que describía Casey—. ¿Fue eximido el miembro del jurado? ¿Pidió tu abogada que se suspendiera el juicio?

Angela terció en tono indignado:

—¿Te refieres a esa abogada de medio pelo, Janice Marwood? No hizo nada de nada. El juez leyó unas exhaustivas instrucciones al jurado advirtiendo a sus miembros que evitaran cualquier influencia externa y se centraran solo en las pruebas admitidas por el tribunal. Y cuando Casey le preguntó a Janice al respecto, esta le dijo que tenía que empezar a confiar más en ella y no poner en tela de juicio todas las decisiones estratégicas que tomaba. ¿Qué clase de táctica era esa?

Laurie se acordó de que Alex le había descrito a Janice Marwood como una abogada de «bien justito». La conversación le recordó que Casey se había ofrecido a firmar un documento de renuncia al privilegio de confidencialidad entre abogado y cliente para que ella pudiera ponerse en contacto directo con Marwood y tener acceso a las actas del juicio. Abrió la puerta del despacho un momento y le pidió a Grace que ayudara a Jerry a preparar los documentos necesarios para obtener la firma de Casey ahora que estaba allí.

Teniendo en cuenta la atmósfera circense que había rodeado el juicio, a Laurie no le sorprendía que algún que otro chiflado escribiera cosas disparatadas aprovechando el anonimato en la red, pero le parecía que Casey estaba más preocupada por el regreso de la persona que se hacía llamar RIP_Hunter. El que siguiera usando el mismo seudónimo probablemente tenía como objetivo perturbar psicológicamente a Casey. De ser así, al parecer estaba dando resultado.

Laurie volvió a cerrar la puerta.

—Casey, ¿sabes si tu abogada investigó los mensajes colgados en internet?

—Quién sabe —comentó Casey con tristeza—. Ahora lo recuerdo y me doy cuenta de que dejé toda la responsabilidad en sus manos. A veces me pregunto si no me habría ido mejor siendo mi propia abogada.

Laurie supuso que tenía que haber alguna manera de rastrear los comentarios originales que se hicieron en la red durante el juicio. Como se suele decir, internet nunca olvida. Estaba tomando nota de que debía llamar al técnico informático del estudio para pedirle ayuda cuando se dio cuenta de la hora que era.

—Lamento tener que irme así, pero tengo una reunión con el director del estudio. Si puedes esperar un momento, Grace te dará unos documentos para que los firmes. Uno es la renuncia al privilegio de confidencialidad abogado-cliente del que hablamos. Y el otro es nuestro acuerdo estándar de participación en el programa. También te darán uno a ti, Angela, ya que viste a Hunter y a tu prima pocas horas antes del asesinato.

Se hizo un incómodo silencio entre Casey y Angela.

—Yo creía... —empezó Angela.

—Angela —dijo Casey—, necesito que me apoyes en esto. Me pediste que esperara unos días, y he esperado. Estoy más segura que nunca. Por favor.

Angela le cogió la mano a Casey y le dio un rápido apretón.

—Claro que sí. No es la decisión que yo tomaría, pero haré todo lo que pueda por ayudar.

—Fantástico —dijo Laurie—. También me gustaría tener una lista de gente que os conociera a ti a Hunter como pareja, Casey.

—Bueno, está Angela, claro. Y el hermano de Hunter, Andrew, pero no puedo ni imaginar las cosas tan horribles que dirá de mí ahora. Hubo una época en que tenía la sensación de conocer a todo el mundo en la ciudad de Nueva York, pero fui perdiendo a mis amigos uno tras otro. Cuando te detienen por homicidio, te conviertes en algo así como un paria. —Los ojos se le iluminaron con una nueva idea a Casey, que se volvió hacia Angela—. ¿Qué me dices de Sean? Los cuatro salimos muchas veces en plan parejas. Hay que ver qué incómodo era al principio.

La risilla dio a entender que había alguna broma privada de la que Laurie no estaba al tanto, pero la camaradería entre las dos mujeres saltaba a la vista. Tal vez Casey hubiera estado quince años en la cárcel, pero ella y Angela seguían tan unidas como si nunca se hubieran separado. Casey se inclinó hacia delante como si contara un secreto:

—Angela y Hunter tuvieron un rollete antes de que yo lo conociera.

Angela se echó a reír.

—Decir que tuvimos un rollete es una gran exageración. Salimos alguna que otra vez. Ni siquiera eso: más bien era un rollo platónico con acompañante. Si yo no estaba saliendo con nadie pero quería ir a algún sitio con una cita y él estaba libre, me acompañaba. Yo hacía lo mismo por él.

—¿De verdad? —preguntó Laurie—. ¿Y esas citas las tuvisteis antes o después de que conociera a Casey?

—Muchísimo antes. Casey se acababa de mudar a la ciudad después de licenciarse por Tufts. Luego, un par de años más tarde, me contó que estaba saliendo con un hombre asombroso que había conocido en Sotheby's. Cuando me dijo que era Hunter Raleigh, probablemente la dejé de piedra al decirle que habíamos salido varias veces. Sea como sea, no fue nada importante. Que Hunter y yo habríamos hecho la peor pareja del mundo pasó a ser una broma recurrente. Pero lo de Sean sí que fue serio. Pensaba que acabaríamos casándonos —comentó Angela en tono melancólico—. Pero ahora no tengo idea de cómo localizarlo.

—No te preocupes por eso —dijo Laurie—. Se nos da bien encontrar a gente. ¿Cómo se apellida Sean?

—Murray —repuso Angela—. Entonces ¿todas estas preguntas quieren decir que te plantearás usar el caso de Casey en tu próximo especial de *Bajo sospecha*?

—No puedo prometer nada hasta que hable con mi jefe. Pero, Casey, me alegra decir que voy a presentar oficialmente tu historia como nuestro siguiente especial.

—¿De verdad? —Se levantó de un brinco del sofá y estuvo a punto de derribar a Laurie al abrazarla—. Gracias. Y gracias, Angela, por hacer que esto sea posible. Es el primer atisbo de esperanza que he tenido en quince años.

Mientras se formaban lágrimas en los ojos de Casey, a Laurie no le parecieron en absoluto los de una loca.

20

A Laurie no tendría que haberle sorprendido ver a Ryan Nichols esperando en el sofá del despacho de Brett cuando llegó a la reunión. Parecía estar más cómodo a cada día que pasaba. Quizá para la semana siguiente tuviera una cama y una mesilla en el rincón. Aún no podía creer que Brett hubiera contratado al sobrino de su mejor amigo para el puesto.

—Ryan, ¿cómo te las arreglas para organizar la agenda de modo que te quede tiempo para el programa? Como Brett debe de haberte dicho, perdimos a nuestro anterior presentador, Alex Buckley, porque las presiones de llevar un bufete eran muy difíciles de conciliar con nuestras necesidades de producción.

—¿No te lo ha dicho Brett? Voy a dejar de ejercer la abogacía durante un tiempo. Tengo un contrato exclusivo a jornada completa aquí en los Estudios Fisher Blake. Además de presentar *Bajo sospecha*, colaboraré en otros espacios informativos, ofreciendo opiniones jurídicas en los programas de entretenimiento cuando los famosos se metan en líos legales; cosas así. Si funciona, es posible que produzca mi propio espacio.

Lo dijo como si crear un programa de televisión fuera un pequeño hobby. «Si le cojo gusto a jugar con la arena, es posible que construya mi propio castillo.»

Brett le indicó que se sentara al lado de Ryan.

—He de reconocer, Laurie, que te lo hago pasar mal con eso de anteponer los principios periodísticos a los índices de audiencia, pero esta vez has sacado el premio gordo. La Bella Durmiente vuelve a ocupar los titulares y, hasta donde yo sé, no ha hablado con nadie aparte de ti.

—Ningún otro periodista. Solo su familia.

—¿Estás segura? —preguntó—. No sé la cantidad de veces que nos han fallado fuentes que nos dijeron que éramos los únicos con quienes se habían puesto en contacto.

—Estoy segura, Brett. De hecho, Casey acaba de marcharse de mi despacho con su prima, y tengo su palabra de que está con nosotros si decidimos seguir adelante con su caso.

—¿Su palabra? —comentó Ryan en tono escéptico. La mirada de fastidio que cruzaron los dos hombres fue inconfundible—. ¿Ha firmado un acuerdo?

—De hecho, Ryan, lo está firmando ahora mismo. ¿Quieres que te enseñe una copia? Uno de los mayores retos de nuestro formato es conseguir que los participantes confíen lo suficiente en nosotros como para cooperar. Yo aliento esa confianza desde el principio. Conseguir que firme ese documento es muy importante para mí.

—No te pongas tan sentimental —dijo Brett—. Ya sé que tienes la costumbre de establecer lazos con los protagonistas. ¿Qué has averiguado sobre la foto desaparecida?

Les habló de su encuentro el viernes por la tarde con Elaine Jenson, que recordaba con detalle cómo la foto enmarcada estaba en la mesilla de Hunter antes de que se fuera a la gala.

Brett pareció quedar satisfecho, pero Ryan los interrumpió:

—Eso no quiere decir nada. La policía no respondió a la llamada a emergencias hasta después de medianoche. Bien podría ser que el marco se hubiera roto durante una discusión y Casey lo hubiera limpiado antes de llamar a la policía. Ahora lo está utilizando como pista falsa.

Era el mismo contrapunto que había ofrecido Grace.

—Entonces ¿por qué no la utilizó cuando su juicio empezó a irse al cuerno? —preguntó Laurie, retóricamente—. Porque no es una pista falsa. Cuando Casey se puso en contacto conmigo dijo que, en el momento del juicio, ni siquiera estaba al tanto de que la foto hubiera desaparecido.

Al ver que Brett miraba a Ryan, Laurie se temió lo peor hasta que su jefe dijo:

—Coincido con Laurie. Quizá se pueda explicar la desaparición de la fotografía, pero es un misterio lo bastante bueno para enganchar al público. Es una nueva prueba, como también lo es el lío financiero ese con el amigo de la fundación. Logra que el programa no sea un refrito de un juicio de hace quince años, y eso es lo único que importa. Pero el caso, Laurie, es que Mindy Sampson está colgando entradas en su blog las veinticuatro horas del día siete días a la semana sobre todos y cada uno de los movimientos de Casey. Ella es el no va más ahora mismo, y los ciclos de noticias se acaban rápido. Dentro de poco será cosa del pasado, así que tenemos que grabar el programa enseguida.

Con cada especial de *Bajo sospecha*, las expectativas de Brett de obtener mejores índices de audiencia aumentaban, pero los plazos se acortaban. A diferencia de los anteriores episodios de Laurie, este caso ya había ido a juicio, así que tendría las actas como referencia, lo que le daría cierta ventaja.

—Pondré en marcha la producción en cuanto sea posible —dijo.

—¿Cuál es la postura de la familia Raleigh? —preguntó Brett—. Cuesta imaginar el programa sin ellos.

Laurie se enorgullecía de haber logrado la participación de la familia de la víctima en todos los episodios hasta el momento.

—No lo sé. Le he dejado mensajes al padre de Hunter, pero no he tenido noticias suyas. No es una ventaja precisamente que su ayudante, Mary Jane, figure en la lista de sospechosos alternativos de Casey. Pero tengo una cita para ver a su hermano, Andrew, esta tarde.

—Pues muy bien. Logra que participe alguien de la familia, y nos ponemos manos a la obra.

Cuando Laurie salía del despacho de Brett, oyó que Ryan decía:

—Me encargué de un importante juicio por fraude con un plazo de solo una semana. Seguro que no tenemos ningún problema con esto.

Laurie empezaba a preguntarse cuándo la otra mitad de ese plural iba a comenzar a ganarse el sueldo.

21

Andrew Raleigh había pedido a Laurie que se reuniera con ella a las cuatro menos cuarto en una dirección de la calle Setenta y ocho Este, justo al oeste de Park Avenue. Al llegar se encontró una casa tres veces más ancha que las demás de la manzana. La entrada estaba protegida por una gruesa verja de metal negro, vigilada por una cámara de seguridad. Llamó al interfono y en unos instantes la verja se abrió.

Estaba a menos de kilómetro y medio de su propio apartamento en la calle Noventa y cuatro, pero era un mundo distinto por completo en ciertos aspectos. Aquella era una de las manzanas más prestigiosas de todo Manhattan, ocupada por familias cuyos nombres estaban en edificios universitarios, vestíbulos de teatros y paredes de museos.

La mujer que abrió la puerta decorada de caoba vestía un traje azul marino impecablemente confeccionado y una blusa blanca. Llevaba la melena morena recogida en una pulcra coleta en la nuca. Laurie se presentó y dijo que había quedado con Andrew Raleigh.

—Soy Mary Jane Finder, la ayudante del general James Raleigh. Andrew está en el segundo piso, en la Biblioteca Kennedy. La está esperando. La acompaño.

Esta casa no solo tenía una biblioteca, sino una biblioteca con nombre. Era un mundo distinto, sin duda.

Laurie se detuvo al pie de la escalera y dejó que el silencio se adueñara del vestíbulo. Había aprendido que la mayoría de la gente seguía hablando cuando se enfrentaba al silencio. Pero esta mujer no era como la mayoría. Las llamadas que había hecho Laurie al general, tanto el viernes por la tarde como esa mañana, las había contestado Mary Jane. En ambas ocasiones, la mujer se había mostrado totalmente profesional, diciendo que le daría el mensaje, pero sin asegurar que él le devolvería la llamada. Ahora Laurie estaba a su lado, y Mary Jane seguía sin decir nada sobre los anteriores intentos de Laurie de ponerse en contacto con el patriarca de los Raleigh.

Aparentaba unos cincuenta años, y seguía siendo muy atractiva, pero cuando empezó a trabajar para la familia debía de tener más o menos la misma edad que Hunter. Laurie se preguntó si habría sido siempre tan glacial.

Durante el fin de semana, Laurie había leído un perfil que describía al hermano menor de Hunter Raleigh, Andrew, como un hombre de «enorme personalidad». Al recibirla en la Biblioteca Kennedy, vio por qué le pegaba la expresión. Calculó que debía de medir algo más de uno noventa. A diferencia de su hermano, esbelto y atlético, tenía el pecho abombado y el cuello grueso. Cada una de sus manos era del tamaño del guante de béisbol de Timmy. Su camisa hawaiana de colores chillones y sus pantalones caquis parecían fuera de lugar en esa casa.

Hasta su voz era enorme.

—Muchas gracias por venir a verme aquí, señora Moran —dijo con voz atronadora—. ¿Le parece bien si le llamo Laurie?

—Claro.

Laurie paseó la mirada por las estanterías con paneles, la alfombra persa y las cortinas en las ventanas.

—Esta sala es espléndida —dijo con sinceridad.

—¿Este viejo mausoleo? Es de mi padre. Personalmente, prefiero el centro, pero estoy haciendo obras de renovación en mi loft. Debería haberme mudado a East Hampton mientras tanto, pero allí empieza ya a refrescar. O podría haber ido a la casa de Palm Springs, o a mi apartamento en Austin. Bueno, no has venido a que te hable de las propiedades inmobiliarias de los Raleigh.

Laurie detectó un ligero acento sureño que le resultó inesperado en un miembro de la familia neoyorquina por excelencia, pero la mención que había hecho de un apartamento en Austin le recordó que había estudiado en la Universidad de Texas. Debía de haber adoptado ese estado como segundo —o tercer o cuarto— hogar.

Mary Jane los había dejado a la puerta de biblioteca.

—La señora Finder me ha dicho que es la ayudante de tu padre. ¿Lleva mucho tiempo con él?

—Unos veinte años. Que quede entre nosotros, pero le tengo un miedo de mil demonios a esa mujer. No estoy seguro de que tenga sangre caliente, ya me entiendes.

—Hablé con ella por teléfono cuando intentaba ponerme en contacto con tu padre. Es curioso que ahora que nos hemos visto no haya dicho nada sobre los mensajes que dejé.

—Mary Jane es más cerrada que una cámara acorazada, pero mi padre la tiene mucho más ocupada que a mí. Él asesora a candidatos políticos, forma parte de una docena de juntas directivas, escribe sus memorias. A mí me gusta pescar y beber cerveza. ¿Quieres tomar algo, por cierto? En alguna parte ya son las cinco.

Laurie rehusó y Andrew se sentó en el sillón frente a ella.

—Tu programa se está planteando en serio abordar la historia de la muerte de mi hermano, ¿no? Tengo que decirte que no veo qué sentido tiene, Laurie.

—Como probablemente habrás visto por la cobertura informativa de este fin de semana, el caso de tu hermano sigue despertando mucho interés público. Mientras que el jurado condenó a su prometida por homicidio involuntario, muchos espectadores del juicio pensaban que el veredicto tendría que haber sido de homicidio. Entretanto, Casey nunca se ha desdicho de su versión.

—Que alguien la drogó con las pastillas que casualmente tenía guardadas en su propio bolso.

—Ella afirma que cualquiera en la gala podría haberle echado algo a la bebida esa noche. Una vez de regreso en casa, con ella profundamente dormida, esa misma persona podría haber tenido ocasión de meterle las pastillas en el bolso para hacerla parecer culpable, aunque la policía le hizo un análisis de sangre para detectar la sustancia.

—O está mintiendo.

—¿Eso crees tú personalmente? —preguntó Laurie—. ¿Que Casey mató a tu hermano?

—No, al principio no. Casey me caía bien. Qué demonios, si la hubiera conocido antes que Hunter, quizá le habría tirado los tejos. Era más divertida que el tipo de mujer con el que acostumbraba a salir mi hermano.

—¿Tenía un tipo?

Andrew se encogió de hombros.

—Preciosas pero aburridas. Buenas para una cita o dos, una fotografía en la alfombra roja, pero todas intercambiables. Casey no era así. Esa chica era la bomba.

—No sé muy bien a qué te refieres con eso.

—Bueno, no quiero decir que fuera atrevida ni nada de eso. Era un desafío. Cuando llevaban saliendo un par de meses, Hunter se fue a Kiawah Island durante una semana sin decírselo. No la llamó ni una sola vez, aunque ella sabía perfectamente que Hunter llevaba siempre el móvil encima. Casey averiguó dónde estaba cuando vio una foto suya en un acto de recaudación de fondos para un senador de Carolina del Sur. Cuando Hunter volvió a casa, ella no contestó a sus llamadas. Cuando se presentó a su puerta, se la cerró en las narices. Ninguna mujer le había parado los pies de esa manera. —Andrew se reía al recordarlo—. Captó su atención, eso seguro. Hunter cambió por completo después de aquello. Estaba locamente enamorado de esa mujer.

—Entonces ¿por qué iba a matarlo?

—Antes de contestar a eso, ¿qué sabes sobre mi padre?

—Lo que he leído en su biografía. Y que tiene una ayudante que no responde a mis llamadas y podría ser una vampiresa —añadió con una sonrisa.

Andrew le mostró un pulgar levantado en señal de aprobación.

—Es un buen hombre, pero era general de tres estrellas e hijo de un senador. Está chapado a la antigua. En su mundo, los hombres de cierta posición deben cierta responsabilidad al mundo. Dirigen fundaciones y están al servicio de la ciudadanía.

Laurie casi alcanzó a oír una voz interior que completaba el pensamiento: «... No dedican su vida a pescar y beber».

—Y un hombre de esa clase requiere cierta clase de mujer a su lado —continuó—, no una de esas capaces de meterse en el bolsillo a un hombre, al menos desde el punto de vista de mi padre. Por no hablar de las peleas.

—¿Te refieres a las discusiones sobre las que declararon varios testigos durante el juicio de Casey?

La fiscalía había hecho desfilar a un buen número de conocidos de Hunter para que relataran las apasionadas discusiones que él y Casey habían tenido en público.

—Esos dos discutían de cualquier cosa. De política, por supuesto. Casey era una liberal declarada. Se enfurecía cuando Hunter decía que era una hippy de Woodstock. Apenas empezabas con los entrantes y ya estaban en bandos opuestos de cualquier asunto. A ella le gustaban las películas de Michael Moore. Él creía que la obra de Jackson Pollock era como los cuadros que pintan los críos con los dedos. Los dos se apretaban las tuercas como si estuvieran en una audiencia del Congreso. A muchos amigos de Hunter les chocaba, como dejaron claro en el juicio. Pero lo que esos amigos y mi padre no veían era que los dos disfrutaban con sus discusiones. Para ellos, era como jugar al tenis.

—Las discusiones sobre películas y arte no suelen ser un móvil para un asesinato.

—Creo que no aprecias la perspectiva más amplia, Laurie. Casey no encajaba. A lo que voy es que mi padre creía que no era lo bastante discreta.

—Perdona que lo diga, pero me parece que la mayoría de la gente ya no espera que una mujer permanezca en silencio junto a su marido.

—Bueno, mi padre no es como la mayoría. La esposa de un político, como mi madre, como mi abuela, no habría soñado siquiera con contradecir a su marido. Además, Hunter había ido muy en serio con una mujer de la alta sociedad. A mi padre le encantaba su familia, y Casey no podía competir con eso.

—Has dejado claro que tu padre no aprobaba su relación con Casey.

—No aprobaba es quedarse corto. En primer lugar, insistió en que firmara un férreo acuerdo prenupcial, pensando que así Casey se desanimaría. No me sorprendí en absoluto cuando Casey dijo: «Dígame dónde tengo que firmar. No me caso con Hunter por su apellido ni lo que este conlleva». Pero mi padre no tuvo suficiente. Hizo todo lo posible por disuadir a Hunter de que siguiera adelante con el matrimonio.

—¿Quieres decir que Hunter planeaba romper su compromiso con Casey? —Esa había sido siempre la teoría de la fiscalía.

—No lo sé con seguridad, pero digamos que quien siempre había estado dispuesto a defraudar a mi padre era yo. Hunter no lo hacía nunca.

Aun a riesgo de adelantarse a los acontecimientos, Laurie ya se estaba imaginando a Andrew y su enorme personalidad de acento sureño en la pantalla de la televisión, y le gustó lo que veía. Era uno de esos programas que le encantaría ver.

—Has mencionado que Casey le cerró la puerta en las narices a tu hermano cuando no la llamó durante todo un viaje. ¿Fue la única vez que la viste adoptar una actitud celosa o posesiva?

—Desde luego que no. Ella estaba al tanto de la reputación de Hunter, así como de que sus anteriores novias habían sido justo su polo opuesto. Creo que siempre estaba preguntándose cuándo surgiría algún grave inconveniente en la relación. En consecuencia, podía mostrarse muy celosa y quería hacer saber a todo el mundo que ella no era otro flirteo más. No tenía ningún escrúpulo en hacerle comentarios mordaces en público, como por ejemplo: «¿Con cuál de nosotras estás?». Uno de sus preferidos era: «¿Vas a esperar a que estemos casados para dejar de comportarte como un soltero cotizado?».

Andrew describía una faceta de Casey que Laurie no había visto.

—Igual tienes razón y Casey es culpable. —Laurie lo dijo tanto para sí misma como para que lo oyera Andrew—. Nuestro programa pone mucho empeño en ser imparcial. Hacemos preguntas comprometidas acerca de todos los implicados. Y para mí es importante que tu familia esté representada en ese proceso. Te doy mi palabra de que nuestro programa siempre se refiere a la memoria de las víctimas con respeto. Queremos que el público se dé cuenta de que no se trata solo de pruebas en el expediente de un caso. Queremos que recuerden el valor de la vida que se perdió.

Andrew apartó la mirada y carraspeó. Cuando volvió a hablar, su acento sureño casi había desaparecido.

—Mi hermano era un ser humano excepcional, Laurie, uno de los mejores hombres que he tenido el honor de conocer. Era extraordinariamente brillante. Yo entré por los pelos en la Universidad de Texas, pero Hunter estudio en Princeton y en la escuela de empresariales de Wharton. Con su habilidad en el mercado inmobiliario, hizo que la antigua fortuna de mi familia pareciera morralla. Pero estaba entrando en una nueva fase de su vida. Estaba usando sus talentos innatos en bien de la sociedad, aconsejando al alcalde acerca de cómo usar los principios del mercado libre para crear más viviendas asequibles. Nuestra madre murió de cáncer de mama cuando tenía solo cincuenta y dos años. Yo me fui al Caribe y me pasé un año borracho, pero Hunter transformó los objetivos de la fundación en honor a ella.

Laurie volvió a sentir deseos de plantear preguntas más delicadas. Andrew no tenía más que elogios para Hunter, pero quizá haber vivido a la sombra de un hermano tan admirado lo había conducido a la amargura, tal como aseguraba Casey. ¿Y qué sabía Andrew acerca de la posibilidad de que se hubieran cometido irregularidades financieras en la fundación? No quería ahuyentar al único miembro de la familia Raleigh que se había molestado en contestar a su llamada.

—¿Se estaba planteando Hunter presentarse a un cargo político?

—Desde luego, hablaba muy seriamente al respecto, quizá a alcalde de Nueva York cuando hubiera concluido el mandato del actual. Habría sido uno de esos pocos políticos que se levantan todos los días preguntándose cómo pueden hacer la vida mejor para la gente de a pie. Hunter era, sencillamente, una persona querida, y además con todo merecimiento. Y si se me permite decirle eso a los espectadores, estaré encantado de participar en el programa. Basta con que me digas cuándo y dónde.

—Esperamos empezar a grabar pronto. Queremos hacer una escena con las seis personas que aparecerán en el programa sentadas a la mesa donde estuvieron aquella última noche. Cipriani ya ha accedido a dejarnos usar el salón de baile, si la agenda nos lo permite. Y tengo entendido que tú heredaste la casa de campo de tu hermano. No sé si estarás dispuesto a que rodemos allí...

—Eso está hecho. En realidad, por lo que respecta al salón de banquetes, nuestra fundación sigue celebrando muchos actos en Cipriani. Tenemos una función allí el domingo que viene para muchos de nuestros donantes más importantes. Nada tan suntuoso como la gala anual, claro, pero si quieres tomar imágenes esa noche, seguro que podemos arreglarlo.

—¿De verdad? Eso sería de gran ayuda. —Esa misma mañana, los de Cipriani le habían dicho a Jerry que tendrían que grabar antes de las diez de la mañana o esperar por lo menos dos meses para reservar el salón de baile un día. Anotó la fecha que le había dado Andrew, preguntándose si les sería posible estar preparados a tiempo para el rodaje. Si por Brett fuera, estarían grabando en esos mismos momentos—. Supongo que no tendrás idea de cuál puede ser la decisión de tu padre.

Él alargó el cuello para mirar hacia el otro lado de la salida de la biblioteca, y luego respondió con un suspiro:

—Yo creo que Mary Jane ni siquiera debe de haberle dicho que llamaste. Ya hablaré con él. Siempre y cuando el programa no tenga intención de desacreditar a Hunter...

—Claro que no.

—Lo más probable es que consiga que se siente ante vuestras cámaras. Ahora mismo está dejándose la piel intentando acabar sus memorias, pero seguramente pueda hacer un hueco.

—¿Y qué me dices de Mark Templeton? Tengo entendido que era uno de los amigos más íntimos de tu hermano y que también asistió a la gala aquella noche. —Siguió sin hablar de las sospechas de Casey acerca del director financiero de la fundación familiar.

—Hace años que no hablo con Mark, pero veré qué se puede hacer.

—Y no quiero tentar a la suerte, pero igual también podrías obrar tu magia con Mary Jane Finder, ¿no? Creo que estaba sentada a la mesa de tu familia en la gala. Nos gustaría abarcar a tantos testigos en potencia como sea posible, y quizá ella se fijó en el comportamiento de Casey aquella noche.

Él fingió que le recorría la columna un escalofrío.

—Es posible que vuestras cámaras no capten su reflejo, pero lo intentaré.

—Gracias, Andrew. Tu ayuda no tiene precio.

La verja negra de seguridad acababa de cerrarse detrás de Laurie cuando llamó a Brett.

—Veo que me llamas por el móvil —dijo él una vez Dana la puso con su línea—. ¿Otra vez fuera de la oficina? —preguntó en tono sarcástico.

—Esta vez sé que darás tu aprobación. Acabo de salir de la casa de la familia Raleigh en la ciudad. El hermano está de acuerdo en participar, y cree que el padre también lo estará.

—Excelente. Con que tengamos a uno de los dos, creo que nos irá bien. Empieza a firmar permisos y a fijar el programa de producción. Y me refiero a que lo pongas en marcha ya mismo.

Laurie estaba guardando el móvil en el bolso cuando vibró. Según la pantalla, era Charlotte.

—Hola —contestó—. ¿Qué tal va?

—Estoy a punto de verme con Angela para tomar un cóctel. ¿Quieres venir?

—De hecho, he visto a Angela hace un par de horas en mi despacho. Estaba con su prima. ¿También va a ir Casey?

Laurie acababa de prometer a Andrew Raleigh que mantendría la amplitud de miras con respecto a los hechos del asesinato de su hermano. Sería poco apropiado que la vieran alternando con la mujer condenada por su muerte, por no hablar de la posibilidad de que fuera una asesina de verdad.

—No —dijo Charlotte—. Ha acompañado a Angela de regreso a Ladyform después de la reunión contigo, así que he podido hablar con ella. Angela se sentía tan mal por lo de Casey en el centro comercial, que le hemos dejado arrasar con el armario de prendas de muestra. Tiene ropa deportiva para los próximos quince años. Me da la impresión de que ya ha tenido suficiente atención del público estos últimos días. Angela le ha pedido un coche para que no tuviera que pasar por el mal trago de volver en tren a Connecticut. Quedamos en el bar Boulud, justo enfrente del Lincoln Center, ¿vale?

A Laurie le apetecía pasar un rato con Angela sin que estuviera su prima. Quizá si se ganaba su confianza, esta podría ayudarle a obtener también la aprobación de su tía.

—Claro, ¿a qué hora?

—¡Ahora!

Laurie miró el reloj. Eran las cuatro y cuarto. Como había dicho Andrew Raleigh, en algún sitio son las cinco, pensó Laurie. Se merecía una celebración. Por fin tenía su siguiente programa.

22

Andrew Raleigh se estaba sirviendo un whisky del carrito de bebidas en lo que su padre, y el padre de su padre antes que él, insistía en llamar la Biblioteca Kennedy. Quizá Laurie Moran no hubiera querido una copa, pero solo el olor de la casa ya era suficiente para empujarlo a él a la bebida.

Tenía cincuenta años y seguía maravillándose de la pretenciosidad cotidiana que definía a su familia. ¿La Biblioteca Kennedy? «No es un monumento en el National Mall —le habría gustado gritar—. No es más que una sala inútil en lo alto de las escaleras llena de libros que sirven más como decoración que para la lectura.» «Quizá la sala no sea inútil por completo», pensó al notar la reconfortante quemazón del alcohol en la garganta.

Ver a su padre acercarse desde la antesala de la biblioteca le llevó a servirse otro trago.

—¿Qué tal lo he hecho, papá?

Siguiendo instrucciones, Andrew había programado la cita con Laurie allí para que su padre pudiera seguir la conversación desde la habitación de al lado.

—Ya estás borracho —le espetó el general en tono gélido.

—Todavía no, pero voy por buen camino.

Andrew volvió a ocupar su asiento en la butaca orejera y lo lamentó de inmediato. Aunque le sacaba cuatro o cinco centímetros y quince kilos a su padre de ochenta años, de pronto se sintió pequeño bajo la mirada de este. El general James Raleigh llevaba su atuendo más informal, lo que quería decir una chaqueta de sport azul marino, pantalones de franela grises y una camisa blanca muy almidonada. Ir sin corbata era el equivalente a vestir pijama en público para el general. Andrew cobró conciencia de inmediato de su propio atuendo, más adecuado para uno de los complejos turísticos con casinos que tanto le gustaban.

Mirando a su padre, Andrew pensó: «Hunter siempre fue tu favorito, y nunca perdías ocasión de hacérmelo saber».

Recordó cuando a sus diez años su madre lo encontró en su cuarto, mirando una fotografía de Hunter, su padre y él. Cuando le preguntó por qué la miraba, se echó a llorar. Dijo una mentirijilla y aseguró que lloraba porque echaba de menos a papá, que estaba en Europa enviado por el ejército. La verdad era que lloraba porque la noche anterior había soñado que en realidad no estaba emparentado con su familia. Al igual que su padre, Hunter tenía un cuerpo esbelto y en forma, con la mandíbula marcada y una mata de pelo digna de un presentador de noticias. Andrew siempre había sido más blando y rechoncho.

«Siempre me tratabas como a un crío gordito, en comparación con mi hermano, glorioso y encantador», pensó.

Ahora el semblante de su padre era una mueca de desaprobación desdeñosa, como a menudo ocurría en presencia de Andrew.

—¿Por qué has dado a entender que era yo quien presionaba a Hunter para que rompiera su compromiso? ¿Por qué no le has dicho que sabías con certeza que Hunter tenía planeado darle la patada a esa mujer en cuanto volvieran a casa de la gala?

—Porque no puedo afirmar tal cosa, padre. —Oyó el deje de burla en su propia voz—. Y tú estabas presionando a Hunter para que rompiera con Casey, a pesar de que la quería. Yo accedí a seguirte el juego con ese plan tuyo, pero no pienso arriesgarme a que me pillen en una mentira en televisión nacional.

A pesar de lo que Andrew le había dicho a Laurie, no tenía ningún interés en ayudarla con el programa. Si por él fuera, habría empleado su encanto habitual, escuchado su discursito y después rehusado la invitación con amabilidad. Según lo veía Andrew, era lo que cualquier familia normal habría hecho. No tenía sentido remover malos recuerdos. Había que pensar en la protección de la intimidad y todo ese rollo. Una manera fácil de escaquearse.

Pero los Raleigh nunca habían sido normales, y James Raleigh nunca tomaba el camino fácil. Andrew intentó otra vez convencer a su padre:

—No creo que debamos involucrarnos en ese programa, papá.

—Cuando hayas hecho algo para ganarte tu apellido, tendrás derecho a opinar.

Andrew sintió que se hundía aún más en la butaca.

—Bueno, sigo sin entender por qué no te has reunido tú mismo con ella —masculló, tomando otro sorbo de whisky escocés. No pudo creerlo cuando su padre le arrebató el vaso de la mano.

—Porque seguro que una ejecutiva de televisión esperaba que alguien de mi posición rechazase su invitación. No puedo parecer demasiado bien dispuesto a colaborar o ella podría desconfiar de lo que tengo que decir. En cambio, tú... Por fin resulta útil ese personaje tuyo de «qué diablos, yo trago con todo para no meterme en líos».

¿Entendería alguna vez su padre que su personalidad no era un personaje, como un abrigo que se ponía y se quitaba a voluntad? Le vino a la cabeza una visita que le había hecho a Phillips Exeter, antes de que le «pidieran que se fuera» a otro internado «menos exigente». Su padre se había pasado toda la tarde hablando maravillas del «exquisito dominio del escenario» por parte de Hunter en la subasta estudiantil destinada a recaudar fondos para los alumnos con bajos ingresos. Lo que todos olvidaban mencionar era el papel de Andrew a la hora de conseguir que muchos estudiantes voluntarios apoyaran el acto. Quizá Hunter fuera el Raleigh estudiante al que todos admiraban, pero con el que preferían pasar el rato era Andrew.

—Así que básicamente lo que dices es que parezco lo bastante bobo para acceder a participar en el programa. Pero eres tú el que quiere que lo hagamos. ¿Qué dice eso de ti?

—Andrew, no intentes razonar a un nivel superior. Los dos sabemos que no es tu punto fuerte. ¿Cuándo vas a enterarte de que solo se puede ejercer el poder desde dentro? Si no tuviéramos ningún papel en el programa, estaríamos renunciando a cualquier esperanza de ejercer control. Imagina las mentiras que podría contar Casey acerca de tu hermano. De mí. De ti, por el amor de Dios. Si no mostráramos ningún interés en participar, esa gentuza inmoral de la televisión se apresuraría a emitir el programa sin darnos la oportunidad de refutarlo. Tenemos que implicarnos, qué duda cabe. ¿Por qué crees que ha preguntado por Mark Templeton?

—Porque estuvo en la gala aquella noche. El programa entrevista a cualquiera que pueda haber visto el más mínimo detalle. Hasta quería hablar con Mary Jane, vete a saber por qué.

—No todos tenemos tiempo para ver la tele —le espetó James—. Mary Jane dirá lo que yo le diga. Siempre ha sido una soldado leal. Pero eres ingenuo si crees que las preguntas de Laurie Moran sobre Templeton han sido pura coincidencia. Cuando le pida a Mary Jane que envíe mis condiciones, dejará claro que yo accedo a tu sugerencia a regañadientes. Mi papel se limitará a hablar con cariño de tu hermano.

—¿Y el mío?

—Más de lo mismo. Si me fuera de la lengua sobre esa mala furcia en un programa de telerrealidad, resultaría indecoroso. Pero cuando tú has contado esas anécdotas sobre la petulancia de Casey, se te veía perfectamente natural. Para cuando ese programa se emita, Casey Carter deseará no haber salido nunca de la cárcel. Bien hecho, hijo. Bien hecho.

Andrew podía contar con los dedos de una mano las veces que su padre lo había elogiado por algo.

23

Laurie no recordaba la última vez que había podido entrar en un bar de la ciudad sin tener que ponerse de lado para abrirse paso entre el gentío. El Boulud, un lugar de moda muy concurrido, estaba gloriosamente vacío ese día a media tarde. Laurie oyó el ruido de sus tacones resonando en el techo abovedado cuando iba hacia el fondo del local, donde vio a Charlotte y Angela en la mesa del rincón. Ya habían pedido tres copas de vino y una deliciosa tabla de charcutería llena de jamón, salami, paté y un par de cosas que a Laurie le daba miedo comer.

Angela alargó el brazo y le dio un breve apretón a la mano libre de Laurie.

—Qué encanto has sido al recibirnos a Casey y a mí hoy sin cita previa. Casey me llamó anoche, como loca por los comentarios que había leído en internet. —Se apresuró a llevarse la mano a la boca—. Ay, Dios, no quería decir eso. Me refería a que estaba muy preocupada.

—¿Cómo no iba a estarlo? —dijo Laurie—. Desde luego, parece raro que quince años después alguien vuelva de inmediato a hablar de ella en internet usando el mismo seudónimo. Sugiere que se trata de una persona que no solo está obsesionada con el caso, sino que quiere que Casey se dé cuenta. ¿Por qué usar el mismo nombre a menos que quieras enviar el mensaje de que hay alguien por ahí que te odia?

—¿Hola? —dijo Charlotte haciendo un saludito con la mano—. No tengo ni idea de qué estáis hablando. Soy yo la que os presentó, ¿lo recordáis? A ver, contadme.

—Perdona —dijo Angela—, no quería comentarlo en presencia de Casey en la oficina. Está muy disgustada.

A Angela no le llevó mucho rato poner a Charlotte al corriente de los comentarios de RIP_Hunter.

—Podría ser alguien obsesionado con Casey —observó Charlotte—. O podría ser un montón de gente que usa el mismo seudónimo en internet.

—No entiendo —dijo Laurie—. ¿Por qué iba a juntarse un grupo para colgar comentarios negativos sobre Casey como si fueran una sola persona?

—No, no me refiero a una especie de conspiración. Recuerdo que, en la universidad, cuando entraba en chats para hablar de la última ruptura de una famosa (no me juzguéis), la gente firmaba sus comentarios con algo así como Equipo Jennifer o Equipo Angie. Es una manera de tomar partido en una disputa en internet. Lo mismo pasa con los candidatos políticos. Hoy en día, sería en Twitter. Un millón de personas que teclean «almohadilla quien sea» están dando a entender a quién apoyan. ¿Quién dice que RIP_Hunter no es una etiqueta que caló entre la gente que estaba del «bando» de Hunter, por así decirlo, y que por lo tanto creía que Casey era culpable?

—¿Cómo podríamos averiguar qué era en realidad? —preguntó Laurie.

—Deberíais investigar si era un sitio web en el que los usuarios tenían que crear una cuenta verificada con un nombre de usuario propio, o si cualquiera podía firmar como RIP_Hunter.

Laurie tomó nota mental de indagar sobre el aspecto tecnológico de esos comentarios. Cruzó los dedos para que la abogada defensora lo hubiera hecho en aquel entonces, lo que le ahorraría zambullirse en un cenagal de datos informáticos que a veces le costaba entender.

—Yo de eso no sé —dijo Angela—, pero he estado devanándome los sesos intentando pensar en gente que podría haber querido hacerle daño a Hunter. Veo que Casey igual no ha mencionado un par de posibilidades. Una era su exnovio, Jason Gardner. Era terriblemente celoso. Siempre daba la impresión de que seguía enamorado de Casey e intentaba recuperarla, aunque ella ya estaba comprometida con Hunter. Pero después de ser condenada, le dio la espalda por completo. Incluso publicó un libro cutre en el que decía desvelar todos sus secretos.

»Además, deberías investigar a Gabrielle Lawson. Es una patética mujer de la alta sociedad ya entrada en años que estaba decidida a cazar a un hombre como Hunter. Los dos estuvieron en la gala aquella noche. Los dos pasaron por nuestra mesa. Lo que me preocupa es que, si Casey sigue adelante con esto, acabará con su madre del mismo modo que tener que ir a juicio mató a su padre.

Angela hablaba con tanta intensidad que no se dio cuenta de que Charlotte y Laurie cruzaban una mirada inquieta.

—Angela —dijo Charlotte con tacto—, igual deberíamos dejar que Laurie disfrute de su copa después de trabajar. ¿Cómo te sentaría que ella nos acribillara a preguntas sobre el desfile de moda de otoño que nos tiene agotadas?

Laurie no conocía a Charlotte desde hacía mucho tiempo, pero no era la primera vez que parecía saber qué estaba pensando. Lo cierto era que le encantaba hablar de trabajo, fuera la hora que fuese, pero no le parecía apropiado abordar la investigación en curso con una pariente de Casey en una situación tan extraoficial. Charlotte, que siempre se comportaba como una consumada profesional, había encontrado una manera educada de cambiar de tema.

—Ay, Dios, claro —dijo Angela, avergonzada—. Estamos todas oficialmente fuera de horas de oficina. Nada de hablar de trabajo.

Laurie agradecía que Charlotte la hubiera sacado del aprieto.

—No pasa nada —dijo—. Si hace que te sientas mejor, ya tenemos tanto a Jason como a Gabrielle en nuestra lista de gente con la que ponernos en contacto para nuestra revisión del caso.

—Bueno —dijo Angela, buscando otro tema de conversación—, ¿estás casada, Laurie, o formas parte del club de las solteras como nosotras? No veo ningún anillo.

Charlotte le pasó un brazo por los hombros a su amiga en un gesto cordial.

—Tendría que haberte avisado de que mi colega Angela puede ser muy directa.

Laurie se dio cuenta de que Charlotte estaba avergonzada, pero la consoló que no hubiera puesto a Angela al tanto de su pasado. A veces Laurie pensaba que lo primero que averiguaba sobre ella todo el mundo era que Greg fue asesinado.

—Yo tampoco estoy casada —dijo. Parecía explicación suficiente de momento.

—Charlotte dice que no debería empeñarme mucho en encontrar a un hombre. Que tengo que ser feliz por mi cuenta, etcétera. Pero lo reconozco, a veces no haber dado con el hombre indicado me hace sentir sola.

Charlotte puso los ojos en blanco.

—Te tomas los cuarenta como si fueran los noventa. Además, estás más preciosa ahora que la mayoría de las mujeres a cualquier edad.

—Sí, claro, salgo mucho, pero no me sirve de gran cosa. —Rio—. Estuve prometida dos veces, pero cuando iba acercándose la fecha de la boda, empezaba a preguntarme si de verdad quería ver la cara de ese tipo todas las mañanas.

—Qué buen rollo, ¿eh? —comentó Charlotte—. Además, Laurie está bastante ocupada en ese aspecto.

Angela mordió el cebo.

—¿Qué me dices? Parece interesante.

—Es uno con el que trabajaba. Es complicado.

—¿De verdad estás convencida de que no cambiará de parecer sobre lo de volver al programa? —preguntó Charlotte—. No será lo mismo sin esa voz suya tan perfecta. —Hizo su mejor imitación de la voz grave de Alex—. «Buenas noches. Soy Alex Buckley.»

—No —dijo Angela, boquiabierta—. ¿Alex Buckley? ¿De verdad? ¿El abogado?

Ahora Laurie pensó que ojalá hubieran seguido hablando del caso. Asintió.

—El presentador de nuestro programa. Por lo menos hasta hace poco.

—Vale, ahora tengo que reconocer que aún no he visto vuestro programa.

Charlotte fingió darle a su amiga un azote.

—¿Laurie está llevando el caso de tu prima y ni siquiera has visto su programa?

—Tenía planeado verlo en *streaming* este fin de semana. Me moría de ganas de verlo el mes pasado, claro, cuando fue sobre el caso de tu hermana, pero me dijiste que no querías que lo viera todo el mundo del trabajo, porque era algo muy personal para tu familia.

—Bueno, evidentemente no me refería a ti —dijo Charlotte—. Eres una de mis mejores amigas.

—De verdad —terció Laurie—, no tienes por qué dar explicaciones.

Cuando la mesa quedó en silencio, Angela negó con la cabeza.

—Vaya, Alex Buckley. El mundo es un pañuelo.

—¿Le conoces? —preguntó Laurie.

—Ya no. Pero salí con él una vez hace un millón de años.

Charlotte meneó la cabeza.

—¿Por qué diablos le cuentas eso?

—Porque es una coincidencia curiosa. Y fue hace más de quince años. Es historia antigua. —Ahuyentó la idea moviendo la mano en el aire.

Charlotte seguía mirando a su amiga con gesto de desaprobación.

—¿Qué? A Laurie no le ha molestado, ¿verdad? Confía en mí, esto no tiene la menor importancia, igual que con Hunter.

—Espera, ¿también saliste con él? —preguntó Charlotte, pensativa—. ¿Con quién no has salido?

—Tampoco es eso, Charlotte —respondió Angela—. Entonces no me conocías. Salía todas las noches de la semana. Conocí a jugadores de béisbol, actores, un periodista del *New York Times*. Y no pienses lo que estás pensando. Era todo muy inocente. Éramos muy jóvenes, obligados a vernos en rollos sociales de alto standing en los que se esperaba que fueras con pareja. Antes lo ha dicho Casey: tenía la sensación de conocer a todo el mundo en Nueva York. A mí me pasaba lo mismo a los veintitantos. En un momento, estabas en una alfombra roja. Luego, cuando nos encontrábamos unos pocos en grupo, nos daba la risa tonta y nos portábamos como críos. Era como si fuéramos del club extraoficial de los cien neoyorquinos más populares, todos juntitos. Nada muy allá. —Sonrió al recordarlo—. Pero, Dios mío, el mundo es un pañuelo, desde luego. Ahora que lo pienso, conocí a Alex cuando fui con Casey y los Raleigh a un picnic en Westchester. Por entonces no tenía pareja. Alex era elegante y muy bien parecido. Alguien me dijo que era abogado en el bufete de los anfitriones. Hablamos durante la mayor parte de la fiesta, así que me arriesgué y le llamé al despacho para invitarle a comer. Cuando nos vimos, averigüé que ni siquiera era abogado todavía. Era un asociado en prácticas durante el verano, estudiante aún en la facultad de Derecho. Yo era varios años mayor; ahora no tendría mucha importancia, pero entonces me sentí como la señora Robinson. Viéndolo en retrospectiva, fue un error, claro. ¡Fijaos lo alto que ha llegado!

Algo en la expresión de Laurie hizo que Angela se interrumpiera.

—Más vale que me guarde mis recuerdos de juventud, pero te lo prometo, no fue más que una comida. Lo siento mucho si te he molestado, Laurie.

—Qué va. Como dices, el mundo es un pañuelo. Así que conociste a Alex en un picnic al que te llevaron los Raleigh. ¿Eso quiere decir que Alex también conocía a los Raleigh?

Se encogió de hombros.

—No lo sé seguro.

Charlotte estaba pidiendo otra ronda al camarero, pero Laurie dijo:

—Yo ya tengo suficiente. Igual así me queda tiempo para prepararle la cena esta noche a mi hijo.

—¿Seguro? Te vas a perder un duro interrogatorio a Angela sobre esa larga lista de novios de los años noventa.

Laurie estaba muy intrigada por algo que había dicho Angela, pero solo tenía curiosidad por el pasado de una persona.

Envió un mensaje de texto a Alex. «¿Tienes un momento?»

24

La punta de la pluma estilográfica Montblanc del general James Raleigh estaba suspendida sobre su cuaderno, pero no había sido capaz de escribir ni una sola palabra esa tarde. Estaba trabajando en un libro de memorias, que ya había vendido a una importante editorial. Su letra era tan pulcra y ordenada como los demás atributos de su vida, así que Mary Jane no tenía problemas para leer sus páginas y mecanografiarlas en formato de manuscrito. Por lo general, las frases fluían con facilidad. Le había tocado en suerte una vida emocionante, ajetreada y gratificante. Había visto cambiar el mundo y tenía historias de sobra que contar. Sabía que otros lo consideraban ahora un anciano, pero no se sentía como tal.

Era consciente de que estaba pasando por un acceso de bloqueo creativo muy poco habitual en él. Estaba intentando escribir el capítulo en torno a la muerte de su primogénito, Hunter. Había sufrido muchas pérdidas a lo largo de su vida. Su hermano mayor, también su héroe y mejor amigo, había muerto muy joven en combate. Vio al amor de su vida, la madre de sus hijos, morir por causa del cáncer. Y tres años después, Hunter —que se llamaba así en honor a su hermano— le fue arrebatado. Esa muerte había sido la peor de todas. Las guerras y las enfermedades eran horribles, pero formaban parte de lo que cabía esperar de la vida. Pero perder a un hijo, que asesinaran a un hijo tuyo... A veces James se sorprendía de no haber muerto él también de pena.

Dejó la pluma en la mesa, pues sabía que no tenía sentido intentar trabajar en semejante estado.

De pronto le vino a la cabeza Andrew, enfurruñado en la biblioteca ese mismo día. James sabía que había sido duro con su hijo, pero el chico era una enorme decepción. Tenía cincuenta años, pensó, y seguía pensando en él como un chico. Eso lo decía todo de él.

James no podía ni imaginar lo que el senador, tal como llamaban su hermano y él a su padre, les habría hecho si se hubieran comportado de una manera tan arrogante. Andrew no tenía la menor noción de lo que era la responsabilidad ciudadana. Veía el dinero en los términos más viles y hedonistas, algo que despilfarrar por capricho, únicamente para el disfrute. Las juergas. Las bromas pesadas. Los cambios de internado en internado. Las apuestas. «Soy duro contigo, Andrew, porque me preocupo por ti. No estaré siempre para orientarte. Muy pronto, serás el único Raleigh que quede.»

Hasta el momento, los esfuerzos de James para empujar a Andrew hacia la madurez habían quedado en nada, igual que todos los empleos que le había ayudado a conseguir. Había trabajado en la fundación, pero no se pasaba por allí casi nunca. Al final, James le dijo que no se molestara en hacerlo. Había obligado a Hunter a implicarse más en la fundación cuando este empezó a hablar de pasarse a la política. El asunto no acabó bien, así que ahora la fundación estaba a cargo de empleados a sueldo en lugar de miembros de la familia.

No tendría que haber sido así. Hunter, si hubiera vivido, habría acabado por escoger una esposa adecuada y perpetuar el apellido de la familia. Quizá le hubiera pedido matrimonio a Casey y puesto un anillo en el dedo, pero nunca la habría llevado al altar. Eso James lo tenía muy claro.

A pesar de lo descuidado que había sido Andrew a la hora de escoger parejas, por lo menos nunca se había mostrado con ellas en público dando pie a situaciones que abochornaran a la familia. No se podía decir lo mismo de Hunter. Casey había sido su talón de Aquiles. James notó que le subía la tensión al recordar la noche que ella empezó a airear sus estridentes opiniones políticas durante una cena, delante de un vicefiscal general y una congresista recién elegida, como si en su corta y despreocupada vida hubiera hecho algo para tener una opinión informada. Al final había tenido que sugerirle a Hunter que la acompañara a casa. Esa mujer no sabía comportarse, así de claro.

Cayó en la cuenta de que tenía otra vez la pluma en la mano. Miró el cuaderno. Había escrito: «Soy responsable».

No era la primera vez que le habían salido esas palabras cuando menos las esperaba.

«Fui yo quien le dijo que no podía dejar que esa mujer entrara a formar parte de nuestra familia —pensó—. Llegué al extremo de advertirle que, si tenía un hijo con ella, no se le ocurriera ponerle el nombre de Hunter. Cumplí cuarenta y cuatro años de servicio militar. He visto la maldad y me he enfrentado al peligro de muchas maneras distintas. Pero nunca lo había visto sentado a mi propia mesa. Nunca pensé que estuviera poniendo en peligro a mi hijo al esperar que rompiera con una mujer que no se lo merecía.

»Soy responsable.»

Ahora esa asesina planeaba lloriquear delante de las cámaras para que la compadecieran. No lo permitiría. Aunque tuviera que luchar hasta el último aliento, el mundo la vería como lo que era, una asesina despiadada.

Le había dicho a Andrew que su papel se limitaría a mostrar una actitud adusta en el programa, pero en el ejército había aprendido una máxima esencial: la planificación previa evita un mal resultado. Andrew haría su trabajo desenmascarando a Casey como la inestable sociópata que era, pero los esfuerzos de James quedarían entre bambalinas.

Como mínimo, Mark Templeton no diría ni palabra a nadie sobre Hunter o la fundación. James se había ocupado de ello ese mismo día cuando había hablado con Templeton por primera vez en casi una década.

25

Laurie se apeaba de un taxi delante de la oficina de Alex cuando le sonó el móvil. Según la pantalla, era Jerry. No le sorprendió que siguiera trabajando. Contestó de inmediato.

—Tengo malas noticias —dijo él—. Mark Templeton, el antiguo director financiero de la Fundación Raleigh, por fin ha devuelto tus llamadas. Quería saber de qué iba todo esto, así que Grace me lo ha pasado a mí. Le he hablado del programa. Espero que no te importe.

Que Jerry hubiera dicho que tenía malas noticias daba a entender que Templeton no participaría.

—Claro que no, Jerry. Confío en tu criterio. Supongo que es un no, ¿verdad?

—Por desgracia.

—Eso huele a chamusquina —comentó Laurie—. Era uno de los mejores amigos de Hunter. —Quizá Casey tuviera razón en lo de que la muerte de Hunter estaba relacionada con la auditoría de la fundación.

—No quería sacar a colación el asunto de las finanzas de la fundación sin consultártelo. He dicho que queríamos hablar con él sobre aquella noche en la gala. Sus motivos para rehusar tenían cierta lógica. Ha dicho que adoraba a su querido amigo y al final las pruebas lo convencieron de que Casey era culpable. Como director de una acreditada ONG, tiene la responsabilidad de no implicarse en lo que Casey, y cito textualmente, «se traiga entre manos».

—De acuerdo, has hecho bien en no apretarle demasiado. —Ella había tomado la misma decisión al no preguntarle al hermano de Hunter por las finanzas de la fundación. Ryan podría indagar al respecto una vez hubiera empezado la producción. Laurie tenía la esperanza de que para entonces tendrían más claros los motivos que llevaron a Templeton a dimitir de su puesto.

Mientras tanto, tenían otros sospechosos por investigar.

—Acabo de hablar con la prima de Casey, Angela. Ha confirmado lo que dijo Casey acerca de que Jason Gardner intentó volver con ella después de que rompieran, incluso cuando estaba ya comprometida con Hunter.

—¿De verdad? Con que solo la mitad de las vilezas que escribió sobre ella en su libro fueran ciertas, lo más lógico habría sido que saliera corriendo nada más verla.

—Eso mismo pienso yo. —La fiscalía intentó presentar a Jason como testigo en el caso de Casey, para que declarase que era una persona celosa e inestable. El juez dictaminó que era una «prueba de carácter» inadmisible, lo que no impidió a Jason escribir un indiscreto libro que dejaba a Casey a la altura de la despiadada asesina Lizzie Borden—. A ver qué más podemos averiguar sobre él.

—Vale —dijo Jerry—. ¿Ya has acabado por hoy?

—Sí. Nos vemos mañana.

Tenía que hablar con Alex.

26

Alex recibió a Laurie en el área de recepción de su oficina con un largo beso. Ella se dio cuenta de cuánto le gustaba la cercanía de su cuerpo.

—Es curioso. Estoy acostumbrado a ir a tu oficina, y no al revés.

—Perdona que me haya presentado casi de improviso. —Dejó que Alex la llevara pasillo adelante.

Aunque en teoría Alex ejercía la abogacía en solitario, compartía oficinas con cinco letrados más. Tenían ayudantes individuales, pero financiaban conjuntamente un equipo de ocho auxiliares judiciales y seis investigadores. El resultado era una especie de pequeño bufete, aunque la decoración no era la que hubiera imaginado Laurie para un gabinete jurídico. En lugar de madera oscura, recargados sillones de cuero e hileras de libros cubiertos de polvo, Alex había optado por un ambiente moderno, abierto y espacioso, lleno de sol, vidrio y obras de arte de vivos colores. Cuando entraron en su despacho, se acercó a los ventanales que iban desde el suelo hasta el techo, con vistas al río Hudson.

—Es la hora del día perfecta para ver cómo el sol se desplaza por el horizonte. Esta tarde hay un cielo precioso, lleno de rosas y dorados.

Laurie siempre se admiraba de cómo Alex tenía tiempo de apreciar encantos que otros daban por supuestos. Ahora se estaba preguntando si no habría cometido un error al ir allí. Igual su reacción estaba siendo exagerada. Se encontró pensando en la actitud tan despreocupada que tenía Grace respecto de las citas. Era un mundo que ella no entendía. Siempre había creído que Greg era un alma gemela que solo encontraría una vez en la vida porque entre ellos nunca habían surgido problemas. «Pero igual tiendo a complicarme la vida más de lo necesario», pensó.

—Bueno, ¿a qué debo este privilegio? —preguntó Alex.

Ahora que estaba aquí, no podía mentirle. Tenía que sacárselo de dentro.

—La otra noche, me pareció que eludías hablar conmigo sobre la injusticia de la que Casey Carter asegura ser víctima.

—Ah, ¿sí? —Alex pareció asombrado—. Como dije, no estaba seguro de hasta qué punto debía meter las narices ahora que ya no trabajo en el programa. Una vez me aseguraste que querías saber mi opinión, hice todo lo posible por dártela a partir de la cobertura que recordaba del juicio.

Dio su explicación un poco a la defensiva, casi en tono de abogado.

—Y luego me dijiste que no dejara que Brett me empujase a tomar una decisión precipitada. Y señalaste que en realidad Casey no tenía nada que perder, no como en nuestros anteriores especiales.

—¿Adónde quieres ir a parar, Laurie?

—Me dio la impresión de que me estabas dando razones para mantenerme al margen del caso. ¿Por qué?

Alex estaba mirando otra vez por la ventana.

—No sé a qué viene todo esto, Laurie. La otra noche en mi apartamento me dio la impresión de que todo iba de maravilla. Fue estupendo estar contigo y tu familia sin que el trabajo lo ensombreciera todo. Parecías feliz cuando te fuiste. ¿Me equivoqué al pensarlo?

—No. Pero eso fue antes de que supiera que fuiste pareja de la prima de Casey.

—¿Cómo?

—Bueno, igual «pareja» es un poco exagerado. Pero saliste con la prima de Casey, Angela Hart, cuando estabas en la facultad de Derecho. ¿Por eso no querías que me ocupara del caso?

Alex dio la impresión de estar haciendo memoria.

—¿De verdad hay tantas mujeres en tu pasado que no recuerdas a esta? Era modelo, por el amor de Dios. Creo que la mayoría de los hombres la recordaría.

Era un golpe bajo y Laurie lo sabía. Cuando empezaron a salir, Alex le aseguró que no había sido un mujeriego, aunque tenía treinta y tantos, nunca había estado casado y siempre parecía ir del brazo de una mujer hermosa en las páginas de sociedad. Ahora Laurie le estaba echando en cara todo eso.

—¿Modelo? ¿Te refieres a Angie? Claro, apenas la recuerdo. ¿Me estás diciendo que es prima de Casey Carter?

—Sí. Es la amiga de Charlotte que mencioné. Y me contó que la conociste en la fiesta de un colega abogado en los Hamptons. Iba con la familia Raleigh.

Vio cómo Alex recuperaba el recuerdo. A Laurie le dio toda la impresión de que no había establecido la relación hasta ese momento.

—Eso es. El general Raleigh estaba en el picnic. Todos los estudiantes de Derecho estaban alucinados. Fue un gran momento cuando se tomó la molestia de estrecharnos la mano.

—¿Y los hijos, Hunter y Andrew?

—Si los conocí, lo cierto es que no lo recuerdo. Laurie, no entiendo a qué viene todo esto.

—¿Ibas a ocultarme que conocías a Angela Hart?

—No. —Levantó la mano derecha como para prestar juramento.

—¿Ibas a ocultarme que conocías a Hunter Raleigh?

Otra vez no, con el mismo gesto.

—No recuerdo siquiera haber coincidido con él —le recordó.

—¿Hay alguna razón para que no quieras que trabaje en este caso?

—Laurie, estoy empezando a pensar que se te dan mejor que a mí los contrainterrogatorios. Mira, ya sé lo importante que es para ti *Bajo sospecha*. Es tu criatura, de arriba abajo, de principio a fin. Tú y solo tú debes decidir qué caso crees que merece la atención del programa. ¿De acuerdo? Tengo fe absoluta en que tienes otro éxito entre manos, decidas lo que decidas, porque tu instinto siempre acierta.

La tomó en sus brazos y le dio un beso en la coronilla.

—¿Alguna pregunta más?

Ella negó con la cabeza.

—Sabes que eres más guapa que cualquier modelo de por ahí, ¿verdad?

—Más vale que no está usted bajo juramento, letrado. Voy a ir a casa a prepararle la cena a Timmy. ¿Te apuntas?

—Me encantaría, pero esta noche tengo que hablar en la Universidad de Nueva York. A un amigo mío lo han hecho catedrático en la escuela de Derecho.

Le dio otro beso antes de acompañarla al ascensor. Para cuando Laurie salió al vestíbulo, volvía a notar una sensación de ansiedad en el estómago. Imaginó a Alex con la mano derecha levantada para jurar decir la verdad. No, no había tenido intención de ocultarle su relación con Angela. No, no recordaba haber conocido a Hunter. Pero ¿había algún motivo para que no quisiera que Laurie investigara la condena de Casey? No había contestado esa pregunta, pero el instinto de Laurie, ese que siempre acertaba, le estaba dando a gritos la respuesta: Alex le ocultaba algo.

27

Tres días después, Grace y Jerry estaban en el despacho de Laurie para hablar de cómo llevaban los permisos de todos los que querían que participasen en el siguiente especial.

Grace hojeó una carpeta de autorizaciones firmadas.

—De la gente que estuvo en la gala aquella noche, tenemos al hermano y el padre de Hunter, que han dejado muy claro su convencimiento de que Casey es culpable. Firmó Mary Jane, la ayudante. Casey, naturalmente, va a tomar parte, igual que su prima Angela. Tenemos al ama de llaves que respaldará la declaración de Casey acerca de que la fotografía de Hunter con el presidente estaba en su mesilla. Y tenemos a la madre de Casey.

Jerry profirió un gruñido.

—No tengo tan claro que debamos ir por ahí. Paula parece una buena mujer, pero ha estado llamando por lo menos tres veces al día para hacer preguntas sobre todos y cada uno de los detalles. «¿Seguro que no pueden volver a meter en la cárcel a Casey? ¿Necesita mi hija un abogado? ¿Pueden pixelarnos la cara?» No tiene mucho que ofrecer sobre las pruebas en sí, y me da miedo que si la ponemos delante de la cámara sea igual que un ciervo cegado por los faros de un coche.

—Me lo pensaré —dijo Laurie—. Es posible que tengas razón.

Los espectadores verían el programa solo para oír a Casey, porque no testificó en el juicio. Pero necesitaban algo nuevo aparte de la foto desaparecida.

—No tengo claro si apretarle más a Mark Templeton para que se una al proyecto —dijo Laurie.

Grace hojeó sus notas, intentando recordar todos los nombres.

—Es el tipo del dinero, ¿verdad?

Laurie asintió.

—Director financiero de la Fundación Raleigh, para ser precisos. Le dijo a Jerry que quería evitar que su nombre se asociara al de Casey para no perjudicar su puesto actual como director de una ONG, pero podría tener otros motivos para no llamar la atención. El que se fuera cuando la Fundación Raleigh pasó por problemas financieros plantea dudas, sobre todo teniendo en cuenta la preocupación de Hunter por la contabilidad y el dato de que Mark tardó casi un año en encontrar otro empleo después de dejar la fundación.

Jerry tamborileó con el bolígrafo sobre la libreta.

—¿Tenemos alguna prueba aparte de la palabra de Casey de que Hunter estaba preocupado por la fundación?

Laurie levantó la mano y formó un cero con los dedos.

—Si las tuviéramos, podríamos presionar a Mark sobre el asunto. Sin ellas, me parece que nos estamos agarrando a un clavo ardiendo. —Laurie ya echaba de menos las conversaciones que solía tener con Alex. Revisaban juntos las pruebas, sopesando todas y cada una desde múltiples puntos de vista.

—Me parece que quien se agarra a un clavo ardiendo es Casey —observó Grace—. Si en efecto Hunter estuvo husmeando en las finanzas de la fundación y de pronto fue asesinado, ¿no habría ido alguien a hablar con la policía? Por ejemplo, uno de esos forenses financieros que iba a contratar.

—A menos que no tuviera tiempo de hacerlo —observó Laurie—. Según Casey, dijo que Hunter había visto algo fuera de lo normal e iba a contratar a alguien para que revisara la contabilidad. Pero, una vez más, es la versión de Casey. Estoy tentada de apretar a Mark Templeton para que nos hable del asunto, pero me preocupa que llame a los Raleigh y los espante. Seguro que no quieren ni el menor indicio de escándalo sobre la fundación. Hasta que tenga pruebas concretas que vinculen a Mark, creo que es un callejón sin salida.

—Lo bueno —informó Jerry en tono alegre— es que tenemos nuestras dos localizaciones principales confirmadas. La casa de Hunter en Connecticut pasó a manos de su hermano, Andrew. Tengo la impresión de que a ese casi se le había olvidado que es suya. Sus palabras exactas cuando le pedí que lo confirmara fueron: «Mi casa es su casa».* Y aunque el salón de baile de Cipriani está reservado de aquí a varios meses, la Fundación Raleigh nos dejará apuntarnos a un próximo acto para donantes, aunque es el domingo próximo. Eso es dentro de diez días, lo que creo que no queda fuera de nuestras posibilidades. Grabaremos antes del acto; a cambio de una donación, claro. Ya he ido a echar un vistazo y será un escenario precioso.

—Yo también tengo una idea para una localización —dijo Grace—. Tiro A Segno en Greenwich Village. Es un club de tiro privado y a la vez un restaurante. ¿Dónde más puedes disfrutar de una ternera *parmigiana* y un campo de tiro? Era el sitio preferido de Hunter para ir a disparar. Igual encontramos a alguien que lo recuerde acompañado de Casey.

—Enhorabuena, Grace. Buena idea —la felicitó Laurie—. Ojalá encontrar localizaciones fuera siempre tan fácil. —El juicio también había simplificado las cosas. Sus anteriores especiales se habían centrado todos en casos que nunca condujeron a una detención, y mucho menos a procedimientos judiciales. Laurie tuvo que recabar pruebas a partir de archivos públicos, artículos de prensa y los recuerdos sesgados de infinidad de testigos. Esta vez no. Había pasado los últimos días

* En castellano en el original. *(N. del T.)*

revisando las actas del juicio de Casey y creado una detallada visión global de todos los aspectos que ofrecían las pruebas—. ¿Cabe la posibilidad de que cumplamos los absurdos plazos de Brett?

Oyó que llamaban a la puerta y gritó a quien fuese que pasara. Era Ryan Nichols.

—Lamento llegar tarde.

No pareció que lo dijera de corazón.

28

Lo que había sido una conversación natural y dinámica se volvió un diálogo torpe e incómodo con Ryan en la sala.

—No sabía que ibas a venir —comentó Laurie.

—Enviaste un email con la hora. ¿Por qué no iba a venir?

Laurie no se había planteado su mensaje como una invitación a asistir, y mucho menos como una directiva. Con espíritu de tratar bien al niño nuevo en el patio de recreo, le había notificado que se reuniría con Jerry y Grace esa tarde para ir fijando la agenda de producción.

—Alex no solía implicarse hasta que teníamos una lista completa de testigos preparados para ponerse ante la cámara —le dijo—. Luego, claro, trabajábamos todos juntos para planear las pautas de interrogatorio.

Ryan dijo sin miramientos:

—Laurie, creo que estaré más cómodo participando desde el comienzo. Eso es lo que he decidido con Brett.

Jerry y Grace se miraban con aprensión, igual que dos hermanos viendo a sus padres discutir. Sabían que Ryan tenía a Brett en el bolsillo, y Laurie no estaba en posición de poner pegas a la implicación de su nuevo compañero. También estaban al tanto de que ella estaba acostumbrada a tener muy en cuenta las opiniones de Alex.

Al ver que no tenía otra salida, Laurie le indicó a Ryan que tomara asiento.

—Estábamos repasando los permisos que hemos recibido de las personas que nos gustaría entrevistar. —Le puso al corriente de la lista que habían confeccionado hasta el momento.

—No es mucho con lo que trabajar —comentó con desdén—. Estaría bien hablar con algunos amigos suyos, solo para dar una idea de cómo se comportaban Casey y Hunter juntos.

—Ya hemos pensado en eso —dijo Laurie—, pero todos los amigos de Casey le dieron la espalda cuando fue detenida, y los amigos de Hunter evidentemente tendrán una opinión parcial sobre ella.

—¿Por qué tiene que ser parcial? —se preguntó—. Igual Casey es tan horrible como dicen.

Jerry carraspeó para aliviar la tensión.

—¿Y el tipo ese con el que salía Angela?

—Sean Murray —le recordó Laurie—. Llamó ayer y no quiere participar. Ahora está casado y tiene tres hijos. Dice que ninguna mujer quiere que le recuerden que su esposo estuvo con otra, sobre todo si esa otra tiene el aspecto de Angela. Me preguntó si seguía tan guapa.

—Tanto que da rabia —observó Grace—. Es un poco difícil no odiarla.

—Sean dijo que, de todos modos, no tenía nada que ofrecer. Se había ausentado de la ciudad la noche de la gala de la fundación y antes de eso llevaba un par de semanas sin ver a Hunter y Casey. Lo único que podía decir era que parecían muy enamorados. Desechó sus peleas como discusiones con las que ambos disfrutaban. Pero después de que fuera detenida, leyó los artículos de prensa y se preguntó si su relación no tendría una faceta más oscura que él no había visto.

Ryan arqueó una ceja.

—Parece un hombre inteligente. ¿Dónde estamos por lo que respecta a sospechosos alternativos?

Jerry tenía una respuesta preparada.

—He estado investigando los nombres que me diste, Laurie —dijo. Hizo hincapié en su nombre para devolverle el control de la reunión—. Hablé por teléfono con nuestra *celebrity*, Gabrielle Lawson, y he concertado una cita con ella hoy a las tres.

Grace le interrumpió.

—Perdona, pero ¿a qué demonios te refieres con *celebrity*? Laurie sonrió.

—En el caso de Gabrielle Lawson, yo diría que es alguien de una familia importante a la que le gusta pisar alfombras rojas y ver su nombre en las webs de cotilleos.

Una vez quedó Grace satisfecha con la respuesta, Jerry continuó:

—La víspera del asesinato de Hunter, en un blog de cotilleos llamado «El chismorreo» se publicó una fotografía de Gabrielle muy acaramelada con Hunter en una gala benéfica de los Clubes de Chicos y Chicas. —Tendió a Laurie una copia impresa de la foto en cuestión. Gabrielle miraba a Hunter con adoración—. Quizá no sea coincidencia que la periodista fuera Mindy Sampson, la bloguera que ha estado escribiendo sin cesar sobre Casey desde que salió de la cárcel. Cuando Mindy era columnista de prensa, prácticamente perseguía a Hunter, asegurando que volvía a comportarse como un playboy y estaba a punto a romper su compromiso con Casey porque estaba encaprichado de Gabrielle, quien no disimulaba su interés por él.

Quince años después, las constantes entradas sobre Casey en el blog de Mindy Sampson eran el motivo de que Brett los estuviera atosigando para que se pusieran manos a la obra con la producción.

—También he encontrado este artículo de «Rumores» que se publicó la semana anterior —añadió Jerry.

—Esa columna me encantaba —exclamó Grace—. Se centraba en comentarios supuestamente anónimos: rumores sobre cotilleos candentes, sin dar nombres.

Laurie leyó lo que había marcado Jerry con rotulador:

—«¿Cuál de los hombres más codiciados de la ciudad puede estar de regreso entre los solteros en lugar de ir camino del altar?» ¿Creemos que se refiere a Hunter? —preguntó.

—Desde luego la prensa lo creyó después de que Casey fuera detenida —observó Jerry—. Eso, además de la foto de Hunter con Gabrielle, sugería que no todo iba bien en el paraíso.

Por lo que concernía a Gabrielle Lawson, Laurie ya tenía una vaga idea de lo que diría si la entrevistaban en el programa.

—Gabrielle testificó en el juicio de Casey. Según dijo, Hunter flirteó con ella en esa gala benéfica. Sus palabras exactas fueron que «no se comportaba como un hombre prometido». En la gala ella se acercó a su mesa, lo rodeó con los brazos y lo besó. La fiscalía lo usó como prueba para sugerir que Hunter estaba a punto de romper con Casey.

Laurie se dio cuenta por la expresión impaciente de Jerry de que esa historia tenía más implicaciones.

—Pero hoy tenemos más información que la abogada defensora hace quince años. Gabrielle Lawson se ha casado y divorciado tres veces, con romances de altos vuelos entre un matrimonio y otro que ella siempre alimenta en la prensa, ya sean reales o imaginarios. Muchas veces ha tirado la caña a hombres ricos y poderosos que la han rechazado. Uno de esos por los que estuvo colada, el director Hans Lindholm, llegó a pedir una orden de alejamiento.

Laurie, Grace y Ryan murmuraron recordar vagamente el escándalo pasajero, pero Jerry tenía más detalles.

—Según la demanda de Lindholm, conoció a Gabrielle de pasada en el festival de cine de Tribeca, y luego ella empezó a aparecer inesperadamente en otros actos públicos a los que él asistía. Aseguró que ella llegó a ponerse en contacto con una columnista de la prensa rosa y le juró que los dos estaban buscando un apartamento para irse a vivir juntos.

—¿Quién era esa columnista? —preguntó Laurie, arqueando las cejas.

—La única e incomparable Mindy Sampson. Como es natural, no hay manera de confirmar que la fuente de Mindy fuera Gabrielle, pero el tribunal dictó una orden de alejamiento.

Grace frunció el ceño.

—Parece literalmente una atracción fatal. Igual decidió que si no podía quedarse ella con Hunter, no se lo quedaría nadie. Mató a Hunter e incriminó a Casey.

—Veo que hasta Grace empieza a ver otra faceta de la historia —observó Laurie—. Como sabéis, voy a ver a Gabrielle esta tarde. También he estado investigando por mi cuenta sobre Jason Gardner. Es el exnovio de Casey —le dijo a Ryan—. Era un ejecutivo bancario y casualmente estaba sentado a la mesa de su jefe en la gala de la Fundación Raleigh.

—A mí me parece otro posible caso de acoso —añadió Grace.

—Ryan —explicó Jerry—, Grace es nuestra experta en llegar a conclusiones precipitadas.

—O dicho de otro modo —repuso Grace en tono desafiante—, soy la que tiene buen instinto para calar a la gente. Y al principio estaba segura por completo de que Casey era culpable como la que más.

—Ponte a la cola —saltó Ryan.

—Ahora he abierto los ojos —aseguró Grace—. Y mi sospechoso número uno es Jason. Pensadlo. Tu ex se acaba de prometer con don Pijo de Alto Copete. Tu enorme compañía paga una mesa obligatoria en la gala, donde Hunter Raleigh va a ser sin duda el centro de atención. Cualquier persona normal querría estar en cualquier otro sitio de Nueva York menos esa sala. Jason, en cambio, se presenta allí. Os lo aseguro: ese tipo se moría de celos.

—Igual has dado con algo interesante —convino Laurie—. Tanto Casey como Angela aseguran que Jason intentaba recuperar a Casey, incluso después de que se anunciara su compromiso. Y al igual que Gabrielle, Jason ha acumulado unos cuantos esqueletos en el armario desde que Casey fue acusada de homicidio. Sorprendió a mucha gente escribiendo un libro revelador justo después de que fuera condenada. Pero desde entonces, se ha divorciado en dos ocasiones. Ambas esposas denunciaron a la policía que pasaba en coche por delante de sus domicilios después de mudarse. Incluso se encaró con el nuevo novio de su segunda esposa en un restaurante. Ella contó que Jason tenía un problema de drogadicción.

Ryan levantó una mano para interrumpirla.

—No veo cómo vais a conseguir que ninguno de ellos hable conmigo ante la cámara.

A Laurie le pareció que Jerry y Grace se encogían de horror al oírle decir «conmigo». Sintió alivio al decir Jerry:

—Laurie puede ser muy persuasiva. Los que son inocentes ayudan porque confían en nosotros. Y los que no son tan inocentes fingen confiar en nosotros porque les da miedo parecer culpables.

La propia Laurie no lo habría explicado mejor.

—Si logramos que tomen parte Gabrielle y Jason, deberíamos tener suficiente para poner en marcha la producción. Si encontramos nuevas pistas, siempre podemos hacer una segunda ronda de entrevistas.

—Pues ya tenemos plan —dijo Ryan.

«Es nuestro plan —pensó ella—, no el tuyo.»

Jerry guardó el bolígrafo en la espiral de la libreta.

—Es una pena que no sepamos más acerca de este asunto financiero con la fundación.

—¿Por qué? —preguntó Ryan.

—Porque Casey nos dijo que sospechaba de Mark Templeton, quien dejó la fundación en circunstancias más bien turbias. Ella dijo que creía que Hunter planeaba ordenar una auditoría de la contabilidad de la fundación.

—Según los medios por aquel entonces —explicó Laurie—, los activos de la fundación disminuyeron considerablemente.

—Eso es interesante. —Aunque la voz de Ryan sonó pensativa, no dio más explicaciones—. Pero que muy interesante. —No aclaró qué podía haber deducido de esa información. No ayudaba en absoluto.

—Tengo prisa —anunció Laurie—. He quedado con Gabrielle dentro de media hora, y su apartamento está cerca de Gramercy Park.

Le sorprendió encontrarse a Ryan esperándola unos minutos después delante de los ascensores.

—Le dije a Brett que te acompañaría a las entrevistas para el programa. ¿Viene un coche a buscarte o llamo a mi chófer?

29

Para ser un hombre que había llevado con éxito múltiples juicios con jurado de gran complejidad, Ryan parecía un poco nervioso. Desplazaba la mirada rápidamente del portero a la entrada y el ascensor mientras el empleado llamaba arriba para anunciar su llegada.

—No puede ser la primera vez que hablas con un testigo en potencia —susurró Laurie.

—Claro que no, pero normalmente esa persona está detenida o con su abogado.

El portero anunció que la señora Lawson les esperaba.

—En el ático —les indicó.

Gabrielle Lawson era una de esas mujeres que podría haber tenido cualquier edad entre cuarenta y sesenta, pero casualmente Laurie sabía que tenía cincuenta y dos años, la misma edad que habría tenido Hunter Raleigh de haber seguido vivo. Iba vestida con un elegante traje blanco con joyas de oro de buen gusto, y llevaba el cabello pelirrojo recogido en un perfecto moño alto. No se la veía muy distinta de hacía quince años, cuando «El chismorreo» publicó una foto suya mirando a Hunter Raleigh con adoración.

Cuando llevaban un cuarto de hora de conversación, Laurie se las había arreglado para establecer contacto visual con Gabrielle solo dos veces, quien estaba fascinada con Ryan, veinte años menor que ella. A partir de todo lo que había leído sobre ella, Laurie sabía que estaba extraordinariamente empeñada en captar la atención de hombres de éxito, a ser posible guapos. Ryan cumplía las dos condiciones.

Gabrielle hizo caso omiso de la pregunta de Laurie acerca de su saludo a Hunter en la gala de la Fundación Raleigh y en cambio inició su propia investigación sobre Ryan:

—¿Cómo pasó de ser comentarista televisivo a productor? —preguntó.

—En realidad, no soy...

—Un mero productor —dijo Laurie, interrumpiendo la corrección de Ryan—. También es la nueva estrella del programa. Será quien trabaje de principio a fin con todos nuestros participantes. En realidad, es el alma de *Bajo sospecha*.

Supuso que el alma de un programa informativo de televisión no estaba a la altura de un director de cine premiado como el que Gabrielle había acosado, pero probablemente era un partido lo bastante bueno para que despertara su interés.

Esperaba que Ryan cogiera la indirecta y aprovechara la evidente dinámica a su favor, pero en cambio le pidió a Gabrielle que confirmara que se había casado y divorciado tres veces.

—No veo motivo para hacer hincapié en eso —dijo en voz queda.

—Creo que lo que le gustaría saber a Ryan es si se acercó a saludar a Hunter la noche de la gala de la fundación. —Era la misma pregunta que ya había planteado ella, pero le dio la impresión de que Gabrielle la oía por primera vez ahora que se la atribuía a Ryan.

—Veamos... ¿hablé con Hunter aquella noche? Bueno, claro que sí. Largo y tendido.

Laurie señaló que la abogada defensora de Casey había preguntado a todos los testigos de la fiscalía si habían visto a Hunter y Gabrielle juntos. Nadie los había visto, aparte de un breve instante en que Gabrielle se acercó a Hunter junto a la mesa de su familia y le dio un abrazo con entusiasmo. Fue un detalle sutil, a fin de desacreditar la afirmación de la fiscalía de que Casey asesinó a Hunter porque tenía planeado anular su compromiso para estar con Gabrielle. La abogada de Casey no señaló en ningún momento que Gabrielle podría haber aprovechado la ocasión para echarle algo en la copa a Casey.

—Lo estábamos llevando con discreción —dijo Gabrielle con timidez fingida—. Hunter no se lo había dicho todavía a Casey. Era muy decoroso. Habría sido incapaz de abochornarnos a ninguna. Rompería con ella discretamente, y luego lo haría público tras un período respetable.

—Parece razonable —dijo Laurie, aunque no creía ni una sola palabra—. Teniendo en cuenta que lo mantenían en privado, ¿cómo consiguió Mindy Sampson una fotografía de los dos juntos en una gala benéfica para los Clubes de Chicos y Chicas?

Gabrielle sonrió con coquetería, como si fueran dos amigas de cotilleo.

—Bueno, ya saben cómo va eso. A veces hay que dar un empujoncito a la relación. No se me pasó por la cabeza que esa foto pudiera desembocar en el asesinato de Hunter, o si no nunca lo habría hecho.

—Así que reconoce que le dio esa foto a Mindy —dijo Ryan, como si acorralara a un testigo en un contrainterrogatorio.

Laurie se las apañó para no poner una mueca de dolor. Ryan acababa de hacer una afirmación demasiado atrevida y tajante. Alex no habría cometido nunca ese error. Como era de esperar, Gabrielle negó de inmediato la acusación.

—Cielos, no. Vi que se acercaba un fotógrafo y me incliné hacia Hunter para la foto. Pero nada más.

Laurie intentó de inmediato seguir congeniando con Gabrielle.

—¿Y qué me dice de Casey? He oído que la lio en la gala.

—Decir que iba achispada sería quedarse corto —saltó

Gabrielle—. Estaba evidentemente ebria, se le trababan las palabras e iba dando tumbos. Fue bochornoso. Hunter estaba disgustado, se le notaba.

—¿Tan disgustado como Hans Lindholm cuando pidió una orden de alejamiento contra usted? —preguntó Ryan en tono de burla.

Gabrielle fusiló con la mirada a Ryan.

—Es usted una monada, pero su madre tendría que haberle enseñado modales, señor Nichols.

Laurie se disculpó enfáticamente y le ofreció su sonrisa más cálida.

—Ryan es abogado de profesión —explicó—. En las facultades de Derecho no dedican mucho tiempo a enseñar etiqueta.

Gabrielle rio.

—Sí, ya lo veo.

—Ven nuestro programa millones de personas. ¿Estaría dispuesta a compartir sus observaciones con nuestros espectadores? —preguntó Laurie.

Gabrielle vaciló, mirando a Ryan con escepticismo.

—Sería esencial para refutar las afirmaciones de Casey de que es inocente —insistió Laurie—. En el programa queremos estar seguros de contar con la versión de las dos mujeres en la vida de Hunter.

A Gabrielle se le iluminó la cara al oírlo.

—Desde luego —dijo—. Se lo debo. Por eso no duraron mucho mis otros matrimonios. Nadie podría sustituir a mi Hunter.

Gabrielle seguía sonriendo cuando firmó sobre la línea de puntos.

Mientras Laurie regresaba hacia el ascensor, se encontró pensando que ojalá estuviera allí Alex. A pesar de lo que ahora le molestaba la presencia de Ryan, le había pedido a menudo a

Alex que desempeñara un papel en esas entrevistas preliminares. De haberla acompañado él, se habrían puesto a compartir sus opiniones de inmediato. Pero no tenía el menor interés en saber lo que pensaba Ryan, así que se dedicó a revisar sus propias conclusiones.

Creía el relato de Gabrielle acerca de lo perjudicada que estaba Casey en la gala, pero eso concordaba con que la hubieran drogado. Sin embargo, no creía que Gabrielle hubiera tenido una relación íntima con Hunter. Estaba convencida de que estaba conchabada con Mindy Sampson para que esa fotografía de Hunter y ella saliera en el periódico. Pero ¿estaba lo bastante obsesionada como para matar a Hunter? Laurie no tenía ni idea.

Apenas se habían cerrado las puertas del ascensor cuando Ryan le espetó:

—Nunca le pidas disculpas a otra persona en mi nombre ni hagas un chiste a mi costa. Soy bueno en mi trabajo.

—Tendrías que ser tú quien pidiera disculpas, a mí entre otras personas. Igual eres buen abogado en la sala del tribunal, pero ahora has elegido un trabajo sobre el que pareces tener muy poco interés en aprender. Has estado a punto de cargarte la entrevista —repuso Laurie.

—¿Llamas entrevista a eso? Ha sido más bien un juego de niños.

—Gabrielle ha accedido a hablar ante la cámara, cosa que hace una hora tú has dicho que sería imposible. No somos fiscales federales. No tenemos autoridad para citar a nadie. Logramos que los testigos colaboren siendo simpáticos y cariñosos, no sarcásticos y alienantes. Las preguntas difíciles se las planteamos después, mientras estamos grabando.

—Por favor. Esa mujer no sabe nada importante. Hunter Raleigh fue asesinado por Casey Carter. Y punto.

Laurie cruzó tres pasos por delante de él el vestíbulo del edificio y se montó en el asiento de atrás del coche que les esperaba.

—Tienes mucho que aprender, y ni siquiera lo sabes. Si fastidias este caso, me da igual a cuántos parientes tuyos conozca Brett, porque no pienso volver a trabajar contigo. Y ahora voy a ir en tu coche a mi siguiente entrevista.

Cerró la portezuela de atrás, dejando a Ryan plantado en la acera. Aún notaba la cara ruborizada cuando le dio al chófer la única dirección de Jason Gardner que tenía.

30

Quince años atrás, Jason Gardner asistió a la gala de la Fundación Raleigh en Cipriani en calidad de prometedor analista de uno de los bancos de inversión más importantes del mundo. A la luz de esos antecedentes, Laurie había esperado que el exnovio de Casey trabajara en la actualidad como gestor de fondos de cobertura manejando miles de millones. En cambio, cuando se presentó en la dirección que figuraba en su perfil de LinkedIn, encontró una diminuta oficina en un edificio polvoriento con vistas a la entrada del túnel de Holland. El nombre de la empresa era INVERSIONES DE CAPITAL GARDNER, aunque a juzgar por el mobiliario barato, sospechó que Gardner debía de tener un capital más bien escaso.

La recepcionista tras el mostrador leía una revista del corazón y mascaba chicle. Cuando Laurie le dijo que estaba buscando al señor Gardner, la mujer ladeó la cabeza en dirección a la única persona en la oficina aparte de ella.

—Jason, está aquí la señora Moran.

El currículum de Jason no era lo único que había salido mal parado en los últimos quince años. El hombre que se levantó de la mesa del rincón del fondo solo había cumplido cuarenta y dos años, pero tenía arrugas profundas y los ojos enrojecidos. No se parecía al hombre joven y guapo cuya fotografía estaba en la contraportada de su revelador libro *Mis días con Casey la Loca.* Laurie sospechaba que las drogas y el alcohol que habían mencionado sus exmujeres a la policía seguían pasándole factura.

—¿Puedo ayudarle en algo? —preguntó.

—Tengo unas preguntas sobre Casey Carter.

De pronto su cara envejeció otra década.

—Vi en las noticias que ha salido de la cárcel. Es increíble lo rápido que han pasado quince años. —Jason miraba hacia lo lejos, como si estuviera viendo los años pasar.

—Me parece que a Casey no le pareció tan rápido —señaló Laurie.

—No, supongo que no.

Laurie no había tenido oportunidad de leer entero el libro de Jason, pero había hojeado lo suficiente para saber que Jason traicionó despiadadamente a su exnovia. El libro describía a una joven ambiciosa y sedienta de poder que dejó de lado a su intermitente novio en cuanto le echó el ojo a Hunter Raleigh.

Laurie sacó su ejemplar del libro del maletín.

—Hubo quien se sorprendió cuando decidió escribir esto. Por lo que tengo entendido, estaba muy enamorado de Casey.

—La quería, sí —dijo con tristeza—, eso es verdad. Era extrovertida, enérgica, divertida. No tengo idea de cómo es ahora, pero ¿entonces? Estar cerca de Casey me hacía sentir más vivo. Pero a veces una personalidad así tiene un precio. Hay una línea fina entre la espontaneidad y el caos. En ciertos aspectos, Casey era un auténtico martillo de demolición.

—¿Y eso?

Se encogió de hombros.

—Es difícil de describir. Es como que lo sentía todo un poco en exceso. ¿Su interés por el arte? No podía limitarse a apreciar un cuadro; se conmovía hasta el llanto. Si alguien le hacía un comentario negativo en el trabajo, se pasaba preocupada el resto de la noche, preguntándose qué habría hecho mal. Y conmigo fue igual. Cuando nos conocimos en la universidad, parecía que fuéramos almas gemelas. Cuando se mudó a Nueva York, esperaba que fuera para estar conmigo, pero era evidente que le importaba más su trabajo en Sotheby's. Luego se matriculó para sacarse un máster y empezó a hablar de abrir su propia galería. Mientras tanto, se preguntaba por qué yo no trabajaba más duro. Por qué ascendían a otro en vez de a mí. Como si no fuera lo bastante bueno para ella. Cuando rompió conmigo, dijo que quería un «tiempo de descanso». Supuse que era otro de esos períodos que pasábamos separados. Pero dos semanas después, vi una foto suya en la sección de sociedad con Hunter Raleigh. Me partió el corazón. Me distraje. Los problemas que estaba teniendo en el trabajo fueron en aumento. Como puede ver, no acabé precisamente en el Taj Mahal.

Parecía culpar a Casey de su declive. No era muy arriesgado pensar que también culpaba a Hunter.

—Sin embargo, tengo entendido que intentó recuperarla, incluso después de que se anunciara su compromiso.

—Tiene buenas fuentes. Fue solo una vez, y debo reconocer que llevaba una buena cantidad de whisky encima. Le dije que un esnob como Hunter le exprimiría hasta el último ápice de vida. Lo que no imaginé fue que acabaría dándose la situación contraria.

—¿Cree que lo mató ella? —Por lo que Laurie sabía, el libro de Jason no ofrecía una opinión directa sobre la culpabilidad de Casey.

—Reconozco que llamarla Casey la Loca en el libro no estuvo del todo bien. Sinceramente, lo hice a insistencia de la editorial Arden Publishing. Pero Casey era terca como una mula, y tenía un temperamento acorde. Cuando salíamos, se ponía hecha una furia si yo hablaba con otra mujer. No puedo ni imaginar lo que habría hecho si Hunter hubiera intentado dejarla como me dejó ella a mí.

Después de que Laurie se fuera, Jason esperó a oír que el ascensor se ponía en funcionamiento en el vestíbulo antes de pedirle a Jennifer —la última de una larga lista de ayudantes incompetentes dispuestas a trabajar por lo que podía pagarles— que se tomara un breve descanso. Una vez se hubo marchado, sacó un número de teléfono que llevaba años sin marcar. Contestó su agente, que le hizo esperar unos momentos. El hombre que al final se puso al aparato no pareció muy feliz de tener noticias suyas.

—Ha venido a verme una productora de televisión para hablar sobre Casey —explicó Jason—. Es para un programa llamado *Bajo sospecha*. Quieren entrevistarme. ¿A ti qué te parece?

—Firma los documentos. Participa en el programa. Igual vendes más libros.

—No me dejarán en buen lugar.

—Eso no es nada nuevo. Tú firma esos documentos.

Jason sintió náuseas al colgar. Le había dicho la verdad a Laurie Moran. Quería de veras a Casey. Pero entonces la mujer que amaba fue detenida por homicidio, y él no pudo ayudarla de ninguna manera. Solo pudo sacar partido, y eso hizo. Y ahora se detestaba por ello. Abrió el cajón superior de la mesa, se echó a la boca uno de los escasos analgésicos que le quedaban allí y procuró no pensar en Casey.

31

Tiro a Segno no se parecía a ningún club de tiro que hubiera visto Laurie. Oculto en una serie de tres edificios de ladrillo rojizo en la calle MacDougal, en Greenwich Village, más que un club parecía un domicilio privado, digno de atención únicamente por la bandera italiana que ondeaba orgullosa a la entrada. Incluso al entrar, Laurie se encontró con mobiliario tapizado en cuero, caoba y una mesa de billar; no se veía un arma por ninguna parte. Olía a ajo y orégano, no a pólvora.

—No es lo que imaginaba, ¿verdad? —preguntó el dueño—. Me encanta ver la cara de sorpresa que ponen los nuevos clientes.

—Muchas gracias por dejarme pasar un momento, señor Caruso. —Había llamado al club después de salir de la oficina de Jason Gardner, a escasas manzanas de allí—. Como le he dicho, mi equipo de producción ha averiguado que su club era uno de los lugares preferidos de Hunter Raleigh para hacer tiro al blanco.

—Llámame Antonio, por favor. Y me alegra poder ayudar. Si me dices «programa de televisión», mi respuesta es: «Aaah, no nos gustan mucho las cámaras». Pero quieres información sobre Hunter Raleigh, que era un buen hombre, todo un caballero. Y para colmo, eres hija de Leo Farley. Claro que eres bienvenida aquí. Tu padre es socio honorario de por vida.

A excepción quizá de los delincuentes que había detenido a lo largo de su carrera, todos los que habían conocido a su padre lo consideraban un amigo.

Laurie había venido con preguntas acerca de Hunter y Casey, pero ahora que estaba aquí, entendía que Grace lo hubiera sugerido como un lugar ideal para grabar.

—Ya veo por qué a todo el mundo le encanta tu club, Antonio.

—Se ha transformado con el paso del tiempo, eso seguro. Antes no éramos tan elegantes. Algunos veteranos siguen quejándose de que quitáramos la pista de bolos. Hoy en día, el club gira en torno a la comida y el vino y las relaciones sociales, pero naturalmente seguimos teniendo la sala de tiro abajo. Solo hay tiro al blanco, eso sí, como ya debes de saber. Y nada de armas cortas, solo rifles.

—¿Vino Hunter alguna vez con su prometida, Casey Carter? —indagó Laurie.

A Antonio se le nubló un momento el rostro.

—Sí, naturalmente. Qué final tan horrible. También vino con muchas mujeres antes de comprometerse, claro —añadió.

—Pero al estar con Casey dejó de comportarse como un soltero, ¿no?

—Eso parecía. La segunda vez que los vi juntos, le dije a Hunter: «Tendríais que celebrar la boda aquí», y él sonrió. ¿Conoce el dicho: *Chi ama me, ama il mio cane*? Traducido es: «Quien me quiere, quiere a mi perro». Pero en realidad quiere decir: «Quien me quiere, me quiere tal como soy, con todos mis defectos». Eso sentía Hunter por Casey.

—Perdona si estoy leyendo entre líneas, Antonio, pero parece que estás diciendo que Casey tenía defectos.

Se encogió de hombros.

—Como decía, fue un final horrible.

Laurie se dio cuenta de que iba a ser imposible sacarle a

nadie una descripción imparcial de Casey en su juventud. Los recuerdos de todo el mundo habían quedado transformados para siempre por el hecho de que hubiera sido condenada por el homicidio de Hunter.

—Tengo entendido que a Casey se le daba bastante bien el tiro al blanco —dijo Laurie.

—Así es. Hunter bromeaba con que la única razón que tenía para esforzarse es que era la persona más competitiva que conocía. Fue deportista en algún momento de su vida, creo recordar.

—Jugaba al tenis —aclaró Laurie—. En la universidad.

—Eso es. Hunter decía que era capaz de vapulearlo en la pista. Y para no quedarse atrás, estaba poniéndose a su altura en su propio deporte. Era muy buena tiradora.

—La policía encontró orificios de bala en las paredes de la sala de estar y el dormitorio de Hunter, donde fue asesinado. ¿No es raro que Casey fallara dos veces?

—Quién sabe. Aquí solo se dispara a dianas. Nunca le he visto hacer tiro al plato ni contra un blanco en movimiento. Es mucho más difícil de lo que la gente se imagina. Por eso en las clases de defensa personal dicen que lo mejor es salir huyendo de un tirador, sobre todo si se corre siguiendo un trayecto impredecible. Además, la adrenalina, y por lo que tengo entendido, la ebriedad, pudo afectar a su puntería. Que fallara dos veces no es una prueba definitiva en un sentido u otro —añadió con una sonrisa.

Laurie le dio las gracias a Antonio por su tiempo y le prometió darle recuerdos de su parte a Leo. Por lo que al programa se refería, unos planos de ese tesoro de Greenwich Village aportaría unos segundos de color local, pero Laurie no estaba más cerca de averiguar quién había asesinado a Hunter Raleigh.

32

Mindy Sampson tomó asiento a una mesa del rincón del fondo del Rose Bar en el Gramercy Park Hotel para esperar a Gabrielle. Hacía no muchos años, todas y cada una de las personas presentes, desde la azafata de la entrada hasta la famosa actriz en el reservado a su derecha, habrían reconocido su cara. Durante más de dos décadas, su fotografía había aparecido en la cabecera de «El chismorreo», una de las columnas de cotilleo más leídas en Nueva York. Se había hecho un nuevo retrato todos los años sin falta, pero siempre llevaba maquillaje pálido y pintalabios rojo oscuro y mantenía el pelo de su color negro azabache natural. Era un aspecto icónico. Antes de las Kardashian y los Kanye y las Gwyneth, Mindy Sampson había entendido la importancia de ser una marca.

Y la marca de Mindy se asociaba a las tendencias de sociedad. ¿Quién iba mejor vestido? ¿Qué parejas de famosos había que ensalzar y cuáles había que despreciar? ¿Era el playboy millonario culpable o víctima de una acusación desconsiderada? Mindy siempre tenía respuesta para todo.

Eran los tiempos en que los periódicos aún te manchaban los dedos de tinta.

Luego llegó el día en que su editor jefe le dijo que «aplazase» su tradición anual de hacerse una foto nueva para la columna. Quizá hubiera «cambios», le advirtió.

Mindy era famosa por los cotilleos, pero aún tenía instinto periodístico. Había visto lo que estaba pasando en la redacción. Cada vez se ingresaba menos por la publicidad. El periódico era más fino a cada mes que pasaba. Y la plantilla también iba disminuyendo. Los veteranos, considerados en otros tiempos la espina dorsal del periódico, salían demasiado caros para seguir en nómina. Los becarios universitarios estaban dispuestos a trabajar gratis, y los recién licenciados no salían mucho más caros.

Un mes después, le dieron «la noticia». Iban a dejar su columna, la que ella había creado y alimentado y convertido en una marca de la casa, en manos de la «redacción». Sin firma. Sin fotografía icónica. Ella ya sabía que «redacción» era una manera de referirse a los cotilleos entresacados de los teletipos.

No se marchó sin presentar batalla. Amenazó con un pleito por discriminación de género. Por discriminación contra las personas mayores. Hasta se planteó pedir la discapacidad laboral por síndrome de fatiga crónica. Pero luego le dijo a su abogado que solo quería dos cosas: un finiquito de seis meses de sueldo y el título. Podían llamar como quisieran su columna de pacotilla, pero ella se llevaría la marca «El chismorreo».

Quizá la hubieran descartado como una viejales que iba de capa caída, pero no era la primera vez que infravaloraban a Mindy. Sabía antes que ellos que los nuevos medios estaban en internet. Usó el finiquito para financiar el lanzamiento de un sitio web, y fue ella quien empezó a contratar a becarios que no cobraban. Ahora, en vez de un sueldo, ganaba dinero por anuncios vendidos, lectores que hacían clic en esos anuncios y publicidad indirecta. Y en lugar de ver que sus palabras pasaban las cribas de una serie de editores, podía ofrecer sus textos al mundo entero con solo pulsar una tecla.

Pulsó Enviar en su teléfono móvil. Había colgado un nuevo artículo, así de fácil, y todo mientras esperaba a Gabrielle Lawson. De todos los famosos que había conocido Mindy a lo largo de los años, Gabrielle estaba entre los más dramáticos. Se conducía como una dama de Hollywood a la antigua usanza. También vivía así, gracias a un fondo fiduciario de un tío rico que no había tenido hijos, además de los acuerdos de tres divorcios. Era lúcida y funcional, pero parecía vivir en una realidad paralela en la que su ego exagerado desempeñaba un papel protagonista.

Por ejemplo, cuando tenía algo que contarle a Mindy, no podía decírselo por teléfono o en un email. Le gustaba quedar en algún bar discreto. En su universo alternativo, Mindy era Bob Woodward, y Gabrielle, Garganta Profunda. ¿Qué noticias traería hoy?

Cuando llegó Gabrielle, pasaron los primeros minutos bebiendo champán y hablando de tonterías. Mindy, como siempre, aseguró a Gabrielle que publicarían una foto de ella favorecedora. Era una promesa fácil de cumplir. Gabrielle había sido una de sus mejores fuentes durante años, así que quería tenerla contenta.

En esta ocasión en concreto, sin embargo, la reunión clandestina fue una pérdida de tiempo. Gabrielle no le contó nada que no supiera ya. En lo referente a Casey Carter, Mindy nunca había ido escasa de información.

33

Esa noche a la hora de la cena, el olor a mantequilla, tomillo y pollo asado a la perfección llenaba el apartamento de Laurie.

—Ha sido todo un banquete, papá.

Se suponía que Leo debía haber tenido una minirreunión con algunos colegas suyos de la policía en Gallagher's Steakhouse. Para sorpresa de Laurie, tenía la cena preparada en el horno cuando ella llegó a casa. La noche de hombres se había suspendido cuando dos amigos de Leo, todavía en activo, habían recibido aviso de ir a Times Square porque había una camioneta abandonada con un paquete sospechoso dentro. Dos horas después, la Policía de Nueva York confirmó que el aviso había sido una falsa alarma. El conductor de la camioneta había dejado el motor al ralentí mientras subía al apartamento de su hermana a darle un juguete a su sobrina, y luego se quedó de visita. La ciudad estaba a salvo, y Laurie había disfrutado de una deliciosa comida casera.

Timmy estaba repitiendo sin aliento los informes que había recibido Leo en el móvil por la tarde.

—Mamá, han evacuado tres manzanas, ¡en mitad de Times Square! Había furgonetas de unidades tácticas y perros rastreadores de explosivos. Y el abuelo lo sabía todo, antes de que lo dijeran en las noticias.

Leo alargó el brazo y le dio unas palmaditas a Timmy en el hombro, pero parecía melancólico.

Después de que Timmy pidiera permiso para levantarse de la mesa, Laurie le preguntó a su padre:

—¿Lo echas de menos? ¿El trabajo? ¿Estar en mitad de los acontecimientos?

Probablemente le había hecho la misma pregunta un centenar de veces en los últimos seis años. Su respuesta era siempre alguna variación de decir que el mejor trabajo que había tenido era contribuir a criar a su nieto. Pero esta noche, se mostró sincero por completo:

—A veces, sí. Recuerdo aquel día horrendo de 2001. Todos nos dimos cuenta de que el mundo estaba cambiando de maneras inimaginables, pero tenía la sensación de que yo estaba siendo útil. Esta noche, he preparado pollo. Es una vida más tranquila.

Laurie no sabía qué decir, así que guardó silencio y le dio un beso en la mejilla antes de recoger los platos.

No le sorprendió que Leo la siguiera a la cocina y le preguntara cómo iba el programa. A Laurie le costó explicarle sus sentimientos enfrentados. Por una parte, había tenido suerte de encajar tantas piezas enseguida.

En teoría, Gabrielle y Jason eran ambos sospechosos alternativos verosímiles. Ella sabía por los informes de policía originales que los dos habían dicho que volvieron a casa solos después de la gala, lo que suponía que cualquiera de los dos podría haber ido a Connecticut y asesinado a Hunter. Pero aún no tenía pruebas sólidas que señalaran a un asesino que no fuera Casey.

—No lo sé, papá, igual tenías razón. Igual no tengo nada que aportar a la investigación que se llevó a cabo en su momento, después de todo.

Leo se apoyó en la encimera de la cocina y se cruzó de

brazos. Ella lo recordó al frente de una sala de la comisaría antes de la reunión informativa el día que se permitía llevar a los hijos al trabajo. No podía creer que ya hubiera transcurrido un cuarto de siglo de aquello.

—Mira —dijo él—, casualmente creo que el sistema funciona el noventa y nueve coma nueve por ciento de las veces, lo que significa que, en efecto, hay muy pocas probabilidades de que esa mujer sea inocente. Pero también soy tu padre, así que a fin de cuentas, estoy de tu parte. En cada producción, te ves abrumada por la cantidad de historias distintas que flotan a tu alrededor. Te las apañas para convertir todo eso en un programa apasionante, y es increíble cuánta justicia has conseguido que se haga de paso. Pero recuerda que tu principal objetivo es ofrecer un espectáculo televisivo bien hecho e imparcial y dejar que los espectadores decidan qué piensan sobre Casey.

Era un buen consejo, pero sus deseos de averiguar la verdad siempre acababan imponiéndose.

—Igual debería haberme metido a policía.

—Eres demasiado rebelde —dijo él con un guiño—. Además, el siguiente de nuestra familia con placa va a ser Timmy. Ya verás. ¿Has hablado con Alex de alguno de esos personajes? Siempre te ayuda a aclararte las ideas.

—Me ayudaba —dijo, haciendo pie en el tiempo verbal involuntariamente—. Ahora que ya no trabaja en los estudios, no sé hasta qué punto puedo darle la lata hablando de trabajo con él.

Leo meneó la cabeza.

—¿Cuándo vas a aceptar que tú nunca le das la lata? Alex se preocupa por ti. Si le abres la puerta, seguro que estará encantado de prestarte oídos.

«Alex se preocupa por ti —pensó Laurie—. Si le abres la puerta...» Las palabras resonaron en su cabeza y entonces, sin que viniera a cuento, se echó a llorar.

Su padre la tomó de inmediato por los hombros.

—Laurie, cariño, ¿qué pasa?

—Lo he intentado, papá. No tienes idea de cuánto he intentado abrirle la puerta.

Su padre la acunaba y le decía que todo iría bien, pero la emoción la abrumó. La noche que Alex le anunció que iba a dejar el programa. El momento en que Brett dijo que iba a contratar al sobrino de su mejor amigo. El agotamiento de los últimos días, trabajar de la mañana a la noche. Y, por último, esa ineludible sensación en el estómago de que Alex le había mentido.

—Cuando intenté hablar con Alex del caso en su apartamento, me pareció que estaba incómodo. Pensé que al quejarme de Ryan le estaba haciendo sentir culpable. Pero luego resulta que conocía a Angela, la prima de Casey. —Las palabras le brotaban de los labios a raudales—. Y conoció a Hunter y su familia en un picnic. Luego, cuando le pregunté al respecto el lunes, se mostró... evasivo. Me di cuenta de que me ocultaba algo.

—¿Quieres que le llame? ¿Que hable con él de hombre a hombre?

Ella rio y se enjugó las lágrimas.

—¿Cuántas veces tengo que decirte que las mujeres hechas y derechas no podemos permitir que nuestros padres se encarguen de todos nuestros problemas?

—Pero esto no tendría que ser un problema, Laurie. Conocemos a Alex. Es un hombre bueno y sincero.

—Lo sé. Pero tú me enseñaste a confiar siempre en mi instinto. Y te aseguro que hay alguna razón para que Alex no quiera que hable con él sobre este caso. Oculta algo.

Su padre estaba a punto de lanzarse de nuevo a defender a Alex cuando Timmy entró corriendo en la habitación. Llevaba el iPad en las manos alargadas, todavía tan pequeñas que necesitaba las dos para sostener la tableta.

—Eh, mamá, tengo una cosa para ti.

La última vez que Timmy le dio su iPad, ella se enganchó

a un juego de batallas de plantas contra zombis. No podía permitirse esa clase de distracciones ahora mismo.

—Me parece que no tengo tiempo libre suficiente para un juego nuevo, Timmy.

—No es un juego —insistió él—. Puse una alerta Google con tu nombre y hay una coincidencia. Una bloguera llamada Mindy Sampson ha escrito de todo sobre tu próximo programa.

34

¿Juega con fuego Casey la Loca?

Hola, amigos chismosos. ¿Habéis seguido las travesuras de Katherine Carter, alias Casey, desde que abandonó el nido? Bueno, yo sí, y Casey ha estado pero que muy ocupada. La típica expresidiaria no va directa de la puerta de la cárcel al centro comercial más cercano para pasarse el día comprando ropa a la última moda. ¿Dónde tenía planeado lucir su nuevo vestuario? Eso nos preguntamos todos.

Pero en lugar de volver al candelero, Casey parece estar otra vez de compras. Esta vez intenta agenciarse a alguien que dé crédito a las absurdas alegaciones de inocencia que ha estado propagando desde la noche que la encontraron con la sangre de Hunter Raleigh en las manos.

Al principio, parecía que la pardilla de turno podía ser Laurie Moran, productora de *Bajo sospecha*. La serie, que retoma la investigación de casos abiertos, lleva una trayectoria impecable solucionando casos que casi habían sido descartados como irresolubles. «El chismorreo» puede asegurar que Casey se ha reunido con Moran tres veces en persona después de salir de prisión, una vez en su propia casa y dos en las oficinas de Moran en Rockefeller Center. Que Casey quedara en manos de una firma tan respetada habría sido todo un golpe de efecto.

Pero, ¡alto ahí, no tan rápido! Es posible que Moran esté

poniéndole buena cara a Casey, pero por lo visto tiene otros ases en la manga.

Laurie notó los ojos de su padre leyendo por encima de su hombro.

—Ya solo por las metáforas entremezcladas esto debería ser un delito —masculló.

—Chis —la instó Leo—. Sigue leyendo.

Pero si Casey pensaba que la productora de televisión tenía planeado ofrecer su versión de la historia, más le valdría cerciorarse. Resulta que su nueva amiga, Moran, ha estado reuniéndose con renombrados militantes del bando antiCasey como Gabrielle Lawson y Jason Gardner. Los chismosos avispados recordarán que esos testigos privilegiados testificaron en contra de Casey durante su juicio.

Lawson era la dama de la alta sociedad dispuesta a ocupar el puesto de Casey junto a Hunter ante el altar. Jason el Despechado era el exnovio de Casey que tiró de la manta sobre los problemas que tenía ella para controlar su temperamento.

Con amigos así, ¿quién necesita enemigos? Un jurado compuesto por doce personas convino de manera unánime que Casey mató a Hunter llevada por la furia después de que él anulara su compromiso. Sin un abogado defensor velando por ella, es posible que una periodista de éxito como Laurie Moran convenza al resto del país de que Casey es una asesina despiadada que salió bien librada.

Casey, si estás leyendo esto, quizá creas que un programa de televisión puede ayudarte a pasar página, pero más vale que te lo replantees. ¿De verdad piensas que Gabrielle y Jason cambiarán sus versiones? Igual estás jugando con fuego.

«El chismorreo» te aconseja que te quedes en casa, y te quedes calladita.

Laurie pulsó el botón en la parte inferior de la tableta para dejar la pantalla en negro, y luego le devolvió el dispositivo a su hijo.

—Mamá, ¿cómo es que esa web sabe tanto sobre tu programa? ¿Es verdad toda esa información?

«Hasta la última palabra», pensó Laurie. Ya sabía —o por lo menos sospechaba— que Gabrielle tenía por costumbre facilitar información a Mindy Sampson, pero en esta columna había más datos de los que Gabrielle podía conocer. Esta sabía que Laurie planeaba cubrir el caso de Casey para su siguiente especial, y probablemente podía suponer con conocimiento de causa que cualquier productor de televisión responsable hablaría con el exnovio que había escrito un libro tan indiscreto y perjudicial. Pero ¿que supiera cuántas veces había quedado con Casey y dónde? Cualquiera capaz de acertar algo así tendría que dedicarse a apostar a los caballos.

Se puso a revisar el texto, pensando que no tenía ni idea de quién podía haber facilitado a Mindy Sampson tantos datos reservados sobre su producción. Y de pronto, pensó en un instante que se había dado unas horas atrás. «Igual eres buen abogado en la sala del tribunal, pero ahora has elegido un trabajo sobre el que pareces tener muy poco interés en aprender.»

Ryan Nichols. ¿Intentaba darle una lección? Procuró de inmediato ahuyentar esa posibilidad, diciéndose que estaba paranoica. Pero Grace, Jerry y Ryan eran las únicas personas que podían haber filtrado toda esa información. Hubiera confiado su vida a Grace y Jerry, pero no sabía nada de su nuevo presentador, aparte de que tenía tantas ganas de ponerse delante de la cámara que había estado dispuesto a dejar atrás una prometedora carrera como abogado para dedicarse a la televisión a jornada completa. ¿Estaba filtrando información privilegiada a fin de provocar cotilleos que sin duda generarían interés de sobra en el programa? ¿Era su primer paso para intentar ponerle la zancadilla y dejarla al margen del mismo? El mejor amigo de su tío, Brett, premiaba a aquellos cuyas ideas permitían alcanzar mejores índices de audiencia.

Como dicen, que estés paranoico no quiere decir que no haya alguien dispuesto a jugártela.

Seguía preguntándose si confiar en Ryan cuando sonó su móvil en la encimera. Era Alex. Por primera vez desde que lo conocía, titubeó antes de contestar.

Al final, después de tres tonos y medio, respondió con un «qué tal».

—Eso digo yo, qué tal.

—¿Cómo fue tu charla en la Universidad de Nueva York? —No hablaba con él desde que se había presentado en su bufete para hacerle preguntas sobre su relación previa con la familia Raleigh.

—Bien. Mi amigo sonreía de oreja a oreja por su nombramiento como titular de cátedra. A mí me parece un título y nada más, pero me alegró ver que se sentía tan honrado. A ti te habría impresionado más la comida, creo yo. Tenían esos pastelitos pequeños de Baked by Melissa que tanto te gustan.

—Son deliciosos y adorables. ¿Cómo no iban a gustarme?

Laurie casi le oyó sonreír por teléfono. Antes de que se diera cuenta, habían pasado veinte minutos hablando a un ritmo cómodo sobre un artículo de política local en el *Post* de hoy, un nuevo cliente que había contratado a Alex la víspera y nada en particular.

Justo cuando empezaba a sentirse como una boba por ser tan paranoica —por Ryan, por Alex— de pronto él preguntó por Casey.

—Así que por fin has decidido cubrir su caso.

Sonó a observación, no a pregunta. Que ella supiera, solo había dado esa noticia el blog «El chismorreo». No imaginaba que Alex fuera seguidor habitual de los artículos de Mindy Sampson. Sabía que Timmy había configurado una alerta de Google con su nombre, pero ¿lo había hecho también Alex? ¿O algún otro esfuerzo extra por mantenerse al corriente de cualquier novedad sobre Casey? ¿O se lo estaba imaginando ella todo?

Solo había una manera de averiguarlo.

—Supongo que has leído el artículo.

Alex hizo una pausa. O al menos eso le pareció a ella.

—¿Qué artículo?

—En un sitio web llamado «El chismorreo» —dijo. Solo después de hablar cayó en la cuenta de que él no le había dado una respuesta directa a su pregunta, igual que cuando la otra noche le preguntó si había algún motivo para que Laurie no se implicara en ese caso—. No sé cómo ha averiguado Mindy lo del programa —explicó Laurie—. También sabía lo de mis dos testigos.

En el otro extremo de la línea se hizo el silencio.

—¿Sigues ahí, Alex?

—Perdona, estaba pensando.

—Supongo que, con un caso de tanta repercusión, no es sorprendente que corriera la voz de que yo estaba haciendo indagaciones —dijo, preguntándoselo en voz alta—. Y los testigos cuyo nombre menciona serían los candidatos más evidentes.

—O alguien que toma parte en la producción le está facilitando información —sugirió Alex en un tono que sonó serio.

—Se me ha pasado por la cabeza que Ryan Nichols pueda tener motivos ulteriores.

—O alguien quiere asegurarse de que te cueste cambiar la opinión del público sobre Casey. ¿Es tu decisión definitiva, Laurie? Igual puedo ayudarte a buscar otro caso que satisfaga a Brett.

Laurie no pudo pasar por alto la sensación de que Alex le ocultaba algo; algo de vital importancia.

—Alex, por favor, si sabes algo...

—No sé nada.

—¿No lo sabes o no me lo quieres decir?

Él guardó silencio de nuevo.

—Alex, ¿qué me ocultas?

—Eres lista, Laurie. Ya sabes que te las estás viendo con gente muy poderosa.

—Alex...

—Prométeme que tendrás cuidado.

Colgó antes de que ella pudiera preguntarle por qué.

Seis horas después, Laurie despertó en plena noche con la cabeza a mil por hora. Alargó la mano hacia el móvil en la mesilla y abrió el correo. Tenía un mensaje nuevo de Jason Gardner en el que le decía que había decidido contar su versión en *Bajo sospecha*. «Cuanta más verdad, mejor», según él, pero Laurie tenía la sensación de que a quien había llamado primero era su editor. Imaginó una reedición de su libro en el futuro inminente.

Pero no se había conectado a su cuenta por el exnovio de Casey. Redactó un email dirigido al jefe de información tecnológica de los Estudios Fisher Blake. «¿Recuerdas los mensajes antiguos en internet por los que te pregunté en relación con el caso de Hunter Raleigh? ¿Los que colgó RIP_Hunter? Envíame lo que tengas lo antes posible, por favor.»

Los mensajes de RIP_Hunter. La información privilegiada de Mindy Sampson. La actitud a la defensiva de Alex. En algún lugar de sus sueños, le parecía que estaban relacionados. «Mañana —pensó—. Mañana igual tiene sentido.»

35

Paula caminaba en círculos por la sala de estar. A veces Casey se preguntaba si su madre había dispuesto el mobiliario de modo que pudiera seguir unas rutas determinadas.

—Lo sabía —había rezongado Paula entre dientes—. Casey, al hablar con esa mujer de la televisión, has armado un revuelo de mucho cuidado. No llevas ni dos semanas fuera de la cárcel y ya hablan de ti todos los medios.

Casey estaba sentada en un sillón con las piernas cruzadas enfrente de su prima Angela y la amiga de esta, Charlotte. Ambas estaban en la ciudad cuando Casey la había llamado presa del pánico por la última entrada del blog de Mindy Sampson. Charlotte había insistido en llevar a Angela a Connecticut. Ahora que estaba allí, daba la impresión de que le habría gustado convertirse en una mota invisible en el sofá, lejos de la mirada censora de Paula.

«Más vale que mi madre no juegue al póquer —pensó Casey—. No tendría un techo sobre su cabeza, hasta ese punto es fácil interpretar sus expresiones.» Su madre no confiaba en Laurie Moran, lo que quería decir que no confiaba en su amiga Charlotte.

—¿Cómo sabes que puedes confiar en esa productora, Casey? —protestó Paula—. Tú le traes sin cuidado. Lo único que quiere son buenos índices de audiencia. Es un conflicto de intereses. Probablemente es ella misma la que está filtrando estos adelantos a la prensa amarilla para generar interés.

—Eso no lo sabemos, mamá.

Paula dejó de caminar de repente.

—¡Cállate, Casey!

Casey no alcanzaba a recordar a su madre dirigiéndole esa frase.

—Pero ¿a ti qué te pasa? —continuó—. Parece que estás enganchada al drama. Provocas este caos en tu propia vida y no quieres escuchar a nadie más. ¡Eso es lo que te llevó a meterte en ese lío para empezar!

La habitación quedó en silencio mientras Casey miraba furibunda a su madre.

—Venga, dilo, mamá. Crees que lo hice yo. Siempre has creído que lo hice.

Su madre meneó la cabeza, pero no negó la alegación.

Angela alargó la mano para tomar la de su tía.

—Todo esto es demasiado —dijo en tono amable—. Es tarde, las dos estáis disgustadas. ¿Por qué no lo consultáis con la almohada y ya volveréis a hablar mañana?

—¿Para qué? —Paula levantó las manos en ademán de frustración—. Va a hacer lo que ella quiera.

Casey no impidió a Paula que se fuera a su cuarto. Cuando su madre cerró la puerta y ya no podía oírlas, sintió que se le quitaba un peso de encima y se repantigó en el sillón.

—No sé cuánto tiempo voy a poder aguantarlo. Una de las dos va a acabar muerta.

—No digas eso ni en broma —repuso Charlotte.

Casey sintió deseos de decirle a la amiga de Angela que se ocupara de sus propios asuntos, pero se contuvo. Aparte de Laurie Moran, Charlotte era la única persona en su vida que se había portado bien con ella desde su excarcelación. «Y aquí estoy, molesta por su presencia —pensó—. ¿Siempre fui así de mezquina? ¿O me convirtió en esto la cárcel?»

—No sabéis lo que es —se lamentó, reservando la amargura para su madre—. Mis padres me apoyaron, pero nunca creyeron que hubiera sido incriminada. ¿Sabíais que hasta reza por mí en la iglesia? Está siempre diciéndome que he saldado mi deuda con la sociedad, como si la hubiera contraído alguna vez. Juro que a veces me gustaría seguir en esa celda.

Angela sonó avergonzada cuando habló de nuevo:

—No te enfades conmigo por decirlo, Casey, pero igual no le falta razón. En lo de que has armado un revuelo de mucho cuidado, por así decirlo. RIP_Hunter está colgando comentarios desagradables sobre ti. Y de alguna manera la web «El chismorreo» se ha enterado de los planes que tenías guardados para el programa...

—No fue cosa de Laurie —dijo Charlotte, sin que nadie le diera pie.

—Que fuera ella o no da igual —aseguró Angela—. Lo único que digo es que querías hacer ese programa para limpiar tu nombre, y ahora puede salirte el tiro por la culata. Pensaba que Jason o Gabrielle podían ser sospechosos alternativos, pero sin nuevas pruebas, repetirán todas esas cosas tan horribles que dijeron sobre ti en el juicio. ¿De verdad quieres que se vuelvan a airear ante las cámaras todos los aspectos negativos de tu pasado?

—¿Qué quieres decir? —preguntó.

—Que igual deberías pensártelo mejor, Casey. Es posible que tu madre tenga razón...

—¿En que soy culpable? —Casey alcanzó a oír la ira en su propia voz. Notó que los ojos de Charlotte la taladraban.

—No —respondió Angela con tacto—. En que te convendría andarte con discreción una temporada. Darte tiempo para acostumbrarte a tu nueva vida.

—Desde luego que no —saltó Casey—. Sé que miras por mis intereses, pero no lo entiendes. No estoy haciendo esto para limpiar mi nombre. Esto es por Hunter. Se lo debo.

—No puedes culparte por...

—Pero me culpo. ¿No lo entiendes? Alguien me drogó y lo mató. Pero si esa noche no hubiera bebido, nos habríamos dado cuenta antes de que algo iba sumamente mal. Habríamos abandonado la gala para ir a urgencias. No habría perdido el conocimiento. Él no habría estado en casa. En cambio, pensé que igual me había excedido con el vino. Él seguiría con vida de no ser por mí.

Angela abrazó a Casey cuando empezó a sollozar. Después de que esta recuperase la palabra, miró directamente a Charlotte Pierce.

—Dime, Charlotte: ¿puedo confiar en Laurie Moran?

Charlotte respondió de inmediato:

—Plenamente.

—Entonces, está decidido. No quiero oír ni una palabra más acerca de que me retire del programa. Estoy harta de guardar silencio.

Esa noche en la cama, Casey aguzó el oído, pero no oyó a su madre deambulando por la casa. Se planteó ir a su habitación para disculparse por la bronca, pero no quería volver a pelearse con ella. Ya limarían asperezas por la mañana.

Cogió el iPad y releyó la entrada del blog de Mindy Sampson. «¿De verdad piensas que Gabrielle y Jason cambiarán sus versiones? Igual estás jugando con fuego.»

Mientras miraba la imagen aerografiada y retocada con Photoshop de la cara de Gabrielle Lawson, notó que le subía la tensión. Quizá estaría dispuesta a pasar otros quince años en la cárcel para ver cómo esa horrible mujer se llevaba su merecido.

Las informaciones de Mindy Sampson no eran siempre precisas, pero desde luego tenía razón acerca de lo que sentía Casey por Gabrielle Lawson. «Furia» no empezaba a describir siquiera cómo se sintió cuando vio la columna de «El chismorreo» sobre Hunter y esa zorra. ¿Es que Hunter no se había dado cuenta de la imagen que daría? ¡Todas las mujeres en el trabajo me verían como una idiota!

Lo que la gente solía describir como su temperamento era mera pasión por ideas y argumentos. Pero ¿ese día? Se había enfurecido de verdad.

Mientras conciliaba el sueño, pronunció unas palabras en voz alta, con la esperanza de que aquel a quien iban dirigidas las oyera de algún modo.

—Lo siento, Hunter. Lo siento mucho, muchísimo.

36

Una semana después, todas y cada una de las superficies del despacho de Laurie, por lo general ordenado, estaban empapeladas de documentos. Tres pizarras, cubiertas de tinta de colores, enmarcaban la mesa de reuniones.

Jerry se pasaba los dedos por el pelo con tanta intensidad que a Laurie empezó a preocuparle que se quedara prematuramente calvo. Cuando habían empezado con este especial, parecía que todo iba encajando. La familia de Hunter accedió a participar. La búsqueda de localizaciones fue pan comido: los escenarios principales eran Cipriani y la casa de campo ahora propiedad del hermano de Hunter. Las actas del juicio habían dado una enorme ventaja a Laurie a la hora de investigar los hechos. Pero ahora estaban anegados en documentos —a tres días de empezar la producción— y Laurie lamentaba haber accedido a cumplir los ridículos plazos que había fijado Brett.

Buena parte del desorden en su despacho se podía atribuir a la obsesión de Laurie por identificar al usuario de internet que se hacía llamar RIP_Hunter.

—¡Anonimato, y un cuerno! —gritó Jerry, subrayando su frustración en cada sílaba—. Tiene que haber algún modo de averiguar quién colgó todos estos mensajes.

Monica de información tecnológica intentó por enésima vez moderar las expectativas. Tenía veintinueve años y un cuerpo esbelto que apenas rebasaba el metro y medio de estatura. Otros miembros de su departamento tenían más años de experiencia, pero Laurie confiaba ciegamente en Monica en asuntos informáticos. Era trabajadora, metódica y, sobre todo, capaz de explicar detalles técnicos de una manera clara.

—Se os olvida —aclaró Monica— que hace quince años la mayoría de la gente usaba internet como un tablón de anuncios informatizado. Solo acceder a la red se consideraba muy adelantado, pero en su mayor parte, la información era unidireccional. Descargabas una página y la leías. La idea de contestar, y no digamos iniciar un diálogo, era revolucionaria. Los proveedores de noticias colgaban contenido online, pero no había manera de responder.

—Ay, cómo añoro esos tiempos —suspiró Laurie. Por lo que ella veía, en la red solo se expresaban los puntos de vista más radicales. Las páginas en las redes sociales de su propio programa estaban llenas de elogios de los espectadores, pero Laurie siempre notaba el escozor de los comentarios más despiadados.

Monica pulsaba el teclado con entusiasmo.

—Había deseos de conectar —explicó—, pero las páginas web de los medios generalistas no creaban foros. Los pioneros se ponían en contacto con los de su cuerda por medio de tablones de anuncios. Por suerte, he encontrado «sitios sombra» donde está archivado el contenido. Me llevó días imprimir todas las conversaciones almacenadas sobre el asesinato de Hunter y el juicio de Casey. Si los sitios siguieran operativos, podría buscar una empresa dispuesta a facilitarnos direcciones IP. Pero esos sitios ya no están activos.

—¿Puedes decirlo en cristiano? —preguntó Grace.

—Lo que tenemos —explicó Monica— no son más que palabras, como las que se escriben en un teclado; no se puede acceder a los datos subyacentes. En resumidas cuentas, tendría que ser vidente para deciros quién escribió esos mensajes.

El asesinato de Hunter había sido una noticia de ámbito nacional. A los ojos del público, Casey pasó rápidamente de novia afligida a «presunta culpable». Con ayuda de Monica, habían cribado también miles de comentarios online escritos por seguidores del juicio, que se ponían en contacto en tablones de anuncios y debatían acaloradamente sobre el caso.

El primer paso había sido identificar todos los comentarios firmados por «RIP_Hunter». Cuando fueron capaces de leerlos todos seguidos, observaron dos tendencias. El autor tendía a hablar con autoridad, como si tuviera información privilegiada tanto sobre Casey como sobre Hunter. «Todos los amigos de Casey saben», por ejemplo, o «Casey siempre ha tenido un temperamento rabioso», «es una farsante», o «además se encontró con el camino más fácil». Durante todo el caso, daba la impresión de que alguien con información privilegiada estaba troleando a Casey y facilitando cotilleos a Mindy Sampson.

Fue Jerry quien se fijó en otra característica más sutil. El autor tenía tendencia a presentar argumentos adicionales con la expresión «y además»: «Cualquiera que conozca a Casey te dirá que ella tiene que decir la última palabra, *y además* tiene que ser el centro de atención».

Por si el autor de los comentarios firmados como RIP_Hunter había colgado otras entradas, Monica había rastreado cincuenta y siete comentarios más que parecían sugerir conocimiento del caso de primera mano, y otros veinte que usaban la expresión «y además», con algunos solapamientos entre ambos grupos.

—Te felicito por tu capacidad organizativa —dijo Laurie—, pero ¿qué demonios se supone que debemos hacer con todo esto ahora?

Se derrumbó en el sofá del despacho; le dolía la cabeza de leer tantos textos impresos.

Cogió una libreta e hizo una lista de todas las preguntas sin respuesta. ¿Quién es RIP_Hunter? ¿Quién le dio el soplo a Mindy Sampson sobre su programa? ¿Por qué le advirtió Alex que tuviera cuidado? ¿Tenía algo que ver con el hecho de que Alex hubiera conocido al general James Raleigh cuando estudiaba Derecho? ¿Encargó Hunter una auditoría de la fundación, y tuvo eso que ver con que Mark Templeton la abandonara cuatro años después?

Laurie pensó en el principio de la Navaja de Occam: la explicación más sencilla suele ser la correcta. ¿Había alguna otra cosa que vinculara todos esos cabos sueltos?

Apenas reparó en que su teléfono estaba sonando y Grace contestaba hasta que esta le dijo que la ayudante del general Raleigh, Mary Jane, estaba al aparato.

—Quiere saber cuánto tiempo reservar para la entrevista del general y también para la suya. Le ofrecí cambiar la agenda si tenían algún otro compromiso, pero aseguró que él anda escaso de tiempo todos los días del año. Dijo que Arden le está atosigando para que entregue páginas, aunque no sé muy bien a qué se refiere.

—Está escribiendo sus memorias —explicó Laurie. Algo en la pregunta de Grace la preocupó, pero no hubiera sabido concretarlo. Probablemente fuera que no tenía idea de cuánto tardaría Ryan en hacer las entrevistas. ¿Alguna vez se acostumbraría a trabajar con Ryan en lugar de Alex?—. A ver si nos concede una hora. Supongo que ella será más flexible.

De los sospechosos que había identificado Casey, Mary Jane parecía la menos probable. Quizá a Hunter le preocuparan los motivos de la ayudante, pero quince años después parecía seguir trabajando como una fiel empleada. Y el general Raleigh no daba la impresión de ser un hombre de quien se pudieran aprovechar fácilmente.

Mientras Grace volvía al teléfono, Laurie retomó su lista de preguntas, pero la llamada de Mary Jane seguía importunándola. «Arden.» ¿Dónde había oído ese nombre hacía poco? ¿Quién más había estado hablando de un editor? Y entonces recordó su conversación con Jason, el exnovio de Casey. «Reconozco que llamarla Casey la Loca en el libro no estuvo del todo bien. Sinceramente, lo hice a insistencia de la editorial Arden Publishing.» ¿Podía ser coincidencia que los libros del general Raleigh y de Jason los publicara la misma editorial?

—Jerry, cuando hablaste con Mark Templeton, ¿le preguntaste por el lapso entre su empleo en la Fundación Raleigh y su nuevo trabajo en Los Chicos de Holly?

—No. Como dije, quería dar la impresión de que solo nos interesaba hablar con él de Casey y Hunter en la gala. Supuse que debías ser tú quien decidiera si apretarle las clavijas sobre los activos de la fundación.

Laurie se acercó a su ordenador, tecleó «Los Chicos de Holly» en el motor de búsqueda y abrió la página web de la ONG que ahora dirigía Mark Templeton. Hizo clic en la lista de la junta directiva. Un nombre le llamó la atención de inmediato: Holly Bloom, igual que en Los Chicos de Holly, figuraba como miembro directivo y fundadora. Consultó la biografía de Holly y luego volvió la pantalla del ordenador hacia Jerry.

—Holly de Los Chicos de Holly es directora de Arden Publishing, o sea, la editorial del libro de Jason Gardner y las memorias del general Raleigh, de próxima publicación.

Jerry estaba mirando fijamente la pantalla.

—Vaya. Creo que acaba de temblar el suelo.

Laurie seguía sin saber quién mató a Hunter Raleigh, o si Casey Carter era inocente. Pero estaba encajando ciertas piezas del puzle. Si estaba en lo cierto, Casey nunca tuvo la menor oportunidad en el juicio.

Descolgó el auricular y llamó a su padre.

—Papá, tengo que pedirte un favor. ¿Conoces a alguien de la Policía Estatal de Connecticut?

—Claro. Estoy jubilado, pero mi vieja agenda sigue siendo útil.

—¿Puedes preguntar si alguien que trabajó en el caso del homicidio de Hunter Raleigh estaría dispuesto a hablar conmigo extraoficialmente? —Recordó su aire melancólico cuando la semana anterior le había dado la impresión de que echaba en falta estar implicado en una investigación—. Igual puedes acompañarme.

37

A la mañana siguiente, Leo esperaba junto al bordillo delante del edificio de Laurie al volante de un coche de alquiler, con los intermitentes encendidos.

—Gracias por esto, papá —dijo Laurie al tiempo que se sentaba en el asiento del acompañante.

—Y por esto —añadió él, tendiéndole uno de los vasos de Starbucks que había en el salpicadero del coche.

—El mejor padre y el mejor chófer del mundo.

La víspera, Leo había llamado a su amigo, antiguo comisario de la Policía Estatal de Connecticut, para pedirle que lo pusiera en contacto con el inspector Joseph McIntosh, investigador en jefe del caso Hunter Raleigh.

—Bueno, entonces ¿quién se ocupa hoy de mi trabajo? —preguntó él.

—Kara.

—Estupendo. A Timmy le cae de maravilla.

Pese a lo mucho que se esforzaba Timmy por convencer a Laurie de que ya no necesitaba que una canguro le llevara y le trajera del colegio cuando su abuelo no estaba disponible, no protestaba en absoluto cuando se trataba de Kara, que adoraba el deporte, preparaba tortitas con chispas de chocolate caseras y compartía la afición cada vez más entusiasta de Timmy por el jazz.

—En lo que se refiere a tu papel en la vida de Timmy, tienes permanencia indefinida, papá. ¿Sabes adónde vamos?

—Ya he introducido la dirección en el navegador. Inspector McIntosh, allá vamos.

El inspector Joseph McIntosh seguía en la Policía Estatal de Connecticut, pero ahora tenía el rango de teniente. No pareció muy contento de conocer a Casey, pero se mostró considerablemente más afable con su padre.

—El comisario Miller hablaba maravillas de usted, subcomisario Farley.

Una vez abordaron el asunto de las pruebas, quedó claro que McIntosh no tenía dudas sobre la culpabilidad de Casey.

—Tienen que entender que la abogada defensora llegó a sugerir que yo fui responsable de que se hallase el Rohypnol en el bolso de Casey. Hasta que encontramos las pastillas, estábamos de su parte. Parecía afligida de verdad cuando llegamos. Solo le hicimos una prueba en busca de restos de pólvora en las manos como parte del protocolo. A nuestro modo de ver, era una de las víctimas. Había perdido a su prometido por causa de un acto de violencia horrible. Según todo indicaba, haberse encontrado mal esa noche probablemente le salvó la vida. Y cuando llegó su prima, sugirió que le hiciéramos un análisis de sangre a Casey Carter para ver si la habían drogado. Esta dio su consentimiento y le pedimos al médico en el escenario del crimen que le tomara una muestra de sangre. Luego se confirmó que tenía Rohypnol en el organismo. En ese momento, seguíamos creyendo en la posibilidad de que el asesino la hubiera drogado.

—¿Cómo describiría la reacción del padre de Hunter, James, cuando le dieron la noticia de la muerte de su hijo? —indagó Laurie—. ¿Consideró a Casey sospechosa?

McIntosh le ofreció una media sonrisa.

—Ya veo adónde quiere ir a parar con esto. Una familia

poderosa, empeñada en obtener respuestas. Se pregunta quién manejaba los hilos.

Laurie seguía intentando encontrar sentido a todo lo que sabía, pero sí, era lo que estaba preguntándose. No era ningún secreto que James había estado presionando a Hunter para que no siguiera adelante con sus planes de matrimonio con una mujer a la que consideraba problemática. Cuando Hunter fue asesinado poco después de que Mindy Sampson publicara una fotografía suya con Gabrielle Lawson, sin duda habría sospechado que Casey —cuyos celos eran célebres en la familia— podía ser la asesina.

Así pues, ¿era posible que el general Raleigh intentara decantar los platillos de la balanza en contra de ella? Quienquiera que estuviese detrás de los mensajes de RIP_Hunter sin duda admiraba a Hunter. ¿Los habría escrito el general? Por entonces debía de rondar los sesenta y cinco años, bastante mayor para ser uno de los primeros usuarios de internet, pero quizá Mary Jane lo hubiera ayudado. ¿Había ido más allá y sobornado a la policía para que incriminaran a Casey? De ser así, en el caso de que Mark Templeton lo supiera, eso explicaría que el general elogiase en público al director financiero tras su dimisión, a pesar de que la Fundación Raleigh pasaba por un mal momento. No podía ser coincidencia que la misma mujer que publicaba las memorias del general también hubiera contratado a Templeton en su ONG, además de publicar aquel libro tan negativo de Jason Gardner sobre Casey. Laurie se encontró preguntándose de nuevo por qué Alex le había advertido que no se involucrara en este caso.

No pensaba poner al tanto de sus sospechas al teniente McIntosh.

—¿Sospechó de inmediato de Casey el general Raleigh o fue llegando a esa conclusión poco a poco? —preguntó.

—Bueno, su reacción inicial fue la conmoción y la pena más absolutas. Luego preguntó si Casey se encontraba bien. Cuando le dije que sí, respondió, y cito textualmente: «Se lo digo con toda claridad: es ella quien lo ha matado». Así que, sí, creo que se puede decir sin lugar a dudas que sospechaba de ella —dijo, riendo entre dientes—. Pero yo no obedezco órdenes de nadie, ni siquiera del general James Raleigh. Llevamos a cabo una investigación exhaustiva, y, sin lugar a dudas, todas las pruebas señalaban a Casey.

—¿Llegaron a averiguar cómo obtuvo el Rohypnol?

Negó con la cabeza.

—Habría estado bien, pero en todo caso es bastante fácil comprar esa sustancia en la calle, incluso en aquel entonces. Tengo entendido que su programa va a investigar de nuevo el caso. No sé qué cree que van a demostrar. Descubrimos los medios, el móvil y la oportunidad.

Laurie escuchó con paciencia la explicación de McIntosh sobre el caso. Medios: en tanto que futura esposa de Hunter, Casey había adoptado su afición al tiro y sabía dónde guardaba las armas. Empezó a disparar contra Hunter en la sala de estar. Cuando falló, él huyó al cuarto, quizá para encerrarse en el dormitorio principal o coger otra arma para defenderse. Una vez acorralado en el dormitorio, Casey efectuó los dos disparos mortales.

Móvil: el compromiso de Casey con un miembro de la familia Raleigh le había permitido ascender considerablemente en el escalafón social. También podía ponerse de lo más celosa cuando se trataba de su novio. El padre de Hunter lo estaba apretando para que rompiera con Casey, y unos días antes de su asesinato, el joven había sido fotografiado con la *celebrity* Gabrielle Lawson a su lado. Después de los hechos, hasta algunos antiguos amigos de Casey estaban dispuestos a plantearse la posibilidad de que hubiera perdido los estribos si Hunter había anulado el compromiso.

Oportunidad: Casey simuló encontrarse mal para tener una coartada parcial, asegurando estar dormida durante el asesinato. Luego, después de dispararle a Hunter, tomó Rohypnol para dar la impresión de que alguien la había drogado.

—Tendría que haber visto su cara cuando su propia abogada cambió de estrategia durante el alegato final —dijo McIntosh—. La abogada pasó de «no lo hizo» a «bueno, quizá lo hizo, pero de ser así, no estaba en sus cabales». Dio la impresión de que Casey también hubiera querido enviar a la tumba a su abogada. Hasta ese punto era sólido nuestro caso: incluso la abogada defensora vio la que se avecinaba. Si me lo preguntan, el jurado sencillamente no tuvo agallas para enviar a una joven atractiva a la cárcel de por vida. ¿Homicidio involuntario? ¿Cómo puede alguien creer que fue un homicidio impulsivo sin explicar por qué tenía esas sustancias en su bolso? Tenía esas pastillas por algún motivo.

Fue Leo quien interrumpió el relato del teniente:

—Y por eso la abogada de la defensa acusó a la policía de dejarlas allí o manipular las pruebas.

—Desde luego planteó esa posibilidad. Dijo que quizá dejó las pastillas allí el auténtico asesino, pero también llegó al extremo de sugerir que las drogas que le confiscamos a Casey no eran las mismas que se enviaron al laboratorio; que de algún modo se cambiaron. Pero como decía, Casey ni siquiera era sospechosa en aquel momento. Dejamos que su prima la llevara a su apartamento en la ciudad mientras acabábamos de procesar el escenario. En un caso de homicidio, somos meticulosos. Les aseguro que lo último que esperaba encontrar en su bolso o cerca de este eran esas pastillas llamadas *roofies*.

—¿Necesitaba permiso para registrar su bolso? —preguntó Laurie.

—No, estaba en el escenario del crimen, en el sofá, detrás de un cojín. Estaba del revés y las pastillas se veían perfectamente.

—¿Supo de inmediato lo que eran? —indagó Laurie.

Él asintió.

—Llevan impreso el nombre de la farmacéutica, y estábamos viendo cada vez más a menudo que las usaban los indeseables, por desgracia.

Laurie se alegró de que mencionara la meticulosidad de sus registros.

—¿Casualmente vio una fotografía enmarcada de Hunter con el presidente de Estados Unidos cuando registraron la casa? Era un marco de cristal.

Negó con la cabeza.

—Desde luego no lo recuerdo. Aunque también es verdad que no sé si lo recordaría, y eso que tengo una memoria buena de narices. ¿Por qué?

Laurie le habló de la foto que estaba en la mesilla de Hunter antes del asesinato pero después no aparecía en ninguna de las fotografías del escenario del crimen.

—Igual el ama de llaves se equivoca de fechas —sugirió—. Hunter tenía un apartamento y un despacho en la ciudad. Tal vez la cambió de sitio. O igual se rompió. Podría haber un millón de explicaciones. Sea como fuere, no estoy seguro de que una foto desaparecida pueda considerarse una duda razonable.

Laurie vio por la manera en que Leo evitaba mirarla a los ojos que estaba de acuerdo con él.

—¿Qué recuerda de Mark Templeton? —preguntó, cambiando de tercio.

—Ese nombre me suena...

—Era director financiero de la Fundación Raleigh y uno de los amigos más íntimos de Hunter.

—Ah, sí, claro. Un buen tipo. Estaba terriblemente afectado.

—¿Comprobaron si tenía coartada para el momento del asesinato?

McIntosh descartó la sugerencia con una risotada.

—Sí que están ampliando el campo de búsqueda, ¿eh? Bueno, yo no lo describiría en esos términos, pero tenemos la secuencia de movimientos de todas las personas con las que hablamos aquella noche. El padre de Hunter se llevó a algunos donantes VIP a su club privado a tomar una copa después de la gala. Su chófer lo llevó a casa desde allí, y tiene una ayudante que vive en su domicilio. Así que si también sospechan del general Raleigh —su sarcasmo se hizo evidente— tiene una coartada a prueba de bombas. Pero todos los que compartían mesa con Hunter esa noche volvieron a casa solos desde la gala.

Laurie se sabía de memoria la lista de comensales: Hunter, Casey, el padre y el hermano de Hunter, Mary Jane Finder, la prima de Casey, Angela, y Mark Templeton. Ni Mark ni Angela iban acompañados. El novio de Angela por aquel entonces, Sean Murray, estaba fuera de la ciudad, y la mujer de Mark se quedó en casa con sus hijos. Después de confirmar todos los nombres con el teniente, Laurie le preguntó qué recordaba de la llamada de teléfono de Hunter de camino a la gala para pedirle a un amigo que le recomendase un detective privado.

—Nos enteramos porque ese amigo se puso en contacto con nosotros después del asesinato. Hunter quería comprobar los antecedentes de alguien, pero no logré precisar de quién se trataba. A título personal, pensé que podía ser Casey. Igual empezaba a estar tan preocupado como su padre y quería tener más información sobre la mujer con la que planeaba casarse.

—Ese fue el argumento de la fiscalía —dijo Laurie—, pero no eran más que especulaciones. Parece igualmente posible que quien le preocupaba fuera la ayudante de su padre, Mary Jane. Estaba decidido a conseguir que la despidieran. Mary Jane estaba en la gala aquella noche, pero ¿acompañó al general cuando fue después con los donantes a su club?

El teniente entornó los ojos, intentando acceder de memoria a la información.

—No, no le acompañó. Pero nos dijo al día siguiente que le oyó volver a casa después de haberse acostado, y que fue ella la que contestó el teléfono cuando llamamos para informar del tiroteo.

—Así pues, no tiene idea de la hora exacta en que volvió ella de la gala. Tuvo ocasión de ir a Connecticut y volver antes de que llamaran a su casa. De hecho, ¿quién dice que no volvió a casa después que el general y mintió al asegurar que le oyó llegar?

—Supongo que es posible. —Luego añadió con una sonrisa irónica—: Aunque no probable.

Laurie empezó a guardar sus notas en el bolso.

—Gracias de nuevo por atendernos, teniente. Reconozco que no esperaba que fuera tan generoso con la información.

Él levantó las manos.

—A mi modo de ver, si hago bien mi trabajo, puede revisarlo con lupa y yo no tengo nada de qué preocuparme. No creerá en serio que el mejor amigo de Hunter o la ayudante de su padre lo mató, ¿verdad? —Todavía parecía hacerle gracia.

—¿Sabía que además de pedir que le recomendaran un detective privado, Hunter también investigaba la posibilidad de que se hubieran cometido irregularidades financieras en la fundación?

A McIntosh se le borró la sonrisa de la cara.

—Eso sí que lo recordaría. Nadie mencionó tal cosa.

—No es más que una posibilidad a estas alturas. —Laurie no vio razón para decirle que Casey era la única fuente sobre ese particular—. Pero Mark Templeton dimitió de repente cuatro años después, con los activos de la fundación bajo mínimos, y estuvo un año sin volver a trabajar.

El teniente tenía los ojos entornados, como si un recuerdo estuviera tirando de él.

—¿Le suena de algo? —preguntó Laurie.

—Es posible. ¿Recuerda que he dicho que llevamos a cabo un registro concienzudo del domicilio? Había una nota encima de la mesa de Hunter con un par de números de teléfono anotados. Según los registros telefónicos, no llegó a hacer esas llamadas. Pero el caso es que ambos eran de importantes empresas especializadas en contabilidad forense, y en el margen, junto a los números, Hunter había escrito: «Preguntar a Mark».

—Supongo que se trata de Mark Templeton. ¿Se lo preguntaron?

—Claro. Dijo que no tenía idea de a qué hacía referencia la nota. Quizá la familia Raleigh necesitaba una nueva empresa y planeaba pedirle a Mark su opinión. Pero como decía, coja la lupa y manos a la obra, Nancy Drew. Sé que fue condenada la persona correcta.

38

Leo acababa de abrocharse el cinturón de seguridad cuando le preguntó a su hija qué estaba pensando.

—¿De verdad crees que Hunter pudo ser asesinado porque había problemas en la fundación?

—No estoy segura, pero desde luego me da la sensación de que el padre de Hunter manipuló la balanza de la justicia en algún momento.

Le explicó cómo la editora del general, Holly Bloom, había ayudado tanto a Mark Templeton como a Jason Gardner.

—Pero no creerás que el general estuvo implicado, ¿verdad?

—Claro que no. —Esa posibilidad era inimaginable. James Raleigh era un héroe nacional y a decir de todos adoraba a su hijo mayor. Aunque Laurie dudara de él, su paradero estaba confirmado en todo momento hasta que se le notificó la muerte de Hunter.

—¿Por qué iba a proteger al asesino de su propio hijo?

—Quizá creyó que era responsable su otro hijo. Según Casey, Andrew Raleigh daba muestras de tenerle mucha envidia a su hermano, sobre todo cuando iba bebido. Incluso cuando conocí a Andrew, dejó muy claro que Hunter era el hijo favorito. O quizá el general Raleigh estaba convencido de que Casey era culpable. Pero ¿y si se equivocaba?

—O igual tenía razón, Laurie. Aunque le consiguiera a Jason Gardner ese contrato de edición, aunque tuviera algo que ver con los mensajes de RIP_Hunter, aunque intentara trucar la baraja para que condenaran a Casey, ella podría seguir siendo culpable.

«Es posible», pensó Laurie.

Solo faltaban dos días para que empezaran a grabar, y estaba encontrándose más preguntas que respuestas. Ahora sabía que la policía había hallado los números de contables forenses encima de la mesa de Hunter, junto con la anotación «Preguntar a Mark». Eso seguramente corroboraba la afirmación de Casey de que Hunter estaba buscando irregularidades en la fundación. Iba a tener que probar suerte de nuevo con Templeton.

Mientras tanto, tenía que hacer otra parada antes de volver a la ciudad. El navegador del coche alquilado de su padre indicó que su destino quedaba hacia la izquierda.

—¿Vienes? —le preguntó ella.

—No, gracias. Nunca me había caído bien un abogado defensor hasta que conocí a Alex. Creo que prefiero no conocer a ninguno más, por si acaso.

La abogada con la que se iba a reunir Laurie era la que defendió a Casey en el juicio, Janice Marwood.

39

Laurie llamó al timbre del bufete de Janice Marwood. Al no contestar nadie, abrió la puerta y entró. «Esto es una oficina», pensó. A simple vista se dio cuenta de que el espacio probablemente había sido un domicilio familiar a principios del siglo XX. A su izquierda, lo que antes era la sala de estar hacía las veces de área de recepción con varias sillas y una mesa con revistas.

Lo que faltaba era alguna señal de vida: no se veía a nadie por ninguna parte.

—¿Hola? —gritó Laurie, al tiempo que entraba en el área de recepción. Oyó pasos que se acercaban por el pasillo.

Una mujer salió del fondo de la casa con un tarro de manteca de cacahuete en una mano y una cuchara en la otra.

—Estoy aquí... Oh.

«Oh», pensó Laurie. Se presentó, aunque tuvo la firme sospecha por la reacción de la mujer de que ya sabía quién era.

—He llamado varias veces en nombre de Casey Carter.

Marwood acabó de tragar el bolo de manteca de cacahuete que tenía en la boca y dejó libres las manos para estrechar rápidamente la de Laurie.

—Lo siento. Ahora mismo estoy liada con un montón de casos. Juro que iba a llamarla hoy, pasara lo que pasase.

Laurie no la creyó ni por un instante.

—¿Recibió el documento de renuncia que le envié por fax? Tengo muchas ganas de hablar con usted. Empezamos la producción dentro de dos días. —«Enviado por fax» en este contexto quería decir enviado por fax, email y correo certificado. «Llamado varias veces» se traducía por mensajes telefónicos diarios. Y aun así, Laurie no había oído ni una sola palabra de la abogada que había llevado el caso de Casey—. El palacio de justicia no permite el acceso a las cámaras, pero tenemos permisos para grabar a la entrada. O estaríamos encantados de hacerlo aquí, si le resulta más conveniente. Sobre todo, me gustaría saber lo que piensa. Han pasado quince años, y Casey no ha dejado en ningún momento de proclamar su inocencia.

Janice movió la mandíbula como si siguiera comiendo.

—Sí, el asunto ese. Casey tiene derecho a renunciar al privilegio de confidencialidad entre cliente y abogado, pero he consultado si estoy obligada a participar en un programa de televisión en contra de mi voluntad. La respuesta es no.

Laurie había imaginado múltiples escenas que podían darse a su llegada al despacho de Janice, pero esta no era una de ellas.

—Tiene un deber de lealtad para con su cliente. Pasó buena parte de su vida en prisión y ahora está desesperada por limpiar su nombre. Se supone que es su abogada. Lo siento, pero no entiendo qué conflicto hay.

—Mi tarea es, fue, defenderla en el juicio. Y en las apelaciones. Pero el litigio se ha acabado. No soy una estrella de *reality shows*. No tengo la obligación de aparecer ante las cámaras.

—Casey firmó los documentos.

—Eso está bien, pero no puede ordenarme que hable con ustedes, del mismo modo que no puede decirme dónde tengo que ir a cenar hoy. Saqué los expedientes de su caso que tengo guardados, eso sí. Tiene todo el derecho a ver ese material. Y puede llamarme para hacer cualquier clase de consulta que quiera. Pero por lo que se refiere a su programa, no formaré parte.

Una vez más, Laurie se encontró pensando que ojalá tuviera a Alex a su lado. Había dado por supuesto que la abogada de Casey por lo menos fingiría interés en recoger el guante en nombre de su antigua clienta, pero ahora que Marwood se resistía, Laurie no tenía autoridad para contradecirla. Antes de que se diera cuenta de lo que ocurría, la letrada la acompañaba por el vestíbulo hasta una sala con una mesa de reuniones donde esperaban dos cajas etiquetadas «C. Carter».

—¿Qué habría sido de estas cajas si no hubiera venido hoy de la ciudad? —preguntó Laurie.

—Como he dicho, estaba a punto de llamarla. FedEx las habría recogido por la mañana.

Laurie seguía sin creer una sola palabra.

—Durante el juicio, alguien estuvo troleando a Casey con comentarios negativos en internet. ¿Llegó a investigarlo?

—Está todo en estos expedientes.

—Uno de los miembros del jurado oyó por medio de su hija un comentario acerca de que Casey había confesado. Lo puso en conocimiento del juez. ¿Por qué no pidió que se declarara nulo el juicio?

Empujó una de las cajas en dirección a Casey.

—Con todo respeto, señora, no le debo ninguna explicación sobre estrategias procesales. ¿Necesita ayuda para llevarse estas cajas? Porque es lo único que le puedo ofrecer.

Alex había calificado a Janice Marwood como una abogada de «bien justito», pero Laurie le hubiera puesto un enorme suspenso.

Cuando salió con las cajas de expedientes a remolque, vio a su padre en el coche de alquiler, repiqueteando con los dedos sobre el volante. Sospechó que estaba escuchando una cadena de música de los años sesenta, su emisora preferida en la radio por satélite.

Abrió el maletero al verla y se apeó para echarle una mano.

—Parece que ha ido bien —dijo, a la vez que cogía una de las cajas.

—Pues no —contestó ella. No tenía ninguna prueba, pero se estaba preguntando si el padre de Hunter habría ejercido alguna influencia sobre la abogada de Casey.

40

Eran las cinco y media para cuando Laurie y su padre llegaron de regreso a la ciudad. Leo intentó llevar a Laurie directa a casa, pero ella quería pasar a ordenador sus notas del viaje a Connecticut y siempre trabajaba mejor en la oficina.

Estaba acostumbrada a encontrar a Jerry sentado a su mesa hasta las tantas, pero le sorprendió ver que Grace también seguía trabajando. Le sorprendió más aún ver que Ryan la saludaba con la mano cuando se cruzaron en el pasillo, él con un café de Bouchon Bakery.

—¿Qué hace Ryan aquí? —le preguntó a Grace.

—Ha estado esperando a que su despacho estuviera listo. Se suponía que debían de haberlo terminado hace horas, pero ya sabes lo lentos que van a veces los de mantenimiento. No han empezado a pintarlo hasta esta mañana. Sea como sea, ha aprovechado para conocernos un poco mejor a Jerry y a mí. Creo que tiene ganas de dejar de ser el niño nuevo del cole.

Laurie reparó en una bolsa de repostería de Bouchon encima de la mesa de Grace a juego con el vaso que llevaba Ryan. Empezó a tener fundadas sospechas de por qué se había quedado Grace hasta tarde.

Laurie se pasó por el despacho de Jerry y llamó con los nudillos a la puerta abierta.

—Haz el favor de decirme que mi ayudante no ha empezado a salir con Ryan mientras yo pasaba el día fuera de la oficina.

Jerry se echó a reír.

—Ya conoces a Grace. El flirteo es innato en ella, pero nada más. Además, Ryan Nichols es un tipo demasiado quisquilloso para gustarle. El único motivo por el que no está listo su despacho es que ha estado indicando al personal del edificio dónde colocar todos sus objetos y colgar todos sus retratos, con precisión milimétrica.

A Laurie le satisfizo ligeramente que Jerry pusiera los ojos en blanco.

No podía creer que Brett le hubiera dado un despacho a Ryan. La idea de dárselo a Alex no se había planteado siquiera.

—De hecho, estaba a punto de llamarte —dijo Jerry, en tono más urgente—. Creo que he descubierto algo importante.

Una vez sentados en el despacho de Laurie, le explicó el motivo de su entusiasmo.

—He estado pensando en ese artículo de «Rumores» que encontramos, el que probablemente iba sobre Hunter.

Poco antes de que Mindy Sampson publicara la fotografía de Hunter con Gabrielle Lawson, la columna «Rumores» de su periódico había publicado un artículo sin mencionar nombres en el que se decía que uno de los hombres más codiciados de la ciudad estaba a punto de anular su compromiso. Laurie dijo que lo recordaba.

—Me hizo pensar que igual pasamos algo por alto cuando investigábamos a Mark Templeton. Las crónicas sobre su dimisión de la Fundación Raleigh solo insinuaban conducta impropia, en el peor de los casos.

Los artículos sencillamente mencionaban que había dejado la fundación, los activos habían disminuido y no había anunciado que fuera ocupar ningún otro puesto. Quizá se había cometido alguna infracción y tal vez Templeton estaba involucrado, pero no había pruebas suficientes para que los periodistas señalaran esa posibilidad directamente.

Laurie no veía adónde quería llegar Jerry.

—Es en esos casos cuando las columnas de cotilleo recurren a publicar «a ciegas», es decir, sin dar nombres —dijo ella—. No pueden demandar al periódico si no se menciona a nadie. —Al investigar a Templeton, había llevado a cabo una búsqueda en los medios rastreando su nombre o el de la Fundación Raleigh. Pero esa clase de búsqueda focalizada habría pasado por alto un artículo que omitiera intencionadamente datos específicos—. ¿Has encontrado algo? —preguntó.

—Me parece que sí. —Le alargó una copia impresa de una columna «Rumores» de archivo de varios meses después de que Templeton dimitiera como director financiero de la fundación: «¿A qué exgestor fiduciario anónimo de qué entidad benéfica de la realeza política se vio entrar en el tribunal federal acompañado de un abogado penalista hace un par de días? ¿Hay cargos pendientes? Permanezcan atentos».

—Muy buen trabajo, Jerry. Supongo que cabe la posibilidad de que estuvieran hablando de otro, pero ¿«una entidad benéfica de la realeza política»? Me parece que tiene que tratarse de Templeton. ¿Podemos tantear al periodista que lo publicó? Igual nos lo confirma extraoficialmente.

—Por desgracia, ya lo he intentado. Los colaboradores de la columna «Rumores» nunca la firmaban. Probé suerte y me puse en contacto con el periodista que llevaba los temas de economía del periódico por aquel entonces, pero dijo que no le sonaba de nada. Dijo que es posible que lo hubiera escrito su periodista de sucesos, pero falleció hace años.

Si no podían concretar los detalles específicos del artículo por medio del periodista, tendrían que encontrar otro modo. Templeton había dejado claro que no tenía intención de hablar de su trabajo para la Fundación Raleigh. Eso solo les dejaba otra opción.

Le preguntó a Grace qué despacho había asignado el estudio a Ryan, y luego lo encontró allí, ahuecando los cojines de su nuevo sofá.

—¿Aún tienes contactos en la fiscalía?

Ryan solo había trabajado en la fiscalía federal tres años, después de hacer de pasante en el Tribunal Supremo, pero tenía una impresionante hoja de servicios procesando a delincuentes de guante blanco.

—Claro —dijo—. No todo el mundo puede ser rico y famoso.

El guiño que le lanzó a continuación hizo que a Laurie le entraran ganas de señalar cómo, de momento, él no era lo uno ni lo otro. Quizá el amigo de su tío le hubiera dado un trabajo y un despacho, pero ella sabía el sueldo que estaba cobrando. Brett no renunciaba a su tacañería por nadie.

Laurie le dio una copia del artículo en el que no se mencionaban nombres que había encontrado Jerry.

—Cabe la posibilidad de que lo que ocurrió entre Mark Templeton y la Fundación Raleigh fuera lo bastante grave como para que él contratara a un abogado penalista. ¿Qué supondría que hubiera ido al tribunal con ese abogado pero no hubiese quedado constancia de ninguna acusación en firme?

Ryan echó un vistazo rápido al papel impreso y luego lo sustituyó por una pelota de béisbol que había en el tablero de la mesa. Empezó a pasársela de una mano a otra.

—Es posible que estuviera testificando, quizá delante de un gran jurado. Lo más probable es que tuviera una reunión con fiscales, posiblemente como informador.

—¿Cabe la posibilidad de que podamos investigarlo?

—Claro. Pero incluso si estaba ocurriendo algo turbio en la fundación, es posible que no tuviera nada que ver con el asesinato de Hunter.

—Si Templeton sabía que Hunter sospechaba de él, sería un motivo de peso para silenciarlo.

—El caso es que no lo veo. —Siguió pasándose la pelota de un lado a otro—. A los delincuentes de guante blanco no les gusta ensuciarse las manos.

Ella resistió la tentación de citar todos los reportajes que había hecho que refutaban esa suposición.

—¿Puedes preguntar por ahí o no?

—Como decía, no hay inconveniente.

Le había dado las gracias y casi había salido del despacho cuando oyó su voz detrás de ella.

—Laurie, piensa rápido.

Pareció sorprendido cuando ella cogió sin esfuerzo la pelota que le había lanzado.

—Gracias —dijo, al tiempo que se la guardaba en el bolsillo de la chaqueta. Sonrió cuando regresaba a su despacho. Quizá se la devolviera en algún momento.

Estaba a punto de salir del trabajo cuando recibió un mensaje de texto de Charlotte. «Tendría que haberte avisado antes, pero ¿tienes tiempo para una copa?»

Laurie apenas recordaba los tiempos en que podía hacer lo que le viniera en gana después de trabajar. «Igual mi hijo ya no me reconoce si no vuelvo a casa. ¿Quieres pasarte por allí?»

Se sintió boba en cuanto lo envió. No podía imaginar que Charlotte quisiera pasar un viernes por la noche en su apartamento con su hijo y su padre.

«Solo si también está ese padre tuyo tan guapo. Llevo el vino.»

Laurie sonrió. Eso sí que era una buena miga.

41

—¿Abro otra? —Leo sostenía en alto una botella del Cabernet preferido de Laurie.

Charlotte levantó la copa vacía.

—A ver, mos hemos acabado una botella entre los tres.

—¿Eso es que no? —preguntó Leo.

—De eso nada. Descorche la botella, teniente Farley.

—De hecho —la corrigió Laura—, mi padre se retiró como primer subcomisario de policía.

—Perdona que te haya bajado de rango, Leo. —Cuando Timmy retiró el último plato de la cena, Charlotte se mostró impresionada—. Vaya jovencito tenemos aquí.

Laurie notó que sonreía encantada.

—Si vais a tomar más vino, ¿entonces puedo tomar yo helado? —preguntó Timmy desde la cocina.

—Supongo que es justo —respondió Laurie.

Para cuando Leo acabó de servir el vino, Timmy estaba de vuelta con una bola de chocolate y otra de vainilla.

—Cuéntanos más sobre el desfile que estás preparando, Charlotte —le dijo Laurie.

—¿Seguro? Me extraña que los hombres quieran hablar de eso.

—Claro que sí —dijo Leo, aunque Laurie sabía que la logística de un desfile de moda femenina a él no le interesaba.

—No es el típico desfile de pasarela. Como nos dedicamos a la ropa deportiva para la mujer real, contamos con actrices y atletas famosas en lugar de las típicas modelos. Hasta saldrán empleadas de Ladyform y amigas. Solo gente normal.

Timmy tenía los dientes manchados de chocolate cuando sonrió.

—Tendría que desfilar mi madre. Es una persona normal, dependiendo de qué se considere normal.

—Muy bonito —dijo Laurie.

—EB. —Era lo que Timmy había tomado la costumbre de decir en lugar de «Es broma»—. ¿Dónde va a ser, señora Pierce?

Charlotte sonrió otra vez por la buena educación de Timmy.

—En Brooklyn. ¿Alguien sabe dónde está DUMBO?

Leo terció para explicarle a Timmy:

—Son las iniciales en inglés de *Down Under the Manhattan Bridge Overpass*, bajo el paso elevado del puente de Manhattan.

El área estaba entre los puentes de Brooklyn y Manhattan. Antes era un descampado conocido sobre todo porque había allí una parada de ferry. Luego un avispado promotor inmobiliario lo compró y lo convirtió en un lugar de moda para galerías y *start-ups* tecnológicas, y le puso el nombre molón. Ahora DUMBO era un paraíso para los hipsters.

—Hemos encontrado el lugar perfecto —dijo Charlotte, emocionada—. Es uno de los últimos almacenes auténticos que quedan abiertos. Lo han vaciado para convertirlo en apartamentos, pero el promotor aún no ha encontrado financiación. Así que, por ahora, son tres plantas de suelos de hormigón, ladrillo visto y vigas. Muy industrial. Vamos a tener un tema diferente para cada piso, y la gente paseará por todo el edificio en lugar de ver desfilar a modelos por una pasarela. Es como si estuviéramos montando un espectáculo de Broadway.

Cuando Timmy acabó el helado, Laurie anunció:

—Muy bien, chaval, es hora de irse a la cama. Aunque es viernes, mañana tienes entrenamiento de fútbol por la mañana.

—Y yo voy a estar animando desde la banda —dijo Leo—, así que más vale que me vaya a casa. Me alegro de verte otra vez, Charlotte.

Charlotte insistió en ayudar a Laurie a fregar las copas antes de irse.

—Gracias, Laurie, ha sido una noche estupenda. Aunque es posible que me hayas fastidiado la vida. Creo que necesito tener un hijo.

—¿De verdad?

—No —respondió con una carcajada—. O «EB», como diría él. Pero en serio, es un encanto. Más vale que me vaya. Qué pereza me da mañana. Tengo que llamar a un tipo de Contabilidad a su casa un sábado y decirle que tiene que asistir a un curso de sensibilización el lunes a primera hora de la mañana. Seguro que le sienta como un tiro.

—¿Qué ha hecho?

—Accedió a páginas web muy pero que muy poco apropiadas en el ordenador de la empresa. Nuestro departamento de información tecnológica elabora una lista mensual de actividad en internet.

—Vaya. ¿Es lo habitual?

—Hoy en día, es prácticamente un requisito. Tu estudio probablemente también lo hace. Seguro que la política está enterrada entre la letra pequeña de un manual de empleados en alguna parte. Sea como sea, tengo que cortar ese asunto por lo sano, e insisto en hacerlo en persona. Seguimos siendo un negocio familiar, y soy responsable de que se mantenga esa cultura en la oficina. Oye, antes de irme, quería preguntarte cómo te van las cosas con Alex. —Laurie le había mencionado a Charlotte que había habido tensión entre Alex y ella últimamente, pero no le había dado detalles—. ¿Hay alguna novedad?

Ella negó con la cabeza.

—Es una conversación muy larga que más vale que no iniciemos ahora. Seguro que todo se arreglará.

Una vez cerró la puerta del apartamento después de salir Charlotte, Laurie miró la pantalla del móvil. No tenía llamadas nuevas.

No estaba segura en absoluto de que todo fuera arreglarse con Alex.

42

Dos días después, Laurie estaba en la sala de baile de Cipriani. Recordó haber ido allí con Greg cuando estaban eligiendo un lugar para la celebración de su boda. Pese a los precios astronómicos, los padres de ella habían insistido en que le echaran un vistazo. «¿Están locos, Greg? —le preguntó, maravillada de la amplitud y la belleza del espacio—. Podríamos invitar a todas las personas que conocemos y aun así solo llenaríamos la mitad de la sala. Este sitio es digno de la realeza, y tiene un precio acorde.»

Pese a las protestas de Leo en plan «eres mi única hija» y «esta es la única boda que voy a pagar», insistieron en elegir un establecimiento con un precio más razonable. Y todo había sido perfecto.

Recordó a Greg sonriéndole mientras Leo la acompañaba hasta el altar.

Una voz la trajo de vuelta al presente.

—Es muy alegre, ¿verdad?

—Precioso —convino Laurie. De hecho, lo único en la sala que no era alegre era la persona justo a su lado, la ayudante del general Raleigh, Mary Jane. La cara de esa mujer tenía todo el aspecto de que fuera a agrietarse si intentaba sonreír.

—Siguiendo las instrucciones del general, he encargado que decoraran las mesas temprano para que puedan grabar antes de que comience nuestro acto de esta noche. Tal como pidieron, incluso hemos usado una decoración similar a la de la gala que se celebró la noche que Hunter fue asesinado. —El ceño cada vez más fruncido de Mary Jane daba a entender su desaprobación.

Laurie no le recordó que su estudio había accedido a hacer una donación muy generosa a la fundación, lo que cubría los gastos más que de sobra.

—La familia estaba sentada a la mesa presidencial —observó Mary Jane, señalando la mesa redonda más cercana al estrado.

—Y con la familia, ¿se refiere a...? —Laurie ya sabía quién se había sentado allí, pero quería oír la respuesta de Mary Jane.

Pareció que la pregunta la sorprendía, pero empezó a enumerar los miembros de la familia:

—Andrew y Hunter, Casey y su prima, el general y yo.

Laurie reparó en cómo Mary Jane se había citado con el general, como si fueran pareja.

—¿Solo seis? —indagó Laurie—. Parece que hay ocho cubiertos.

—Naturalmente, el director financiero de la fundación era el otro comensal. Su mujer no asistió porque en el último momento la canguro dijo que no podía ir.

—Claro —asintió Laurie, como si empezara a recordarlo—. ¿Cómo dice que se llamaba?

Mary Jane mantuvo el semblante inexpresivo y no contestó nada.

—Probablemente querrán empezar temprano. Las cámaras tienen que estar fuera de aquí dentro de tres horas sin falta. Los invitados empezarán a llegar poco después.

—Por cierto, Mary Jane, fijó la cita del general Raleigh para su entrevista con nosotros mañana en Connecticut. —Tenían previsto hablar con James y Andrew Raleigh en la casa de campo donde Hunter había fallecido—. Pero, como espero que le aclarase mi ayudante, nos gustaría grabar su parte hoy.

—Veamos cómo va el día. Ahora mismo, mi prioridad es la gala benéfica.

—Pero ya accedió a participar. Tenemos que ceñirnos a la agenda programada.

—Y lo harán. Bien, sus tres horas ya han empezado a pasar. En el peor de los casos, me tendrán a su disposición mañana. Acompañaré al general a New Canaan.

«Desde luego que sí», pensó Laurie. Ese hombre había servido a su país en todos los lugares del mundo, pero a juicio de Mary Jane, era incapaz de hacer nada sin ella a su lado.

Quizá otros se habrían maravillado de los altísimos techos de la sala, las columnas de mármol y los centros de mesa perfectamente colocados, pero a Laurie ese lugar le daba energía por motivos que no tenían nada que ver con la fiesta que comenzaría en unas horas. Laurie estaba emocionada porque le encantaba encontrarse en el lugar de rodaje. Le gustaba la sensación de saber que estaba a punto de contar una historia, no solo con palabras, sino con imágenes, pausas dramáticas y efectos de sonido. Ocurriera lo que ocurriese, sabía que el resultado sería un programa de gran calidad. Y con un poco de suerte, quizá también lograran que se hiciera un poco de justicia.

Encontró a Ryan caminando de aquí para allá por el pasillo, delante de los teléfonos de pago.

—¿Estás preparado para tu debut en *Bajo sospecha*?

Él levantó un dedo hasta que hubo terminado de leer para sí unas palabras de una tarjeta.

—Estoy bien.

No se le veía bien. Parecía nervioso y aún llevaba el pañuelo de papel que le había puesto la maquilladora bajo el cuello de la camisa. Laurie había temido que ocurriera algo así. Alex había sido uno de los pocos abogados que se sentía cómodo haciendo su trabajo delante de una cámara de televisión. En cambio, algunos de los abogados con más talento en los tribunales se quedaban de piedra una vez empezaban a rodar las cámaras, y los bustos parlantes podían quedar bien ante la cámara, pero solo con un *teleprompter* o fragmentos grabados de antemano. No tenía idea de si Ryan sería capaz de combinar ambos talentos.

—¿Vas a iniciar una nueva moda? —preguntó, señalándose el cuello.

Él bajó la vista, un poco confuso.

—Ah, sí —dijo, a la vez que se quitaba el pañuelo de papel.

—¿Has averiguado algo más acerca de si Mark Templeton contrató a un abogado defensor?

—Estoy en ello. —Seguía prestando más atención a sus notas que a ella.

—Cuando llamaste a la fiscalía federal, ¿qué dijeron?

—Como decía, Laurie, estoy en ello. Dame un poco más de tiempo.

Hasta donde sabía Laurie, «estoy en ello» era una forma de decir «se me había olvidado por completo». Pero no era momento de sermonearle acerca de la comunicación en el trabajo. Estaban a punto de empezar a grabar y tenían que concentrarse.

Había llegado su primer testigo, Jason Gardner.

43

Mientras Ryan entrevistaba a Jason Gardner, Laurie columpiaba la mirada entre la conversación en directo y la imagen en la pantalla al lado del operador de cámara, con la esperanza de que la versión televisada fuera de algún modo mejor que la realidad. Cuando se fijó en la expresión preocupada del cámara, supo que no iba a haber esa suerte.

Jerry se le acercó para susurrarle al oído:

—Parece como si estuvieran compitiendo a ver quién puede hablar más rápido. No sé cuál de los dos está más nervioso. ¿Y a qué vienen esas tarjetas de notas? Aunque reduzcamos el plano para cortarle las manos a Ryan en posproducción, estará mirando hacia abajo todo el rato.

—Corten —gritó Laurie—. Eh, lo siento, chicos. Está yendo estupendamente, pero tenemos un problema con la iluminación. Las arañas de luces chispean demasiado. Tardaremos unos minutos en solucionarlo, ¿vale? —Le hizo un gesto a Ryan para que la siguiera hasta el vestíbulo. Una vez estaban solos, tendió la mano con la palma hacia arriba—. Dámelas. Las tarjetas, todas.

—Laurie...

—Lo digo en serio. No las necesitas. Lo hemos repasado todo de principio a fin. —No le tenía mucho aprecio a Ryan, pero su currículum era innegable. Aunque nunca sería Alex, desde luego podía hacerlo mejor de lo que acababa de ver delante de la cámara—. Esto no es una audiencia del Tribunal Supremo. Aquí no hay juez. El juez es el público. Tienen que confiar en ti, y no ocurrirá tal cosa si les haces sentir incómodos.

—Pero tengo aquí todas mis preguntas...

—No —dijo, a la vez que le arrebataba las tarjetas de la mano—. Las tienes en esa cabeza tuya preparada en Harvard. Dime cinco cosas que queremos averiguar sobre Jason Gardner. —La miró, evidentemente frustrado—. Juguemos a que soy la Profesora Doña Importante y acabo de señalarte en una sala de conferencias llena a rebosar. Rápido: cinco cosas.

Dijo de corrido las cinco cosas con la misma rapidez que si recitara el alfabeto. Laurie quedó impresionada.

—Bien, ya estás preparado.

Cuando llevaban cinco minutos de entrevista, Ryan estaba preguntándole a Jason por sus movimientos a lo largo de la noche de la gala. Su lenguaje corporal denotaba seguridad y parecía estar más cómodo a cada segundo que pasaba. Laurie notó que ella misma dejaba de apretar los puños.

Jason explicó que había hablado con Casey solo unos instantes después de llegar a la gala a eso de las ocho y media. En ese momento, daba la impresión de que se había tomado una o dos copas de vino, pero no parecía ebria ni se quejó de que se encontrase mal. Jason la vio irse con Hunter, pero se quedó con sus colegas hasta el final de la velada y después volvió solo a casa. Para cuando Ryan acabó de seguir sus movimientos, había logrado uno de sus cinco objetivos de la entrevista con Jason: había establecido que no tenía coartada para la hora del asesinato de Hunter.

—Ha dicho que su jefe había comprado una mesa en la gala, ¿correcto?

—Así es. Adquirir una mesa es una manera de apoyar una causa benéfica.

—¿Y su empresa tenía solo una mesa?

—Sí, hasta donde yo recuerdo.

—Eso son ocho asientos. Pero su empresa tenía más de un centenar de analistas financieros, por no hablar de personal auxiliar y demás. Así pues, ¿cómo decide la empresa quién asiste a un acto determinado? ¿Le obligan a ir?

—Ah, no. Es una de esas situaciones en las que la gente se ofrece voluntaria.

—Así que usted sabía de antemano que iba a asistir a la gala benéfica de la Fundación Raleigh, ¿no? —indagó Ryan.

—Claro.

—Entonces seguro que esperaría encontrarse con su exnovia y su prometido, Hunter Raleigh.

Jason por fin pareció darse cuenta de hacia dónde conducían las preguntas, pero era muy tarde para eludir la implicación evidente.

—Sí, supongo que así es.

—Esto es lo que no veo claro, Jason. En su libro, *Mis días con Casey la Loca*, describe a una mujer y una relación que..., bueno, creo que el título lo dice todo. Si creía que Casey era inestable hasta el punto de la locura, ¿por qué iba a asistir por voluntad propia a una gala en la que los anfitriones eran la familia de su prometido?

—Bueno, me pareció que sería un detalle.

—Así que seguía llevándose bien con ella.

Se encogió de hombros.

—¿A pesar de que, como escribió en el libro, una vez se encerró en el cuarto de baño de su apartamento porque tenía miedo de que ella lo atacara físicamente?

—No sé si «miedo» es la palabra precisa.

—¿Quiere que consultemos un ejemplar de su libro? Creo que sus palabras exactas eran que temía por su vida y lamentó no haber escondido los cuchillos de cocina.

—Quizá fuera una exageración. Evidentemente, el editor quiere vender libros.

Ryan estaba cogiéndole el tranquillo. Acababa de establecer el segundo punto: el libro de Jason no era equiparable a un testimonio bajo juramento.

—Hablando de su libro, lo publicó Arden Publishing. Creo que su editora era una mujer llamada Holly Bloom. ¿Puedo preguntarle cómo es que lo publicó en Arden?

—¿A qué se refiere? Tenía un agente y me ayudó.

—Claro. Pero ese agente, ¿envió el libro a todos los sellos de Nueva York, o acudió directamente a la señora Bloom?

—La verdad es que no estoy seguro. Tendría que preguntárselo a él. Se llama Nathan Kramer.

Laurie reconoció el nombre como el del mismo agente que había negociado el contrato de las memorias de James Raleigh, a quien también iba a publicar Holly Bloom en Arden. Ryan le planteó esas coincidencias a Jason.

—Jason, ¿no es verdad que el general Raleigh le ayudó a lograr un contrato de edición de ese libro tan sumamente negativo que escribió sobre Casey?

Jason empezó a mirar de aquí para allá por el salón de baile, buscando ayuda. Ryan se inclinó hacia delante y Laurie se preparó para oír el comentario sarcástico y alienante que iba a salir de sus labios.

En cambio, Ryan le posó una mano en el hombro como para consolarlo.

—Eh, tiene todo el sentido del mundo. El hijo del general había sido asesinado. Usted era el ex de Casey. Una vez se dio cuenta de que tenía una historia que contar, ¿por qué no iba a ayudarle? Salían ganando los dos.

—Así es —dijo Jason con nerviosismo—. Los dos queríamos que se supiera la verdad.

Se había demostrado otro argumento: el libro de Jason tenía las huellas del general Raleigh por todas partes.

—Pero por el camino se exageraron algunas cosas —añadió Ryan.

—Así es.

—Jason, quiero darle las gracias por su franqueza. Solo deseo hacerle una pregunta más que podría ayudarnos mucho a entender algo que nos ha dicho Casey y su familia. No nos gustaría que se diera una situación del tipo «él dijo tal y ellas dijeron cual». Creo que todos sabemos que el amor puede ser complicado. Las relaciones pasan por altibajos. Un día estamos ciegamente enamorados y al siguiente nos vence el resentimiento. ¿Verdad?

Ryan le había pasado el brazo por los hombros a Jason, como si fueran viejos amigos contando batallitas sobre ligues.

—Si lo sabré yo —reconoció Jason. A estas alturas, se mostraba de acuerdo con todo lo que decía Ryan.

—De acuerdo, solo quiero que se sincere sobre un último aspecto. Todavía quería a Casey, ¿verdad? De hecho, por eso fue a la gala esa noche. Ella pensaba que no debían mantener el contacto ahora que estaba prometida. Así que fue a la gala para pedirle por última vez que volviera con usted.

Jason no dijo nada. Ryan insistió.

—Casey ya nos lo contó. Su prima Angela también.

—Sí, de acuerdo. Como dice: era complicado. Éramos tóxicos el uno para el otro, hasta que dejábamos de serlo, y entonces era pura magia. Nuestra relación fue una locura. Estábamos locos. —Ryan había establecido su cuarto punto, y la elección de palabras no podría haber sido mejor—. Pensé que lo intentaría una última vez: un gesto grandioso para declararle mi amor; si escogía a Hunter, la dejaría ir.

—Así que la sorprendió yendo a la gala y desnudando sus sentimientos por ella. Pero no aceptó volver con usted, ¿verdad?

Negó con la cabeza.

—Dijo que por fin había entendido lo que era el amor. Que no tenía por qué ser difícil. Nunca lo olvidaré: dijo que con Hunter «se sentía como en casa».

—¿Y cómo le hizo sentir eso? ¿Que usted la volvía loca y con él se sentía como en casa?

De pronto Jason se apartó de su nuevo amigo.

—Un momento. ¿No creerá...?

—Solo hago preguntas, Jason.

—Mire, se lo he contado todo. Mi carrera no iba tal como tenía planeado, y andaba escaso de dinero. Acepté la oferta de la familia Raleigh de ayudarme a conseguir un contrato de edición. Estábamos todos hartos de que Casey se hiciera la Señorita Inocente. Pero si creen que maté a Hunter y la incriminé, igual son ustedes los que están locos. Voy a llamar a mi abogado. No pueden emitir esto —farfulló, al tiempo que se arrancaba el micrófono de la solapa.

En cuanto Jason salió del salón de baile, Laurie levantó las manos y empezó a aplaudir a Ryan.

—No está mal para ser el nuevo.

Él simuló una reverencia.

Habían quedado establecidos cuatro hechos: Jason todavía estaba enamorado de Casey en aquel entonces, el libro de Jason era una exageración, organizada por el padre de Hunter, y Jason no tenía coartada. Pero ¿había asesinado Jason a Hunter Raleigh? Todavía no tenían una respuesta a la quinta pregunta de Ryan, aunque se estaban acercando.

Y quizá Ryan no fuera Alex, pero había estado a la altura de la situación cuando había sido necesario.

—Laurie —dijo mientras el equipo hacía un descanso—, gracias por darme ánimos. Tenías razón: bastaba con que fuera yo mismo. Tengo muy buen instinto. Como se suele decir, detrás de cada gran hombre hay una mujer.

Laurie notó cómo la buena disposición que empezaba a tener hacia él se le escapaba a chorros igual que el aire de un globo. Más bien «detrás de cada hombre engreído hay una mujer que pone los ojos en blanco», pensó.

Grace y Jerry venían hacia ellos a toda prisa con expresión de entusiasmo.

—Ha llegado Gabrielle Lawson —anunció Grace.

—Y no vais a creeros lo que lleva puesto —añadió Jerry—. Es un sueño hecho realidad.

Laurie había dado instrucciones a los participantes en el programa de que llevaran ropa de oficina apropiada para la grabación, pero por lo visto Gabrielle Lawson tenía sus propias normas de etiqueta. Solo eran las tres y media de la tarde, pero llegó con un vestido de gala color marfil con lentejuelas, peinada y maquillada como para una inexistente alfombra roja. El vestido le sonó de algo.

Cuando Laurie le daba las gracias a Gabrielle por venir, cayó en la cuenta de dónde había visto ese vestido.

—Gabrielle, ¿es el mismo vestido que llevabas en la gala hace quince años?

—Claro que sí —dijo en tono sentimental—. Sabía que algún día tendría importancia histórica. Lo llevaba la última vez que vi a Hunter. Lo he guardado en una funda para el día que llamen del museo Smithsonian. Además, todavía me sienta como un guante.

Mientras Jerry le colocaba el micro a Gabrielle, Grace le susurró a Laurie:

—Ya sé que Casey tiene mirada de loca, pero esta mujer se lleva la palma. Avísame si necesitas que llame a los de las camisas de fuerza y los cazamariposas.

44

Laurie miró la pantalla para asegurarse de que lo que estaba viendo quedaba grabado. Gabrielle Lawson estaba inclinada hacia adelante en su asiento —casi en un ángulo de cuarenta y cinco grados— y miraba intensamente a Ryan a los ojos. El daño que pudiera haberle hecho Ryan con su actitud desabrida en su apartamento había quedado olvidado.

Jerry le pasó a Laurie una nota garabateada en la libreta: «¡Resérvales una habitación!».

Ryan estaba llevando la situación como un profesional: formal para las cámaras pero lo bastante cálido para tirarle a Gabrielle de la lengua. Empezó instándola a hacer una versión más breve de su testimonio en el juicio. Según ella, Hunter se dio cuenta de que Casey era demasiado «ordinaria» y «poco sofisticada» para casarse con ella. Estaba interesado en mantener una relación con Gabrielle «después de que hubiera transcurrido un tiempo apropiado».

Ryan pasó luego a la misma línea de contrainterrogatorio que había seguido Janice Marwood, estableciendo que nadie había podido corroborar las afirmaciones de Gabrielle de que tenía una relación con Hunter. Esta tenía explicación para todo. Hunter era «sutil». Ellos no eran tan «groseros» como para dejarse ver en público. Tenían una «conexión especial» y un «acuerdo tácito» sobre su compromiso en el futuro.

Ryan seguía asintiendo con amabilidad, pero Laurie se dio cuenta de que estaba a punto de adentrarse en territorio inexplorado.

—Gabrielle, han transcurrido quince años, y sigue sin haber manera de corroborar que Hunter planeaba dejar a Casey por usted, lo que constituyó el fundamento del presunto móvil de Casey para matar a Hunter. ¿Qué le diría a la gente que cree que o bien miente sobre su relación con Hunter, o bien quizá la imaginó como una especie de ilusión o fantasía?

Ella profirió una risilla infantil.

—Vaya, qué tontería.

—Pero el caso es que no sería la primera vez que la han acusado de hacer justo eso. ¿Podemos hablar un momento de Hans Lindholm?

Ni siquiera el kilo de maquillaje que llevaba Gabrielle disimuló que se había quedado pálida.

—Aquello fue un malentendido.

—Nuestros espectadores probablemente reconozcan el nombre del director galardonado. Quizá también recuerden que obtuvo una orden de alejamiento contra una mujer a la que conoció en un festival de cine. Sospechaba que la mujer llegó a difundir en la prensa rosa el rumor de que iban a vivir juntos. Lo que quizá no sepan nuestros espectadores es que usted es la mujer cuyo nombre figuraba en esa orden.

—Eso fue hace mucho tiempo. —Gabrielle apartó la mirada de Ryan por primera vez desde que habían empezado a rodar las cámaras.

—Y la columnista de cotilleos que informó, falsamente, acerca de que los dos iban a vivir juntos era una mujer llamada Mindy Sampson. Es la misma columnista que publicó la fotografía de usted con Hunter, haciendo especulaciones sobre que igual no se casaba con Casey después de todo.

—¿Adónde quiere llegar con todo esto? —preguntó Gabrielle.

—Da la impresión de que Mindy Sampson siempre se entera, o por lo menos informa, de sus supuestas relaciones sentimentales, tanto si existen en realidad como si no. ¿No es cierto que fue usted la fuente de ambos artículos?

—Está tergiversando las cosas.

—No es mi intención, Gabrielle. —Su voz era amable, como la de un aliado—. Hablamos hace un par de semanas de manera extraoficial. ¿Lo recuerda?

—Fue muy grosero conmigo —señaló, replanteándose por lo visto su opinión más reciente sobre Ryan.

—Lamento mucho que empezáramos con mal pie. Quiero asegurarme de entender su versión de los acontecimientos. Reconoció que quizá, y cito, «se inclinó» hacia Hunter cuando vio al fotógrafo. Que, y cito: «A veces hay que dar un empujoncito a la relación». Quizá es posible que le hablara a Mindy de unas relaciones que estaban..., digamos, en su fase inicial, como si plantara una semilla con la esperanza de que germinara. ¿Es eso lo que ocurrió con Hans Lindholm?

Ella asintió sin mucho convencimiento.

—Como decía, fue un malentendido. Me quedé de una pieza cuando me acusó de acosarlo. Fue una absoluta humillación.

—¿Y plantó también una semilla con Hunter? ¿Llamó a Mindy Sampson para que enviara un fotógrafo a la gala benéfica de los Clubes de Chicos y Chicas, y luego se acercó a Hunter cuando vio al fotógrafo?

Ahora ella negaba firmemente con la cabeza.

—No. Reconozco que me puse en contacto con ella por lo de Hans. Pensé que si se daba cuenta de que era buena publicidad para él, despertaría su interés. Pero la única razón de que la llamara fue que ella se puso en contacto conmigo por Hunter.

—¿Qué quiere decir con que se puso en contacto con usted?

—Dijo que había oído rumores de que Hunter estaba interesado en mí. Dijo que iba a asistir al acto benéfico de los Clubes de Chicos y Chicas unas noches antes de su propia gala.

Mindy me contó que Casey tenía una subasta en Sotheby's esa noche y no podía ir. Fue ella quien sugirió que fuera a la gala. Me dijo que enviaría un fotógrafo. Hunter se alegró mucho de verme. Fue muy simpático y me hizo toda clase de preguntas acerca de lo que había estado haciendo desde la última vez que nos vimos. Se lo aseguro, teníamos una conexión. Había un acuerdo. Iba a dejarla por mí.

Jerry estaba escribiendo otra nota al lado de Laurie: «¡Lo que pasa es que él aún no lo sabía!».

Ryan se las apañó para mantener una expresión neutra, a pesar de que lo que decía Gabrielle empezaba a parecer delirante por completo.

—Dice que fue Mindy quien se puso en contacto con usted por rumores que la relacionaban con Hunter. ¿Le pilló por sorpresa?

Gabrielle sopesó la pregunta cuidadosamente antes de contestar. Cuando por fin habló, el tono de su voz había cambiado. Causó la impresión de ser lúcida y seria.

—Había muchas especulaciones acerca de que el padre de Hunter no veía con buenos ojos a Casey. Y corrían rumores de que quizá Hunter cediera a la presión familiar en ese asunto. Y sí, supongo que quise creer que igual recordaba nuestras citas con cariño y estaba planteándose que yo podía ser una opción más adecuada.

—Entonces ¿cómo cree que Mindy Sampson sabía que Hunter asistiría a un acto sin Casey?

—Sinceramente, siempre supuse que fue por medio del padre de Hunter. Como decíamos, a veces hay que dar un empujón a las cosas. Quizá pensó que su hijo necesitaba que lo dirigieran hacia un tipo distinto de esposa.

—¿Sabe con seguridad que el general Raleigh estaba presionando a Hunter para que rompiera su compromiso?

—Bueno, no puedo estar segura del todo, pero deberían preguntárselo al hermano de Hunter, Andrew. La noche de la gala, estaba más borracho que Casey. Le vi pedir el enésimo whisky en la barra. Le dije algo así como «¿No deberías estar alternando con los invitados?». Me contestó que a nadie le importaba si estaba o no, y que estaba pensando en salir un rato porque Hunter y su padre consumían todo el oxígeno en la sala. Se quejó de que su hermano se las daba de rico y triunfador pese a que el negocio de la familia le había caído en suerte. Yo hice alguna broma porque me pareció que esa conversación estaba fuera de lugar. Y entonces él dijo: «Si yo estuviera comprometido con alguien como Casey Carter, mi padre la consideraría demasiado buena para mí. Pero Dios no quiera que el hijo elegido se case con una persona normal. Bueno, bien hecho, general Raleigh». Entonces levantó el vaso como si hiciera un brindis, y añadió: «Sigue por ese camino, y este perdedor será el único hijo que te quede». A decir verdad, cuando me enteré del asesinato de Hunter, me vino a la cabeza el ánimo tan sombrío de Andrew aquella noche. Pero una vez detuvieron a Casey..., bueno, ni que decir tiene que fue ella la que mató a mi Hunter.

En cuanto se hubo ido Gabrielle Lawson, Laurie miró el reloj. Les quedaba más o menos media hora antes de que tuvieran que recoger el equipo. Buscó con la mirada a la ayudante del general, Mary Jane, pero no la localizó.

Al ver a una joven que colocaba arreglos florales cerca del estrado, Laurie le preguntó dónde podía estar Mary Jane. Si se daban prisa, Ryan podía entrevistarla ahora, de modo que la sesión de mañana en la casa de campo se centraría por completo en Andrew y James Raleigh.

La mujer de las flores dijo que había visto a Mary Jane subirse a un coche en la calle Cuarenta y dos hacía menos de diez minutos.

Laurie buscó el número de Mary Jane en el móvil y pulsó la tecla de llamada. Reconoció la voz severa en el otro extremo de la línea.

—Sí —dijo Mary Jane con frialdad.

—Soy Laurie Moran. Nos queda un rato en la agenda si puede dedicarnos unos minutos.

—Mejor hablamos mañana, cuando no haya tanto ajetreo.

—Será rápido —prometió Laurie—. Y ya que jugó un papel decisivo en la organización de la gala aquella noche, parece más apropiado que hable con nosotros en Cipriani y no en la casa de campo.

—Me temo que es imposible. El caso es que estoy yendo a recoger los planos de la sala para los invitados de esta noche, que me he dejado en la casa de campo. Con tráfico, tardaré en volver por lo menos cuarenta y cinco minutos.

Laurie pensó que habría sido más fácil que Mary Jane olvidara su cumpleaños que los planos de la sala para el acto de la Fundación Raleigh. Estaba harta de que le diera largas.

—¿Hay alguna razón por la que no quiere que la entrevistemos, Mary Jane?

—Claro que no. Pero usted no es la única que tiene un trabajo que hacer.

—Hablando de trabajos, ¿estaba al tanto de que Hunter no le tenía ningún aprecio y quería que la despidieran de su trabajo?

Hubo una larga pausa antes de que hablara.

—Me temo que alguien le ha facilitado información errónea, señora Moran. Ahora, haga el favor de cumplir su palabra y sacar a su equipo de grabación del establecimiento antes de que regrese.

Cuando la línea quedó en silencio, Laurie estaba convencida de que Mary Jane ocultaba algo.

Después de que hubieran acabado en Cipriani, Jerry, Grace y Ryan se reunieron en el despacho de Laurie para recapitular lo ocurrido en su primer día de producción. Como siempre, Jerry y Grace discrepaban sobre el asunto de Andrew Raleigh.

—Estaba muy borracho y hablaba fuera de lugar —insistió Jerry—. Venga, si me acusaran de asesinato cada vez que digo algo petulante sobre mi hermano, ya estaría en el corredor de la muerte.

—Qué va. —Grace levantó el índice en el aire, lo que siempre era señal de que estaba muy convencida de lo que defendía—. Una cosa es decir que tu hermano es un pelmazo o un fanfarrón, pero ¿llamar a Hunter el hijo elegido? Eso demuestra un resentimiento arraigado, contra su hermano y también su padre. Eso es algo que requiere terapia.

—Si no logramos avanzar a mejor ritmo —dijo Laurie—, es posible que sea yo la que acabe en terapia.

Después de una jornada tan satisfactoria delante de las cámaras, Laurie había estado preparada para que Ryan intentara llevar las riendas de la reunión, pero hasta el momento había permanecido en silencio, enredando con el móvil para ponerse al corriente de los mensajes perdidos.

Laurie era hija única, igual que su hijo, conque no tenía mucha experiencia en rencillas entre hermanos. Por una parte, había visto a Andrew en acción y era evidente que bebía mucho. Se lo podía imaginar hablando de manera irreverente, pero inocua, en el bar. Por otro lado, cuando lo conoció en la casa de campo tuvo la sensación de que era el hijo desfavorecido en una familia que había alcanzado muy grandes logros. Su comentario acerca de que sería «el único hijo» que le «quedaría» a su padre era perturbador, teniendo en cuenta que lo había hecho apenas unas horas antes del asesinato de su hermano.

—Sabemos que el general Raleigh se quedó con un grupo de donantes hasta altas horas después de la gala —dijo Laurie—, pero se supone que Andrew volvió directo a casa.

—¿Veis? —exclamó Grace—. Eso explica por qué lo habría hecho. Hunter se fue temprano porque Casey se encontraba mal. Andrew probablemente pensó que era su oportunidad de dar un paso al frente y demostrar su valía. Y entonces su padre ni siquiera lo invitó a la fiesta después del acto. Seguro que se le fue la pinza.

—Eso no tiene sentido —repuso Jerry—. ¿Por qué iba a incriminar a Casey? ¿Y cómo tenía Rohypnol casualmente para eso? Además, eres tú la que dijo desde el principio mismo que Casey era culpable.

Aunque a Laurie le rondaba una idea por los márgenes de la conciencia, no hubiera sabido muy bien cómo expresarla. Miró a Ryan para ver si tenía algo que aportar, pero seguía tecleando mensajes en el móvil. Hizo el esfuerzo de concentrarse. Revisó los comentarios de Jerry acerca de las pastillas de Rohypnol, y luego volvió a pensar en la entrevista de Gabrielle.

—El padre —murmuró.

—Parece un hombre de pesadilla —señaló Jerry—. Acostumbrado a estar al mando en el trabajo y en casa. ¿Sabéis qué creo? Creo que Hunter quería de verdad a Casey. No iba a ceder a la presión de su padre. Y por eso dijo Andrew que sería el único hijo Raleigh que le quedaría. Quizá Hunter iba a escoger a Casey por encima de su familia. Pero el general tenía otros planes. Conspiró con Mindy Sampson a fin de que se publicara esa foto de Hunter y Gabrielle juntos, o encargó a su ayudante, Mary Jane, que lo hiciera por él para no ensuciarse las manos. Estaba sembrando cizaña. Y después de que Hunter fuera asesinado, siguió engrasando la maquinaria, controlando la cobertura de los medios y diseminando comentarios en la red para asegurarse de que Casey fuera condenada.

—Eso es —dijo Laurie—. El Rohypnol. Desde el comienzo, era la droga lo que no acababa de tener sentido en ningún caso. Pero ¿y si fue el padre de Hunter?

Llegados a este punto, Jerry y Grace se mostraron de acuerdo. Los dos negaron con la cabeza. El general adoraba a su hijo, y además tenía coartada.

—No —explicó Laurie—. Él no mató a Hunter. Pero ¿y si fue él quien echó la sustancia en la copa de Casey para que se pusiera en ridículo y Hunter viera por fin que no le convenía como esposa? Pudo meterle unos cuantos comprimidos en el bolso con la intención de dejarla en peor lugar si ella decía que la habían drogado en contra de su voluntad. Después de que Hunter fuera asesinado, tal vez él estaba tan seguro de la culpabilidad de Casey que decidió contribuir al desarrollo del caso con los comentarios perjudiciales en la red y el contrato de edición del libro de Jason. Y teniendo en cuenta la presencia constante de Mary Jane junto al general, probablemente ella estaba al tanto o incluso se ocupó del trabajo sucio, lo que explicaría por qué intenta eludir la entrevista.

El despacho quedó en silencio. Su teoría tenía sentido. Si tenían una explicación para el Rohypnol que no estaba directamente relacionada con el asesinato, se abrían toda suerte de posibilidades respecto del asesino de Hunter. Hasta su hermano podía ser culpable.

Ryan tecleaba otra vez en el móvil.

—Ryan, ¿tienes alguna opinión? —preguntó Laurie.

—Perdón. Tengo que hacer una llamada.

—¿En serio? Vamos a entrevistar a Andrew y James Raleigh mañana en la casa de campo. Tenemos que preparar una buena estrategia. Tienes que ponerte las pilas.

Jerry y Grace la miraban fijamente. No la habían oído nunca gritar en el trabajo.

—Es que tengo que hacer una llamada.

Los tres lo vieron salir del despacho de Laurie sin dar más explicación.

—Que conste —dijo Grace una vez había abandonado el despacho—. Yo ya sabía que Brett no tendría que haber contratado a ese.

—Claro que lo sabías —comentó Jerry—. Desde luego que sí.

—Es tarde —señaló Laurie—. Más vale que os vayáis.

Veinte minutos después, cuando Ryan volvió, Laurie estaba sola en su despacho. Ryan llamó a la puerta antes de entrar.

—Pensaba que te habías ido —dijo ella.

—No. ¿Grace y Jerry se han marchado?

—Sí.

—¿Puedo pasar?

—¿Es necesario?

—Por eso lo pregunto.

—¿Vamos a hablar por fin de cómo ocuparnos de los Raleigh mañana?

Laurie llevaba trabajando de periodista quince años, los últimos diez como productora de televisión, pero ahora tenía la sensación de estar sumida en la oscuridad. Sabía lo que era perder a un familiar por un acto violento. Recordaba lo que era saber —o al menos sospechar— que algunos susurraban «el cónyuge es siempre culpable» cuando el asesinato estuvo cinco años sin resolverse. Era posible que el padre de Hunter hubiera drogado a Casey. Y era posible que Andrew estuviera de algún modo implicado en el asesinato de Hunter. Pero de no ser así, eran víctimas. Seguían afligidos. Se acostaban por la noche echando en falta a Hunter. Ella no disfrutaría lo más mínimo haciéndoles las preguntas que tenía en la cabeza.

—Sí, ya hablaremos de los Raleigh en algún momento —dijo Ryan—. Pero antes tengo que contarte otra cosa. Probablemente yo no era tu primera opción como presentador para el programa...

Laurie levantó una mano.

—Eso no es necesario, Ryan. Lo único que quiero es un programa bien hecho. Y hoy has estado estupendo. Pero no todo el trabajo se hace delante de la cámara. Hay que abordar una entrevista igual que un contrainterrogatorio, tal como has hecho hoy con Jason y Gabrielle. Todo el plan es flexible y está cambiando constantemente. Lo que hemos averiguado hoy repercute en lo que haremos mañana. Y Gabrielle nos ha soltado una bomba con respecto a la familia de Hunter. Tenemos que reagruparnos antes de sus entrevistas dentro de —miró el reloj— unas quince horas. Y cuando he intentado llamarte la atención para que volvieras a centrarte en el trabajo, estabas fuera de onda por completo.

—Nada de eso. Te he dicho que tenía que hacer una llamada y no me has creído. Igual que cuando hoy te he dicho que estaba intentando obtener información sobre Mark Templeton y me he dado cuenta de que no me creías. Me tratas como si fuera un proyecto nepotista de Brett...

—Tú lo has dicho, no yo.

—Vaya. De acuerdo, la verdad es que me sabe mal tener que decirte esto, pero allá va. Parecías escéptica sobre si de verdad había llamado a mis contactos en la fiscalía federal para preguntarles por Templeton, ¿no? Bueno, pues hice varias llamadas justo después de que habláramos de ello. Y la razón por la que lo mantenía en secreto es que me tomo muy en serio este paso al periodismo, de modo que quería verificar mis fuentes antes de repetir meras insinuaciones. Brett me habló de lo dedicada que estás a mantener la integridad periodística. Por eso accedí a hacer este programa, Laurie. Nunca he sido tu enemigo. Tenía otras ofertas de medios de comunicación, y era esta la que quería. No citaré a mis fuentes, pero confío en ellas. Y por fin cuento con dos, que según creo es el estándar de la industria.

—Dime de una vez lo que estás intentando decirme, Ryan.

—Tenías razón al pensar que había algo turbio en la dimisión de Templeton de la fundación. No encontró otro trabajo durante una buena temporada porque, a pesar de lo que decía en público James Raleigh, se negaba a darle referencias a Templeton.

—Eso sería fatal para sus perspectivas de encontrar empleo. Entonces ¿qué cambió?

—Hizo alguna clase de trato. No llegaron a presentarse cargos penales, pero la fiscalía federal estuvo implicada. Templeton firmó algún tipo de acuerdo de confidencialidad con los Raleigh en torno a la época en que empezó a trabajar de nuevo. *Voilà*. Problema resuelto.

—De acuerdo. Gracias por investigarlo, Ryan. Lamento haber dudado de tu compromiso. ¿Por qué te sabía mal contármelo?

—El abogado defensor con el que vieron a Mark Templeton en el tribunal federal era tu querido presentador anterior, Alex Buckley.

47

Cuando Ramon abrió la puerta del apartamento de Alex, Laurie dedujo por su expresión que sabía que algo iba mal. Por lo general la recibía con una broma irónica y le ofrecía un cóctel, pero esta noche se limitó a decirle que Alex saldría enseguida y la dejó a solas en la sala de estar.

Al aparecer Alex por el pasillo que llevaba a su dormitorio, tenía el pelo húmedo y aún se estaba ajustando el cuello de la camisa.

—Laurie, perdona que te haya tenido esperando. Cuando has llamado, estaba en el gimnasio. He venido a casa a toda prisa, pero evidentemente tú has sido más rápida. ¿Quieres tomar algo?

Le apetecía muchísimo una copa de Cabernet, pero eso vendría luego.

—He venido por el programa. Por la actitud de Ramon al abrir la puerta, supongo que ya has deducido que no era solo una visita personal.

—No lo sabía con seguridad.

Quizá no con seguridad, pero debía de haber esperado que este momento llegara de algún modo. Después de todo, era él quien siempre le estaba diciendo a Laurie que ella era mejor que cualquier otro investigador con el que hubiera trabajado.

—La última vez que hablamos, me advertiste que tuviera cuidado con este caso, que me las estaba viendo con gente muy poderosa. Te referías a James Raleigh, ¿no?

—No es necesario que yo te diga que un general de tres estrellas cuyo nombre salió a relucir con frecuencia durante un tiempo como candidato a la presidencia es una persona poderosa.

—No, pero era necesario que me dijeras que tenías alguna clase de vínculo con él.

Alex se le acercó, pero ella se apartó.

—Laurie, lo que necesito yo es que recuerdes que tengo un trabajo que existía mucho antes de que te conociera o trabajara en tu programa. No esperes que diga más al respecto, por favor.

—Estoy harta de que hables en clave, Alex. Llevas hablándome como un abogado desde la primera vez que mencioné el nombre de Casey Carter.

—Eso es porque soy abogado.

—Y por eso tienes que respetar la confidencialidad entre abogado y cliente. Pero tu cliente no es James Raleigh. Tu cliente es, o era, Mark Templeton. Pero conocías de antes a James Raleigh. Lo conociste en un picnic cuando estudiabas Derecho. Y luego te convertiste en uno de los mejores abogados penalistas defensores de la ciudad. Y de alguna manera esa relación con el general Raleigh es lo que te llevó a representar a Mark Templeton cuando surgieron preguntas acerca de su gestión de la Fundación Raleigh.

—Eso no es justo, Laurie. No puedo confirmar ni negar que conozca a Mark Templeton...

—¿Me estás tomando el pelo?

—No tengo elección, Laurie, pero tú sí. Tú puedes elegir creerme. Me conoces, y sabes que me importas, incluido tu trabajo. Y te lo juro: puedes, y deberías, dejar a Mark Templeton al margen de tu historia. Vas muy desencaminada.

—Entonces ¿es eso? ¿Se supone que debo fiarme de tu palabra y seguir adelante?

—Sí. —Lo dijo como si fuera lo más sencillo.

Laurie se sintió impotente por completo. Desde que empezó a trabajar en este caso, había sido muy consciente de la ausencia de Alex, y no era solo porque Ryan Nichols era un incordio de mucho cuidado. Alex tenía la virtud de calmarla. Cuando hablaban, las ideas fluían como el agua. Seguir sus instintos le resultaba fácil, por lo menos cuando se trataba del trabajo. Y ahora Alex le decía que desoyera los hechos, ofreciéndole a cambio solo su palabra, y el instinto de Laurie clamaba en sentido contrario.

Volvió a acercarse a ella, y esta vez Laurie le dejó que la abrazara con suavidad y le acariciara el pelo.

—Lo siento, no puedo decir nada más, pero haz el favor de confiar en mí. ¿Por qué no confías en mí?

Ella se retiró un poco para mirarle a los ojos cuando contestara la pregunta.

—Porque creo que has estado mintiéndome.

—Laurie, no te he mentido nunca, y nunca lo haré. Si lo que me estás preguntando es si Mark Templeton estuvo implicado en el asesinato de Hunter Raleigh, respondo personalmente de su inocencia.

—Sigues trabajando para tu cliente, ¿verdad? Alex, yo hablo de nosotros. Estuve aquí, en tu apartamento, con mi familia, justo después de reunirme por primera vez con Casey Carter. Ya entonces me dio la impresión de que intentabas apartarme del caso. ¿Por qué no me dijiste que conocías a algunos de los implicados clave? Has estado obligándome a sacarte por la fuerza hasta el último retazo de información, como si fuera un contrainterrogatorio.

—No te mentía. Sencillamente no te lo contaba todo.

Ella negó con la cabeza. No podía creer que el hombre al que amaba estuviera ahí plantado, defendiendo la diferencia entre mentir y no decirle toda la verdad.

—Por favor, Laurie, recuerda la conversación que tuvimos después de que conocieras a Casey. No mencionaste en ningún momento a Mark Templeton, al padre de Hunter ni la fundación. Era un caso de homicidio de hace quince años, no un caso sobre lo que quizá ocurrió años después en la ONG. Y siempre se creyó que el asesinato giraba en torno a la relación entre Casey y Hunter, de la que no sé nada en absoluto. Así que, incluso en el caso de que supiera algo acerca de la fundación, ¿por qué tendría que haberlo sacado a relucir, sobre todo si me estuviera prohibido hacerlo?

—Ahora mismo pareces uno de esos abogados rastreros...

—Y tú me estás tratando como un sospechoso de tu programa.

—Vale, lo entiendo, no vas a decirme nunca la verdad. Pero dime otra cosa: ¿tienes un deber de lealtad con tus clientes, aunque sean culpables?

Alex se sentó en el sofá, resignándose a entrar en una nueva fase de la discusión.

—Claro.

—Y ese deber es para siempre; creo que una vez me dijiste que va más allá de la muerte. —No hizo falta que contestara. Los dos sabían adónde quería llegar—. Así pues, si un cliente tuyo, alguien como, pongamos por caso, Mark Templeton, tuviera un miedo enorme a que un programa como el mío descubra que hizo algo horrible, como, por ejemplo, matar a su amigo para encubrir una malversación de fondos, sería parte de tu trabajo desautorizar ese programa.

—Sí. Sí, señora Moran, me ha pillado. Se le dan mejor los contrainterrogatorios que a mí. Usted gana. ¿Contenta?

No, no estaba contenta en absoluto.

—Has dicho que no tienes elección, Alex. Bueno, yo tampoco. Justo antes de ser asesinado, Hunter estaba buscando un contable forense que llevara a cabo una auditoría de la contabilidad de la fundación. Eso le da a Templeton un móvil. Y su mujer e hijos estaban dormidos cuando volvió a casa de la gala, conque no tiene coartada. Llama a tu cliente: puede hablar con nosotros delante de la cámara o lidiar con las repercusiones de lo que optemos por decir sobre él en su ausencia. Tenemos previsto acabar el rodaje dentro de dos días.

48

Laurie estuvo a punto de tropezar con un balón cuando abrió la puerta de su casa. Hizo además de recogerlo, pero luego vio todos los demás indicios de la presencia de Timmy dispersos por el suelo del vestíbulo: la funda de la trompeta, carátulas de videojuegos y suficiente equipamiento deportivo para una clase entera de educación física. Hasta que las torres de pisos de Manhattan vinieran con garajes adosados, era la decoración necesaria, y a ella ya le iba bien.

—¿Cómo están mis chicos?

Leo y Timmy estaban uno junto al otro en el sofá viendo la serie de detectives preferida de la familia, *Bosch*. En la mesita de centro había una caja de pizza abierta entre dos platos llenos de migas. Eso era lo que Timmy entendía por paraíso.

—¿Habéis empezado sin mí? —Se suponía que iban a darse los tres un atracón de capítulos.

Timmy le dio al botón de pausa.

—Hemos intentando esperar, pero la pizza olía tan bien...

—Acabamos de empezar —dijo Leo—. Ve a cambiarte. Voy a recalentar un poco de pizza mientras Timmy rebobina.

Iba por la segunda porción, absorta en la serie, cuando sonó su móvil en la mesita junto al sofá. Echó un vistazo a la pantalla, con la esperanza de que fuera Alex. Era Casey. Decidió dejar que saltara el buzón de voz. Ya la llamaría al día siguiente desde la casa de campo de los Raleigh, donde estarían entrevistando a James y Andrew Raleigh. A Casey y su familia las grabarían las últimas.

En lugar de un aviso de mensaje en la pantalla, el móvil volvió a sonar, y luego lo hizo por tercera vez. Casey estaba pulsando rellamada.

—Apágalo —dijo su padre—. Ya no son horas de trabajo.

—Recuerdo que mamá pasó años diciéndote lo mismo —señaló Laurie cuando iba a la cocina con el móvil.

Casey, entusiasmada al otro extremo de la línea, se saltó cualquier clase de saludo.

—He estado hablando con Angela y mi madre sobre el programa. Creemos que lo mejor sería no mencionar la foto enmarcada que desapareció de la casa.

Laurie suspiró con discreción. Lo último que necesitaba eran consejos editoriales por parte de una de las participantes en el programa.

—Estoy un poco confusa, Casey. Creía que estabas convencida de que la foto desaparecida de Hunter con el presidente era la prueba más convincente de que hubo alguien más en la casa aquella noche.

—Lo es, y por eso no hay que dar ninguna clase de detalle sobre la foto. Estábamos pensando que podrías decir que desapareció algún objeto, o quizá que desapareció una fotografía, sin decir que era de Hunter y el presidente.

—Vale, ¿y por qué tendríamos que hacerlo? —Lamentó de inmediato haberlo preguntado, pero se había adueñado de ella la curiosidad.

—Es como cuando la policía no divulga un dato para poder poner a prueba a los que van a aportar información. Supongo que el programa atraerá a gente que dé chivatazos. Para separar a los auténticos de los chiflados, podemos preguntarles si saben algo sobre la fotografía. ¿Me sigues?

Lo que veía Laurie era que Casey y su familia habían estado viendo demasiados programas de investigaciones policiales.

—Déjame pensarlo. Lo más probable es que te preguntemos al respecto en la grabación, pero debes tener claro que siempre montamos las entrevistas después. Oye, ya que estamos hablando, cuéntame algo más sobre Mark Templeton. ¿Desde cuándo conocía a Hunter?

—Desde su primer año de universidad en Yale. Estaban en la misma residencia. Hunter era muy popular en el campus debido a su apellido. Mark era un alumno becado, un tanto fuera de lugar en una universidad de élite. Hunter tomó a Mark bajo su protección. Así era él.

—¿Y fue siempre esa la dinámica de su amistad?

—Yo diría que sí. Hunter era todo un personaje, y Mark siempre estaba a su sombra en cierta medida. Por eso pensé que cabía la remota posibilidad de que Mark hubiera estado sustrayendo fondos de la fundación. Quizá, con el paso de los años, empezó a tenerle envidia y pensó que se merecía algo más.

Laurie se había planteado eso mismo.

—Cuando el presidente decidió galardonar a la Fundación Raleigh, ¿también fue invitado Mark a la Casa Blanca?

—No. Hunter solo podía ir acompañado de una persona.

Laurie preguntó a quién había escogido como acompañante, pese a que estaba convencida de saber ya la respuesta.

—Me llevó a mí. —Casey hizo una pausa al caer en la cuenta de a qué venía la pregunta de Laurie—. Ay, Dios mío, ¿fue Mark quien lo hizo? ¿Has encontrado más pruebas?

Laurie no sabía qué pensar a estas alturas, pero de una cosa estaba segura: echaba de menos hablar de estos asuntos con Alex.

49

A Laurie le sorprendió ver una lata de cerveza en la mano de Andrew Raleigh mientras la maquilladora le empolvaba la cara. Ya sabía que le gustaba beber, pero no eran más que las diez y media de la mañana, y estaba a punto de ser entrevistado ante las cámaras acerca del asesinato de su hermano mayor.

Quizá fue ver la expresión preocupada de Laurie lo que le llevó a levantar la lata en dirección a ella.

—Solo una, lo prometo. Lo siento, pero estar en esta casa siempre me da mal rollo. Bueno, este no es el mismo sofá, pero sigue siendo el lugar donde mi hermano fue asesinado. A veces estoy tumbado viendo un partido y de pronto me lo imagino corriendo por el pasillo hasta el cuarto donde todo ocurrió. Es casi como si oyera los disparos.

—Lo siento. —Fue lo único que se le ocurrió decir.

—Vaya, sí que se me da bien animar el ambiente, ¿verdad? —Miró por el espejo a la maquilladora y preguntó—: ¿Qué aspecto tengo, cielo? Estoy hecho una preciosidad, ¿eh?

Ella echó un último vistazo a su trabajo y le retiró la toallita de papel del cuello de la camisa.

—Todo un Adonis —aseguró.

Andrew le guiñó el ojo.

—Creo que eso se llama sarcasmo.

—¿Está el general Raleigh? —preguntó Laurie. Llevaban

en la casa más de una hora, y Laurie aún no lo había visto. Por otra parte, la casa debía de tener por lo menos seiscientos cincuenta metros cuadrados.

—No. Los trae un chófer a él y a Mary Jane de la ciudad. TEL: doce y media.

—¿TEL?

—Tiempo exacto de llegada. En la agenda de mi padre no hay nada aproximado. —Andrew agitó la lata vacía—. Creo que me está llamando a gritos otra cerveza, a menos que vayamos a empezar enseguida. ¿Está tu presentador listo para grabar?

Laurie se volvió para ver a Ryan ajustándose el micro delante de la cocina.

—Todo en orden.

Mientras Ryan abordaba una conversación sobre los recuerdos que tenía Andrew de su hermano Hunter, Laurie pensó en el notable progreso que había hecho el nuevo presentador en solo dos días delante de la cámara. Parecía estar a sus anchas, igual que un amigo charlando en una sala de estar cualquiera. Ella se volvió hacia Jerry a su lado:

—¿Qué te parece?

—Está cogiéndole el tranquillo —susurró Jerry—. ¿Eso quiere decir que ya no le odias?

Laurie sonrió.

—Bueno, pasito a pasito.

Jerry se llevó un dedo a los labios. Ryan estaba a punto de llegar a la mejor parte. Recordó a los espectadores que la teoría que presentó la fiscalía como móvil era que el general Raleigh estaba presionando a Hunter para que rompiera su compromiso con Casey.

—¿Hasta qué punto miraba su padre a Casey con malos ojos?

—Pues se mostraba muy en contra. Pero no presionaba a Hunter para que hiciera nada que no quisiese hacer. Mi padre tiene cierta actitud que se deriva de su pasado militar, pero, en el fondo, es un padre que quiere a sus hijos, y le preocupaba que Hunter estuviera cometiendo un grave error. Manifestó su opinión con la esperanza de que Hunter viera la luz.

—¿Viera la luz con respecto a Casey?

—Sí. Tenía buenas razones para estar preocupado. Ella era muy temperamental. Impetuosa, por así decirlo.

«Impetuosa» no parecía una palabra propia de Andrew. Todo su relato sonaba ensayado y difería muy considerablemente de cuando Laurie habló con él en la casa de su padre en la ciudad. Ya no se apreciaba ningún indicio de resentimiento por la mano dura con que su padre se inmiscuía en la vida de sus hijos. Y ya no parecía hacerle gracia que Casey estuviera dispuesta a crearle problemas a la familia.

—Podía ser muy áspera, con opiniones acerca de todo. Y si Hunter insinuaba siquiera que su comportamiento no era apropiado, ella soltaba comentarios como: «A veces eres tan estirado como tu padre».

Laurie se vio disimulando una sonrisa. Se imaginó diciendo algo parecido si la situación lo requería.

—Y podía ponerse muy celosa. Era demasiado consciente de que otras mujeres se sentían atraídas por Hunter, por no hablar de que él había ido muy en serio con una mujer de la alta sociedad muy distinta de Casey.

Andrew siguió adelante con un monólogo centrado en todos y cada uno de los defectos de Casey. Ya llevaba cuatro anécdotas sobre las salidas de tono de ella ante «ciertas compañías» en la gala la noche que Hunter fue asesinado.

—Nos preocupaba a todos que hubiera bebido más vino de la cuenta.

Ryan lo interrumpió.

—Seamos razonables, Andrew. No es nada fuera de lo común que la gente beba un poco de más en estos actos, ¿verdad? De hecho, ¿no estuvo usted empinando el codo a base de bien en la barra durante la gala?

Andrew rio como si hubiera oído una broma privada.

—Por desgracia, probablemente fuera así.

—¿Recuerda haberse encontrado con Gabrielle Lawson? Dijo que esa noche estaba usted de un ánimo bastante sombrío, hablando de la intromisión de su padre en la relación de pareja de Hunter. De hecho, según ella, dijo que su padre no hubiera tenido ningún problema con Casey si su intención hubiera sido casarse con usted. Sencillamente no era lo bastante buena para Hunter. Lo cita diciendo que, si su padre no se andaba con cuidado, usted, según sus propias palabras «sería el único hijo que le quedaría».

A Andrew de repente se le nubló el gesto.

—Estaba de resaca cuando me enteré de que mi hermano había muerto, y ese fue el primer recuerdo que me vino a la cabeza. Me avergüenzo cada vez que pienso en aquella noche. Fue un comentario horrible. Evidentemente, no tenía idea de que perderíamos a Hunter en cuestión de horas.

—Entonces ¿a qué se refería exactamente?

—No me refería a nada. Como por lo visto les dijo Gabrielle, estaba borracho.

—¿De verdad? Porque poniéndolo en contexto, parece que estaba dando a entender que igual su padre iba a perder su relación con Hunter. Da la impresión de que el general estaba atosigando a Hunter para que decidiera entre él y Casey, y usted creía que su hermano iba a elegirla a ella.

—Es posible. No lo sé; fue hace mucho tiempo.

Ryan miró de soslayo a Laurie, y ella asintió. Los espectadores verían adónde quería llegar. Andrew creía que Hunter iba a desobedecer a su padre, lo que desmentía la teoría de la acusación en lo referente al móvil de Casey para el homicidio. Era hora de que Ryan siguiera adelante.

—Volvamos al asunto del trabajo de su hermano para la fundación. A decir de todos, se volcó en ello. Hace quince años de aquella noche. ¿Cómo le ha ido a la fundación sin Hunter?

—Bastante bien, me parece. Celebramos anoche un acto para donantes en Cipriani. Cada vez que vamos allí, guardamos unos momentos de silencio tanto por mi madre como por mi hermano.

—¿Ocupó usted el puesto de Hunter en la fundación?

Andrew dejó escapar una risilla.

—Nadie hubiera podido ocupar el lugar de Hunter en ningún aspecto de su vida. Trabajo con otros empleados en la subasta anónima de la gala anual, me reúno con periodistas de vez en cuando, pero no, desde luego no estoy implicado al mismo nivel que Hunter. Aunque gracias a las bases que sentó, la fundación puede ahora desarrollarse en buena medida con personal contratado.

—Pero ese personal ya no incluye a Mark Templeton, su antiguo director financiero, ¿verdad?

La expresión de Andrew se mantuvo neutra, pero el cambio en su lenguaje corporal fue inconfundible. Se movió con incomodidad en el sofá y cruzó los brazos.

—Mark era amigo íntimo de su hermano, ¿correcto? —insistió Ryan—. Parece que él tendría que haber sido su sucesor natural al frente de la fundación. Pero, en cambio, dimitió solo unos años después del asesinato de Hunter. ¿Hubo problemas?

—No.

Ryan hizo una pausa, esperando más explicaciones, pero Andrew guardó silencio.

—¿Ha seguido en contacto con él? —indagó Ryan.

Andrew sonrió con amabilidad, pero su habitual carisma se había esfumado.

—Era más amigo de Hunter que mío.

—¿Y su padre? ¿Sigue teniendo buena relación con Mark Templeton?

—¿Por qué me hace tantas preguntas sobre Mark?

Cuando hizo ademán de ir a quitarse el micrófono sujeto al cuello de la camisa, Ryan pasó con toda naturalidad a hablar de los recuerdos preferidos que guardaba Andrew de su hermano.

«Bien hecho —pensó Laurie—. No íbamos a sacarle más información, y has conseguido que no se levante.» Ryan se mostraba cada vez más hábil.

Una vez concluida la entrevista, Ryan le pidió de inmediato a Andrew si podía enseñarles la propiedad a Jerry y un cámara.

—Queremos que los espectadores vean por qué tu hermano consideraba esta casa su hogar.

Cuando Andrew y Jerry salieron por la puerta de atrás eran las 12.17. Faltaban trece minutos para el «TEL» del general Raleigh, según lo había denominado su hijo. Tal como habían planeado el paseo de Andrew por la finca, le impediría informar a su padre de que le habían estado haciendo preguntas sobre Mark Templeton.

Pero entonces las 12.30 pasaron a ser las 12.40 y luego las 12.50. El móvil de Laurie sonó poco antes de la una.

—Soy Laurie.

—Señora Moran, soy Mary Jane Finder. Le llamo de parte del general Raleigh. Me temo que el general Raleigh no podrá ir hoy a Connecticut.

—Creíamos que estaban en camino. Ya estamos grabando.

—Lo entiendo. Me temo que se nos ha ido el santo al cielo. Pero está allí Andrew. Seguro que él podrá atenderlos y franquearles el acceso a las áreas de la casa que crean necesario.

—Necesitamos algo más que acceso a la propiedad. Tanto usted como el general dieron su consentimiento a contarnos lo que sepan acerca de la noche que Hunter fue asesinado.

—Sinceramente, señora Moran, las pruebas hablan por sí mismas, ¿no cree? No me ha preguntado mi opinión, pero yo diría que la señora Carter ya le ha costado bastante a la familia Raleigh sin necesidad de que pierdan el tiempo con este absurdo *reality show*. —Dijo esas últimas palabras como si fueran obscenas.

—Tengo la impresión de que el general Raleigh sigue creyendo firmemente que Casey Carter es culpable. Pensábamos que querría aprovechar la oportunidad de expresar sus opiniones. Usted puso una excusa para no sentarse con nosotros ante la cámara ayer. ¿Ha convencido a su jefe de que nos diera plantón hoy?

—Subestima al general Raleigh si cree que alguien puede manipularlo. Por favor, señora Moran, seguro que su programa busca dramatismo, pero aquí no hay ninguna conspiración: lo que ocurre es que ahora mismo sigue un horario muy ajustado para acabar sus memorias, que, con todo respeto, son un medio de expresión de sus ideas mucho mejor que su programa. Tiene usted libertad de hacer lo que quiera con su producción, pero el general no podrá participar en los próximos días.

—¿Y usted? Usted también fue testigo de lo acaecido aquella noche.

—Estoy ocupada ayudando al general Raleigh con su libro.

—Hablando del libro del general, va a editarlo Holly Bloom de Arden Publishing, ¿no es así? Informaremos del papel de Holly en la publicación del revelador libro de Jason Gardner sobre Casey, así como de su ayuda a la hora de conseguirle un empleo al antiguo director financiero de la Fundación Raleigh, Mark Templeton. ¿Está al tanto el general de que vamos a hablar de esas vinculaciones, señora Finder?

—Buenas tardes.

No fue necesario que Mary Jane contestara la pregunta de Laurie. La respuesta ya era evidente. Claro que el general Raleigh estaba al tanto de la información que iban a dar. Por eso precisamente Laurie tenía ante sí una silla vacía en el salón.

50

A unos setenta kilómetros de New Canaan, en su casa de Manhattan, el general James Raleigh vio a su ayudante colgar el teléfono de su mesa. Solo había oído la parte de la conversación de Mary Jane.

—Cree que me estás manipulando, ¿verdad? —dijo con una sonrisa irónica.

—Pobre del que lo intente.

—¿Cómo ha encajado la noticia de que no vamos a ir a Connecticut?

—No muy bien. Tal como predijiste, ha recurrido a la táctica del miedo. Y me temo que tengo que disculparme. Me he dado cuenta de que la primera vez que llamé a su ayudante, Grace, mencioné el nombre de la editorial. Lo ha relacionado con el libro de Jason Gardner.

El general hizo un gesto con la mano para restar importancia a la disculpa.

—Lo cierto es que me sorprende que nadie se percatara antes de que el agente y la editora de Jason son ambos amigos míos. No tiene nada de malo que yo animara a un hombre que conocía la cara oscura de esa mujer a que contase la verdad sobre ella.

—También ha mencionado a Mark Templeton.

El general juntó las yemas de los dedos.

—Supe en cuanto le dijo su nombre a Andrew en la biblioteca que iría por ese camino.

El general y Mary Jane iban rumbo a Connecticut cuando Andrew le envió a esta un mensaje de texto, advirtiéndole de que Ryan Nichols le había preguntado largo y tendido por la fundación y Mark Templeton. El general le había ordenado de inmediato al chófer que diera media vuelta.

—¿Crees que sabe la verdad sobre la fundación? —preguntó Mary Jane.

Él negó con la cabeza. Había hablado con Mark Templeton en persona. No imaginaba que fuera tan estúpido como para contrariarlo.

—Quería entrevistarme a mí —añadió Mary Jane—. Al parecer, Casey le dijo que Hunter me detestaba y estaba decidido a conseguir que me despidieran. ¿Yo le caía mal a Hunter?

El general sonrió. Una de las razones por las que confiaba en Mary Jane era porque, al igual que él, nunca dejaba que se interpusieran las emociones. Ella causaba la impresión de ser fría como el acero, pero, al igual que él, tenía sentimientos. El general nunca le había dicho hasta qué punto desconfiaba Hunter de ella, porque sabía que se sentiría herida.

—Claro que no —se apresuró a decir—. Hunter te apreciaba.

Se dio cuenta de que no quedaba del todo satisfecha con su respuesta.

—¿Sabía lo de mi trabajo anterior? —preguntó.

—No —le aseguró el general—. Sea como sea, yo nunca te despediría, Mary Jane. ¿Qué haría sin ti?

51

A las seis en punto de esa tarde, el despacho de Laurie estaba tan atestado de cajas, libretas y documentos sueltos que echaba en falta la relativa limpieza de su apartamento, incluso con el desorden de Timmy. Acababa de hacer una bola con un papel sobrante y anotado otros dos puntos en la papelera cuando oyó que llamaban a la puerta del despacho.

—Adelante.

Le sorprendió ver a Jerry y Ryan. Se habían quedado en Connecticut con el equipo de grabación para acabar el metraje delante de la comisaría y los tribunales, y en teoría iban a irse directos a casa desde allí.

—¿Qué hacéis aquí?

—Podríamos preguntarte lo mismo. Nos ha parecido que igual hay que arrimar el hombro —señaló Ryan.

—Grace también se ha ofrecido a venir —dijo Jerry—. Pero esta noche tiene la cena mensual con su madrina. Le he dicho que tú no querrías que la anulara.

—Me lees el pensamiento, Jerry.

Ryan empezó a recoger bolas de papel alrededor de la papelera.

—Viendo esto, no sé si estás preparada para jugar con los Knicks.

Una vez limpio el suelo, se derrumbó en una de las sillas delante de la mesa de Laurie. Jerry hizo lo propio.

—Lamento que hoy no haya salido mejor.

—No es culpa tuya —dijo ella.

—Tuya tampoco —observó Ryan.

—Por si sirve de algo —añadió Jerry—, he estado vigilando a Andrew como un halcón después de su entrevista con Ryan, pero en un momento dado ha ido al cuarto de baño. Supongo que puede haberse puesto en contacto con su padre.

Laurie levantó la palma de la mano.

—Confía en mí, Jerry, a menos que hubieras entrado en el baño con él, es imposible que le hubieses impedido ponerse en contacto con el general. Andrew no era nuestro problema. Yo diría que el general fue la primera persona a la que llamó Jason Gardner desde Cipriani, y Gabrielle Lawson fue directa a Mindy Sampson, que también lo puso sobre aviso. Y yo la fastidié perdiendo la paciencia ayer con su guardiana, Mary Jane.

También se preguntó qué papel podía haber desempeñado Alex en la decisión del general de darles plantón.

—Bueno, no estoy seguro de si esto funciona —dijo Ryan—, pero ¿hablamos de hacia dónde vamos a partir de aquí?

Ella abrió el cajón superior de su mesa y sacó la pelota de béisbol de Ryan.

—Piensa rápido —dijo.

Él la atrapó con una mano. Había hecho un buen trabajo los dos últimos días. Nunca estaría a la altura de Alex, pero por lo menos había pasado más de veinticuatro horas sin ser un capullo. Como le había comentado a Jerry, iban pasito a pasito.

Laurie miró en torno todos los documentos que llevaba horas revisando y se sintió menos sola.

—Vamos a hacer dos listas: lo que sabemos con certeza y lo que sospechamos.

La lista de «sospechas» era mucho más larga que la de «certezas». Laurie aceptó el hecho de que su programa quizá no siempre llegara a una conclusión definitiva, pero había esperado que por lo menos lograran demostrar que Casey no había tenido un juicio justo. Entre su pésima abogada defensora, el troleo anónimo en la red, la columna de Mindy Sampson y la implicación del general Raleigh en la publicación del libro de Jason Gardner, se había trucado la baraja en contra de ella.

Pero ahora casi habían terminado con la fase de producción, y Laurie tenía la sensación de no haber logrado nada.

—Vamos a adoptar otro punto de partida —sugirió Ryan—. Si tuvierais que apostar los ahorros de toda vuestra vida, ¿qué os dice el instinto?

Jerry se ofreció a responder primero.

—Los ahorros de toda mi vida ascienden a 217 dólares, pero yo apostaría por Mark Templeton. Creo que el general, o Mary Jane a petición suya, drogó a Casey para que hiciera el ridículo aquella noche. Y luego Mark, a sabiendas de que Hunter iba a ponerlo en evidencia por malversación de fondos, vio la oportunidad. Se marchó de la gala, fue directo a Connecticut, mató a Hunter e incriminó a Casey.

—Entonces ¿por qué no quiere ayudarnos ahora con el programa el general Raleigh? —preguntó Ryan.

—Ya me has hecho apostar los ahorros de mi vida. ¿Ahora me vienes con el método socrático? Vale, yo diría que el general Raleigh sigue convencido de la culpabilidad de Casey. Es la única razón por la que querría manipular todo este proceso. A su modo de ver, lo que ocurrió en la fundación con Mark es una cuestión aparte, y de algún modo está protegiendo el legado de Hunter manteniéndolo en secreto.

Era una buena teoría, pensó Laurie, la misma que había estado desarrollando por su cuenta.

—¿Y tú, Ryan? ¿Por quién apuestas?

—¿Seguro que quieres saberlo? —preguntó—. Ahora

que por fin empezamos a llevarnos bien, no querría verme otra vez castigado en el rincón.

—Venga. Date por admitido. ¿Cuál es tu teoría?

—¿Sinceramente? Creo que Casey es culpable. Lo pensé desde el principio y sigo pensándolo. Y antes de que digas que me limito a aferrarme a mis ideas, he mantenido la amplitud de miras. Pero la explicación más sencilla es que lo hizo Casey.

—La Navaja de Occam —señaló ella.

—Exacto. La explicación más sencilla es que Casey es culpable. Bien, Laurie, te toca a ti.

—La verdad es que no lo sé.

Jerry y Ryan refunfuñaron al unísono.

—No es justo —dijo Ryan—. Los dos nos hemos mojado. Dinos lo que piensas.

Jerry acudió al rescate.

—Laurie no trabaja así. Va de teoría en teoría, tirándose de los pelos, empeñada en permanecer neutral. Y luego, ¡BUM!, es como un oráculo: ¡se revela la verdad!

—¿Bum? ¿Un oráculo? ¿Eso es lo que piensas de mi proceso mental, Jerry?

Seguían riéndose, y Ryan estaba abriendo la botella de whisky cuando llamaron a la puerta.

—No sé quién puede estar trabajando a estas horas —comentó Laurie—. ¡Adelante!

Era Alex. Reconoció al hombre que lo acompañaba como Mark Templeton.

—¿Podemos hablar?

Mientras permanecían pasmados ante la presencia de las dos visitas, Alex explicó:

—Laurie, te he llamado a casa y Leo me ha dicho que todavía estabas trabajando. He supuesto que estarías aquí.

Jerry se apresuró a acercar dos sillas.

—Las sillas no son necesarias, Jerry —dijo Alex—. Esta conversación debemos tenerla a solas con Laurie.

Ryan y Jerry miraron a Laurie, que asintió hacia la puerta.

—Estaremos en mi despacho —dijo Ryan.

Cuando se cerró la puerta a sus espaldas, Laurie observó atentamente a Mark Templeton. No le había visto nunca en persona, pero reconoció una versión más entrada en años del hombre que había contemplado en numerosas fotografías, casi siempre al lado de su amigo íntimo Hunter Raleigh. Esta noche, iba ataviado con un traje casi idéntico al de Alex: gris oscuro con camisa blanca y corbata conservadora. Laurie sabía que era justo el atuendo que Alex recomendaba tanto a abogados penalistas como a sus clientes para presentarse ante los tribunales. Era un uniforme. Igual que Coco Chanel creía que lo esencial era la mujer, no la ropa, Alex creía que lo esencial eran las pruebas, no el hombre.

—Señor Templeton, ha dejado claro en varias ocasiones que no tiene interés en hablar conmigo —dijo ella.

—No, dejé claro que no tomaría parte en su programa. Y no voy a cambiar de parecer, por razones que espero entenderá. Pero Alex me dijo que es probable que me presente como sospechoso alternativo en el asesinato de mi amigo Hunter Raleigh, y no puedo pasarlo por alto.

—Entonces, puedo disponer que sea entrevistado ante la cámara mañana por la mañana —dijo Laurie.

Mark negó firmemente con la cabeza.

—No, no, no. Lo único que quiero es que me escuche.

Alex habló por primera vez desde que se habían sentado.

—Por favor, Laurie, entiendo que estés decidida a no hacerme ningún favor especial, pero sé cómo trabajas. Te preocupa la verdad. Tendrías que escuchar por lo menos lo que tiene que decir Mark.

—No prometo nada, pero adelante, por favor.

Mark miró a Alex en busca de confirmación. Este asintió.

—Poco más de tres años después de que fuera asesinado Hunter —explicó Mark—, de pronto la junta directiva se dio cuenta de que los activos de la fundación no alcanzaban ni de lejos los objetivos que había establecido Hunter en su plan quinquenal de recogida de fondos. Como él ya no estaba para favorecer nuestro perfil y publicitar la fundación, no pensé que cogiera a nadie por sorpresa. Pero la caída de ingresos fue suficiente para que la junta decidiera contratar a un consultor que llevara a cabo un estudio a gran escala de la fundación de arriba abajo: misión estratégica, publicaciones, inversiones y toda la pesca.

Parecía sensato hasta el momento. Ella asintió para que continuara.

—Cuando revisaron la contabilidad, no solo vieron que los activos habían disminuido, sino que yo había aprobado un número considerable de malas inversiones y gastos cuestionables, incluidas retiradas de grandes cantidades de dinero. Entré en lo que creía que era una reunión rutinaria de la junta y James Raleigh me acorraló, exigiendo explicaciones de todos y cada uno de los gastos.

—¿No es lo que cabría esperar de un director financiero? —observó Laurie.

—Normalmente, pero con los Raleigh nada es normal. Me negué a contestar.

Laurie notó que se le abrían involuntariamente los ojos.

—Me sorprende que no lo despidieran allí mismo.

—Básicamente, lo hicieron. Mi «dimisión» se anunció al final de la sesión.

—Y luego le llevó casi un año encontrar otro trabajo. Y mientras tanto, se vio en la necesidad de contratar a Alex.

—Yo no le contraté —dijo Mark.

Alex alargó el brazo y le posó una mano en el antebrazo.

—Mark, te recuerdo una vez más...

—No hace falta que me recuerdes nada. Tengo que decirlo, al carajo con las consecuencias. Fue James Raleigh quien contrató a Alex. Después de que la junta prescindiera de mí, el general Raleigh llamó a uno de sus poderosos amigos para que convenciera a la fiscalía federal de que me investigara por malversación. Estaba convencido de que había birlado a la fundación casi dos millones de dólares. Cuando el FBI llamó a mi puerta, me acogí a la Quinta enmienda y me negué a responder ninguna pregunta. Entonces acudieron a mi esposa para preguntarle cómo pagamos un viaje a la isla de Gran Caimán y su nueva furgoneta Audi. A esas alturas, ya estaba harto de protegerlo. Estaba decidido a decir la verdad. Pero opté por seguirle el juego al general Raleigh y dejarle opción en el asunto.

—No le sigo, señor Templeton.

—La razón por la que no contesté sus preguntas en la reunión de la junta fue que las transacciones cuestionables eran cosa de Andrew Raleigh. Su padre empezó a presionarlo para que se implicara más en la fundación cuando Hunter comenzó a explorar la posibilidad de presentarse a un cargo político. Andrew agotó el saldo de su tarjeta de crédito de la fundación muy rápidamente. Cuando le pregunté por los cargos, dijo que estaba viajando para ponerse en contacto con sus amigos de secundaria a fin de recaudar dinero para la fundación. Andrew no formaba parte de los mismos círculos sociales neoyorquinos que su hermano. Estaba fuera de su elemento y creía que se le daría mejor recaudar fondos en otras partes del país. En aquel entonces le creí, pero Alex me dice que ustedes piensan que Hunter tenía sospechas cuando todavía estaba vivo. El problema empeoró con el paso de los años.

—¿Está diciendo que quien malversaba era Andrew? —preguntó Laurie.

Mark se encogió de hombros.

—Quizá sea una palabra demasiado fuerte. Creo que tenía buenas intenciones, pero Andrew es jugador por naturaleza. Gastó mucho más dinero de la cuenta invitando a donantes en potencia en lugares como casinos. Eligió inversiones de riesgo. Y cuanto más perdía, más desesperado estaba por compensar las pérdidas, lo que le llevaba a tomar peores decisiones aún.

—¿Estaba usted dispuesto a dejar que lo despidieran para proteger a Andrew?

—«Dimití» —recalcó con una triste sonrisa—. Aunque hubiera dicho la verdad, lo más probable es que hubieran pedido mi cabeza igualmente. Era inocente de cualquier delito, pero, en realidad, no vigilé a Andrew tan de cerca como hubiera debido. Y tenía una actitud protectora hacia él. Hunter era mi mejor amigo, así que Andrew era igual que un hermano pequeño en cierto sentido. Tomé la decisión bajo la presión de abandonar la reunión de la junta en silencio, sin saber muy bien qué hacer. Luego la ayudante del general, Mary Jane, llamó para decir que iban a anunciar mi dimisión. Supuse que simplemente seguiría mi camino, pero me fue imposible encontrar un nuevo empleo sin la recomendación del general.

—No lo entiendo. ¿Por qué contrató el general Raleigh a Alex para que le representara ante la fiscalía federal? —preguntó Laurie.

—Echarme no fue suficiente para él. Implicó al FBI para que llevara a cabo una investigación penal. Una vez empezaron a hacerme preguntas, tenía que tomar una decisión. Si le contaba al FBI toda la verdad, los delitos de Andrew saldrían a la luz y la fundación no tendría futuro. No quería que el legado de Hunter corriera esa suerte. Así que, en cambio, le dije al FBI que el responsable era alguien próximo a la fundación, con instinto de apostador. Como es natural, sabía que cualquier cosa que dijera acabaría llegando a oídos del general, que se dio cuenta de inmediato de que el culpable era Andrew. Con James Raleigh todo es una partida de ajedrez. Siempre está pensando ocho movimientos por delante. En ese punto, lo tenía en jaque.

—Si no le ayudaba, delataría a Andrew —señaló Laurie.

—Exacto. Y antes de que me diera cuenta, Alex aquí presente me llamó, ofreciéndose a representarme. Llegué a un acuerdo por el que la fundación accedía a no presentar cargos.

Técnicamente, era culpable de no haber supervisado las decisiones de Andrew en la empresa. No habría sido bueno para mí, ni para mis perspectivas de encontrar empleo en el futuro, si eso hubiera salido a la luz. Reembolsé a la fundación una cifra simbólica por las pérdidas que supuestamente eran responsabilidad mía, y se acordó que el general Raleigh me daría magníficas recomendaciones una vez firmase los papeles.

—Eso es un conflicto de intereses. —Ahora Laurie miraba a Alex, no a Mark—. Indujisteis al gobierno a creer que él cometió un delito cometido por otra persona para que no mirasen debajo de la alfombra.

Alex mantuvo la mirada inexpresiva mientras explicaba la mecánica del acuerdo.

—Un abogado defensor no tiene el deber de corregir los errores del gobierno. Mark quedó satisfecho con el resultado de la transacción. También firmó un acuerdo de confidencialidad que acaba de infringir trayéndote esta información. Esperamos que te abstengas de mencionar el nombre de Mark en el programa ahora que sabes la verdad.

—¿Cómo es posible que esperéis algo así? Quizá hayáis limpiado el nombre de Alex, pero ahora Andrew es sospechoso.

Mark miró a Alex, su cara de repente pálida.

—¿Andrew? No. No puede pensar que...

—Acaba de decirme que robaba dinero de la entidad benéfica de su propia familia. Su hermano sabía que faltaba dinero, y no puedo imaginar el bochorno que debía de temer Andrew en el caso de que su padre descubriera la verdad.

«Tampoco tenía coartada para el momento del asesinato», se recordó Laurie.

—Pero eso es una locura. Andrew adoraba a su hermano. Y cuando su padre se enteró de lo que había hecho Andrew, no lo abochornó. En cambio, me amenazó con condenarme al desastre si no lo encubría. Mire, ya no tengo ninguna razón para proteger a Andrew Raleigh. Ese tipo es un perdedor que no se priva de nada. Me destrozó la vida, o al menos eso creía antes de que volviera a recuperarme. Pero es imposible que le hiciera daño a Hunter. Para ser sincero, probablemente habría asesinado a su padre antes de tocarle un solo pelo de la cabeza a su hermano mayor.

Laurie se imaginó de pronto a Andrew en la casa de campo, rememorando a su perfecto hermano mayor. Quizá hubiera pasado por momentos de resentimiento, sobre todo después de darle al whisky, pero Laurie creía que quería a Hunter.

—Bien, gracias por venir aquí esta tarde, Mark. Haga el favor de llamarme si cambia de opinión con respecto a aparecer ante las cámaras.

—Eso no va a ocurrir. ¿Puede dejarme al margen del programa, por favor? No soy más que un tipo normal que intenta vivir su vida.

—No puedo prometer nada.

Alex le pidió a Mark que esperara en el vestíbulo mientras acababa de hablar con Laurie.

—No tendríamos que haber llegado a esto —dijo en voz queda.

—¿Quieres decir que no tendrías que haber llegado a hacerle el trabajo sucio al general James Raleigh a puerta cerrada?

—Ayudé a un hombre honrado, Laurie. Y ahora se acuesta todas las noches aterrado por que su mundo vaya a saltar por los aires otra vez, porque no quisiste aceptar mi palabra al respecto. Si a alguno de los dos hay que juzgar, no es a mí.

52

Después de que Alex se fuera con Mark Templeton, Laurie llamó al despacho de Ryan y les pidió a él y a Jerry que volvieran. Cuando entraron, dijo:

—Ha sido un día largo. Vamos a echar el cierre.

—No quiero meterme donde no me llaman —dijo Ryan—, pero ¿no deberíamos hablar de por qué acaba de pasar por aquí Mark Templeton?

Claro que deberían hablar de ello, pero Laurie sabía que a Alex no le faltaba razón. Llegados a este punto, ya no había razones para sospechar que Mark Templeton hubiera asesinado a su amigo Hunter. Si se había visto obligado a infringir su acuerdo de confidencialidad con la familia Raleigh era solo porque ella había amenazado con presentarlo como sospechoso en el programa. Laurie había visto la influencia que estaba dispuesto a ejercer el general Raleigh para proteger el nombre de su familia. Cuantas menos personas supieran acerca del secreto de Templeton, mejor.

—No puedo hablar de ello ahora mismo.

—¿Qué quieres decir con que no puedes hablar de ello? —insistió Ryan—. Mañana es el último día de rodaje. Una vez hayamos terminado con Casey y su familia, se supone que tenemos que ponerle punto final.

Jerry levantó una mano impaciente.

—Si Laurie dice que no puede hablar de ello, es que no puede. Así hacemos las cosas aquí. Tenemos confianza mutua.

Sus palabras sentaron a Laurie como un puñetazo en el estómago. Jerry le estaba demostrando la clase de fe que ella no había tenido en Alex cuando se lo había pedido.

—Idos a casa. Ya veremos cómo están las cosas por la mañana.

53

Les había dicho a Ryan y Jerry que dieran la jornada por terminada, pero Laurie no era capaz de irse. Una hora después, seguía revisando todos y cada uno de los documentos en las cajas que había recogido del despacho de la abogada defensora de Casey, Janice Marwood. A estas alturas, estaba leyéndolos solo para mantenerse ocupada. Sabía que una vez estuviera en casa, sola en su habitación, le sobrevendría de lleno el impacto de la conversación con Alex.

Todos esos meses había estado intentando hacer sitio en el corazón para él, con la esperanza de que siguiera allí cuando estuviera preparada. Pero ahora era posible que se hubiera ido de su vida de verdad. Quizá ella había hecho pedazos cualquier oportunidad que tuvieran de futuro en común, y todo por ese caso.

«No puede ser que lo haya hecho por nada —se dijo, hojeando con más rapidez los expedientes de la abogada defensora—. Tiene que haber algo aquí que me lleve a la verdad.»

Mientras Laurie iba sacando cada vez más documentos de las cajas, se dio cuenta de que los expedientes de Janice Marwood contenían mucho más que los informes facilitados por Casey.

Casey no estaba segura de si Marwood había indagado en los comentarios negativos colgados en la red, pero los informes de Marwood indicaban que sí los había investigado. De hecho, una carpeta estaba claramente etiquetada como «RIP_ Hunter». Laurie la abrió y encontró copias impresas de muchos comentarios que había localizado ella por su cuenta. También había copias de cartas que había enviado Marwood a distintos sitios web, buscando sin éxito información sobre la identidad del autor de los comentarios.

Otra carpeta llevaba la etiqueta PETICIONES PREVIAS AL JUICIO. Estaba claro por el contenido que Marwood había cuestionado buena parte de las pruebas que la fiscalía quería presentar contra Casey, y a veces había tenido éxito. Además de conseguir que se anulara el «testimonio de carácter» de Jason Gardner sobre Casey, Marwood había evitado también que una supuesta amiga de Casey de la universidad testificase que esta había dicho que la manera más sencilla de que una mujer accediese al poder era por medio del matrimonio. Impidió también el testimonio de una colega de Sotheby's que aseguraba que Casey le echó el ojo a Hunter en cuanto llegó a la subasta de arte.

No era el trabajo de una letrada que hubiera dado el caso por perdido. Pero lo que resultaba más perturbador era que Casey no le hubiera facilitado información más exhaustiva sobre su propia defensa.

Laurie necesitaba una segunda opinión. Para sorpresa suya, su primer instinto fue coger el teléfono y llamar a Ryan. Se sorprendió más aún cuando él contestó.

—Sigues aquí —dijo Laurie.

—Vengo de un sitio del que uno nunca se marcha antes que el jefe.

A Laurie le impresionó la velocidad con que Ryan estaba digiriendo las actas del juicio. Era como ver la versión judicial de un gran chef en su cocina.

Hizo una pausa para levantar la vista después de revisar la carpeta de peticiones previas al juicio.

—Esto no parece el trabajo de una abogada resignada a aceptar la derrota en el juicio —señaló.

—Calificaron su trabajo con un «bien justito» —recordó Laurie.

—Yo hubiera dicho lo mismo hace tres semanas. No hizo que Casey subiera a prestar testimonio, pese a que no tenía antecedentes y podría haber hecho un buen papel ante el jurado. Luego cambió de táctica de repente en el alegato final: pasó de pronto de «ella no lo hizo» a la teoría del homicidio involuntario. Pero ahora que veo todo el trabajo que llevó a cabo entre bambalinas, yo le pondría un notable alto, quizá incluso un sobresaliente bajo.

—Entonces ¿por qué no pidió juicio nulo cuando uno de los miembros del jurado informó de que había visto los comentarios de RIP_Hunter sobre Casey en la red? ¿Cabe la posibilidad de que en un principio intentara ayudar a Casey, pero luego el general llegara de algún modo hasta ella?

—No lo sé —reconoció Ryan, a la vez que cogía otro montón de documentos de los expedientes—. Que el general Raleigh moviera los hilos para conseguirle un contrato de edición al exnovio de Casey es una cosa, pero ¿sobornar a una abogada defensora? Es difícil imaginar que ningún abogado decente quisiera arriesgar su carrera. Supongo que es posible, pero...

Se interrumpió a media frase y volvió a la página que acababa de leer.

—Un momento, creo que tenemos un problema. Una de las peticiones de desestimación lleva un documento adjunto. Échale un vistazo a esto.

La hoja que le entregó era del inventario de pruebas elaborado por la policía después del registro de la casa de campo de Hunter. A Laurie le bastó echarle un vistazo rápido para entender la importancia de lo que tenía ante sus ojos.

—Este registro de inventario no estaba en ninguno de los documentos que me dio Casey —dijo—. Déjame que haga un par de llamadas para confirmar nuestras sospechas.

Quince minutos después, tenían una nueva interpretación de por qué Janice Marwood se había negado a hablar con Laurie. Al igual que Alex, tenía un deber de lealtad hacia su cliente, quince años después de ser condenada. No quería contestar preguntas sobre Casey porque sabía que su cliente era culpable.

—Por eso no pidió que se declarara nulo el juicio —dijo Laurie—. Se dio cuenta de que Casey lo había hecho. Si el estado volvía a juzgarla con un nuevo jurado, cabía la posibilidad de que encontraran más pruebas incluso contra ella en el ínterin. Consiguió que se suprimieran tantas pruebas que supuso que era mejor aceptar el veredicto y alegar homicidio involuntario.

Por primera vez desde que lo había conocido, Ryan parecía entusiasmado con el caso.

—La buena noticia es que ahora tenemos un plan. Haré una copia de esto mañana. Casey no se imagina la que le espera.

54

La mañana siguiente, Casey estaba mirando una copia de ese mismo documento. Sujetaba tan fuerte los márgenes de la hoja que Laurie vio cómo se le ponían blancos los nudillos.

Estaban grabando en un plató del estudio. Como era de esperar, la familia Raleigh no había permitido a Casey ir a la casa de campo. Incluso en Cipriani se habían mostrado reacios a abrirle las puertas. Sotheby's rehusó, igual que la universidad de Casey. Era una mujer sin raíces.

Hoy, eso favorecía a Laurie, que no quería que Casey jugara en su propio terreno. De hecho, Laurie había cancelado las entrevistas con Angela y Paula y le había pedido a Casey que viniera al estudio sola porque su madre y su prima no «apoyaban plenamente» su decisión de tomar parte en el programa.

Ahora que la entrevista había comenzado, Casey intentaba mantener la calma, pero la hoja empezaba a temblarle en las manos. La dejó sobre la mesa como si quemara.

—Parece una especie de informe de la policía —dijo, contestando por fin la pregunta de Ryan.

—¿Lo había visto antes? No estaba entre los numerosos documentos que facilitó al estudio cuando accedimos a investigar su caso.

—La verdad es que no estoy segura. No soy abogada, señor Nichols.

—No, pero ha tenido quince años para preparar su defensa. Su intención era demostrar que fue condenada injustamente, y en esencia lo abordó como un trabajo a jornada completa desde su celda en la cárcel.

—Les di todo lo que tenía. Quizá mi abogada no me dio todos los documentos. O probablemente restringí la investigación a lo largo de los años para poder centrarme en las partes más importantes.

Laurie no se lo tragaba. Anoche, Ryan y ella habían comparado los archivos de la abogada defensora con los expedientes que les había facilitado Casey. Era evidente que Casey los había revisado de manera selectiva para crear la impresión de que Janice Marwood no había peleado lo suficiente por ella. También había eliminado ese documento del inventario de pruebas de la policía.

Ryan cogió la hoja y se la entregó otra vez a Casey.

—¿Puede hacer el favor de leer la segunda entrada de esa lista?

—Pone «cubo de basura exterior».

—Y luego hay varios artículos enumerados debajo, ¿correcto? Lea el sexto punto de la lista, por favor.

Casey abrió la boca para contestar, y luego se contuvo. Fingió contar los puntos uno por uno, como si no supiera cuál era la entrada en cuestión.

—¿Se refiere a este? Pone «bolsa de basura de plástico, contenido: fragmentos de cristal».

Exactamente lo que habría sido el marco de foto desaparecido si se hubiera hecho pedazos.

La primera llamada de teléfono que había hecho Laurie la víspera por la noche había sido al ama de llaves de Hunter, Elaine Jenson. Le preguntó a Elaine si recordaba haber recogido fragmentos de cristal cuando limpió aquel día la casa de campo. No los recogió. En las escasas ocasiones en que rompía algo mientras limpiaba, siempre guardaba los fragmentos por si el propietario quería intentar reparar o sustituir el objeto roto. También tenía cuidado de reciclar el vidrio. Según Elaine, cualquier bolsa de basura con vidrio o cristal roto tendrían que haberla sacado Hunter o Casey.

Su segunda llamada había sido al teniente McIntosh de la Policía Estatal de Connecticut. Se rio cuando ella le preguntó por la bolsa de basura.

—Lo han descifrado, ¿eh?

—¿Lo sabía? —preguntó ella.

—No estaba seguro, no hasta que me preguntó por la fotografía desaparecida. Cuando encontramos esa bolsa en la basura nos preguntamos si quizá se había lanzado algo durante una pelea o se había roto en un forcejeo. Pero la fiscalía dijo que era demasiado especulativo para presentarlo como argumento en el juicio. Luego vino usted a mi despacho a decirme que el marco de cristal preferido de Hunter había desaparecido de la casa. Apostaría a que fue eso lo que encontramos en la basura. Rompieron su recuerdo favorito en una especie de rabieta.

—¿Por qué no lo mencionó cuando le pregunté por el marco que faltaba?

—Porque una vez se emitiera su programa, iba a usarlo para pincharle las ruedas a Casey, por así decirlo. A fin de cuentas, a ustedes no podía servirles de gran cosa. Como dije, detuvimos a la persona indicada. Por si le sirve de algo, se lo insinué. Dije que quizá se había roto. Fue cortesía profesional hacia su padre. Y ahora ha resuelto el enigma.

—¿Todavía tienen el contenido de la bolsa? ¿Se puede demostrar con certeza que era un marco de foto?

—No. Guardamos las cosas importantes como el ADN hoy en día, pero no una bolsa de basura que no llegamos a usar como prueba. Eso desapareció hace tiempo. Pensamos que era un jarrón o algo por el estilo, pero no intentamos recomponerlo. No pareció que tuviera importancia.

Ahora sí la tenía. Laurie recordó la reacción de Grace cuando se enteró de que faltaba la fotografía: «Probablemente se la tiró cuando estaban peleando, luego limpió los fragmentos de cristal y enterró la foto en el bosque antes de llamar a emergencias». Ryan había llegado a la misma conclusión: «Bien podría ser que el marco se hubiera roto durante una discusión y Casey lo hubiera limpiado antes de llamar a la policía».

Por eso debía de haberla llamado Casey hacía dos noches para convencerla de que no mencionara el marco de foto desaparecido durante la producción. Casey temía que la policía uniera los puntos.

Laurie había mirado a los ojos a Casey y creído que era inocente. ¿Cómo podía haber estado tan equivocada?

Ryan había predicho que Casey saldría corriendo del estudio en cuanto le mostrara el registro de pruebas, pero no se movió de su asiento, ni siquiera cuando Ryan siguió arremetiendo contra ella.

—¿No es cierto que esa bolsa contenía los fragmentos del marco de foto que usted rompió durante una violenta pelea con Hunter? ¿La fotografía que tanto significaba para él? ¿O se rompió cuando lo persiguió hasta el dormitorio disparándole?

—No. ¡No era el marco de foto!

—De hecho, ¿no llamó usted a nuestra productora hace dos noches para pedirle que no mencionáramos ese marco de foto?

—Fue por una razón totalmente distinta. Era estrategia. ¡Lo están tergiversando todo!

Casey estaba casi gritando hacia el final de su respuesta, a la vez que golpeaba la mesa con el puño para darle más énfasis.

Laurie sintió un estremecimiento, pero Ryan siguió tranquilo por completo.

—Entonces no se complique, Casey. Fue su último día

con Hunter. Seguro que debe de haberlo repasado un millón de veces en su pensamiento. Díganos qué se rompió aquel día. ¿Qué eran esos fragmentos que encontró la policía en el cubo de basura detrás de la casa?

—Era un jarrón.

—¿Y cómo se rompió?

—Las cosas se rompen. Es algo que ocurre.

—Permítame que sea sincero, Casey. Si fuera usted mi cliente y diera una respuesta así, no la haría testificar, porque cualquier jurado vería que no está siendo sincera. Recuerda más de lo que dice.

—Vale, lo rompí yo. Vi esa foto de él con Gabrielle Lawson en la columna «Rumores». Me enfadé tanto que lancé el periódico contra la encimera y tiré un jarrón. Me sentí avergonzada de inmediato. Lo limpié y saqué la basura, con la esperanza de que Hunter no se diera cuenta.

—¿Por qué se sintió avergonzada?

—Porque por mucho que lo intentara, no conseguía mantener a raya mis celos. No puedo creer que dudara de lo mucho que me quería, ni siquiera por un instante.

—No fue la única vez que sintió celos, ¿verdad? Hemos oído por boca de otras personas que a menudo decía lo que pensaba en público si le parecía que Hunter se tomaba demasiadas confianzas con otras mujeres.

—No siempre era fácil ser la pareja de un hombre tan querido. Su familia era prácticamente de la realeza. En comparación, yo era una vulgar plebeya que me había colado en el redil. No ayudaba mucho que la única novia seria que había tenido antes que yo fuera una coqueta mujer de la alta sociedad, justo lo opuesto a mí. Cuando lo veía posar junto a esa clase de mujeres, no eran exactamente celos: hería profundamente mis sentimientos. Pero Hunter veía todo eso como una parte de lo que cabía esperar en la escena social.

—¿Y cómo lo veía usted?

—Como una cuestión de respeto.

Laurie notó que Jerry y Grace la miraban fijamente, muertos de ganas de hablar de lo que estaba ocurriendo delante de sus ojos. Hasta hoy, Casey había presentado su relación con Hunter como un perfecto cuento de hadas. Ahora veían un aspecto distinto de la historia.

Laurie negó sutilmente con la cabeza, indicándoles que mantuvieran la cara de póquer.

—¿Hunter no la respetaba? —preguntó Ryan, compasivo. Tenía totalmente a raya su actitud de listillo engreído. Su tono era perfecto.

—Me respetaba, pero... él no lo entendía. Era la persona más importante en la sala desde el momento en que nació. Nadie lo juzgaba nunca. No sabía lo que era ser alguien como yo. Tener a todas esas mujeres escudriñándome, preguntándose cómo había tenido la suerte de que Hunter me escogiera.

—Parece que ese tema salía a relucir una y otra vez. ¿Podría decirse que discutían por ello?

—Claro. Pero no del modo en que se describió en mi juicio. Eran discusiones como las que tendría cualquier pareja normal. Él estaba aprendiendo a flirtear menos; yo cada vez me mostraba menos celosa a medida que iba sintiéndome más segura en nuestra relación. Y por eso me llevé tal decepción conmigo misma por reaccionar de una manera tan exagerada al ver esa fotografía de Gabrielle con él.

—Entonces ¿por qué no nos lo contó? —indagó Ryan—. ¿Por qué eliminó esta hoja del inventario de la policía en los documentos que nos facilitó? ¿Y por qué quiso dar la impresión de que su abogada defensora no hizo nada por usted?

—No quería que pensaran que era culpable.

El silencio que se hizo entonces lo dijo todo. Los ojos de Casey rastrearon desesperadamente los de Ryan en busca de una reacción, y luego miraron más allá de la cámara hacia Laurie.

—Aún me creen, ¿no?

La expresión de Laurie debió de contestar la pregunta, porque Casey se echó a llorar de inmediato.

—Lo siento —sollozó—. Lo siento mucho.

Apenas se habían cerrado las puertas del ascensor cuando todos dejaron escapar un suspiro de alivio colectivo. No podrían haber pedido mucho más.

—Sabía que fue ella —dijo Grace, levantando un puño en ademán de triunfo.

—Va a ser la mejor escena que hayamos emitido —aseguró Jerry—. Es una pena que ya haya cumplido su condena. Ha dado la sensación de que tendría que haber entrado la policía para llevársela esposada.

Ryan esperó a que Jerry y Grace hubieran vuelto a sus despachos para dar su veredicto. Se acercó a Laurie y dijo con aspereza:

—Si no fuera rebajarme, estaría tentado de recordarte: «Ya te lo dije».

—Menos mal que eres modesto —respondió Laurie—. Y menos mal que tengo la suficiente confianza en mí misma para reconocer un error. Tenías razón: Casey es culpable.

Una vez se quedó a solas, Laurie llamó a Alex. Al oír su mensaje de salida, se dio cuenta de lo mucho que echaba en falta su voz.

—Alex, soy Laurie. ¿Podemos hablar, por favor? Puedes decirle a Mark Templeton que no le molestaremos más. Lamento que las cosas se descontrolaran tanto ayer. —Intentó dar con las palabras adecuadas—. Vamos a hablar. Llámame cuando tengas oportunidad, por favor.

Durante el resto de la tarde, se dedicó a mirar la pantalla del móvil, esperando a que sonara.

55

Paula Carter estaba en la cama del hotel, cambiando de canal con el mando a distancia para pasar el rato. En la mesa a su lado, su sobrina, Angela, tecleaba furiosamente en el portátil.

—No había necesidad de que reservaras una habitación de hotel, Angela. Pero ha sido todo un detalle.

—No tiene importancia. Supuse que Casey no querría volver a tomar el tren justo después del rodaje. Además, Ladyform tiene descuento de empresa en este hotel.

—Fue un alivio cuando Laurie llamó anoche para decir que después de todo no necesitaba nuestra colaboración. Y entiendo que Casey decidiera ir sola, pero ¿por qué no nos ha llamado? Ya tendría que haber acabado a estas alturas. ¿Cómo puedes concentrarte siquiera?

—No tengo elección —respondió Angela, sin dejar de teclear—. Tenemos el desfile de otoño este fin de semana. Estoy haciendo lo que puedo a distancia, pero Charlotte y yo tenemos que ir al almacén para ver cómo va el montaje de los decorados.

Paula apagó la televisión.

—Angela, creo que nunca te he dicho lo orgullosa que estoy de ti. Lo orgullosa que habría estado Robin... de ver lo lejos que has llegado como profesional; cómo pasaste de ser una simple modelo a tener una carrera de tanto éxito.

—¿Una simple modelo? —dijo Angela, que levantó la vista de la pantalla del ordenador—. Trabajé mucho más duro de modelo de lo que nunca he trabajado en Ladyform.

—No es eso lo que quería decir, Angela. Siempre fuiste preciosa, y aún estás despampanante, claro. Pero esa nunca fue tu única virtud. El físico se desvanece. El talento, no. Voy a ser sincera. Cuando erais pequeñas, me sorprendía comparándoos a las dos. Robin siempre hablaba de lo guapa que eras. Y lamento decirlo, pero yo pensaba: «Mi Casey saldrá mejor parada a la larga». Sé lo horrible que suena ahora, pero las hermanas son competitivas, incluso cuando se trata de la siguiente generación. Nunca pensé que serías tú la alta directiva y Casey la que fuera a parar a...

No fue capaz de acabar la frase.

Angela cerró el portátil, se sentó junto a Paula en la cama y la abrazó.

—Gracias, tía Paula. Es muy importante que estés orgullosa de mí. Seguro que Casey conseguirá labrarse un futuro. —A Angela empezaron a lagrimearle los ojos. Se enjugó una lágrima y rio para levantar el ánimo—. Vaya, ahora soy yo la que se preocupa. Tendríamos que haber tenido noticias de Casey a estas alturas.

Paula buscaba el móvil cuando oyeron el pitido de la tarjeta-llave en la puerta de la habitación. Casey tenía los ojos enrojecidos y el maquillaje corrido.

—Ay, no, ¿qué ocurre? —preguntó Angela.

—Todo —gritó Casey—. ¡Se ha torcido todo! Me han tendido una emboscada. Laurie, la amiga de Charlotte, fingía creerme, pero luego me ha echado encima a su abogado igual que un perro de presa. Ha retorcido todos los hechos. Si por lo menos me hubieran puesto sobre aviso, habría sabido responder mejor. Podría haberlo explicado todo.

Paula lamentó de inmediato no haberse opuesto más tajantemente a la decisión de Casey de participar en el programa.

—Igual no es tan grave —sugirió sin mucho convencimiento.

—Mamá, ha sido horrible. Acabaré quedando fatal. El objetivo era limpiar mi nombre, y en cambio voy a acabar pareciendo más culpable incluso que antes. Saltaba a la vista que no iban a creerme. Sí, Hunter y yo discutíamos, pero eso es normal en una pareja. Siempre lo arreglábamos. No debería haber intentado ocultar nada, pero quería asegurarme de que ella se ocupara de mi caso.

Paula miró a Angela en busca de apoyo, pero parecía tan confusa como Paula.

—Cariño, no estoy segura de entenderte.

—Cuando le di mis archivos a Laurie, excluí una cosa. Excluí muchas cosas. Fue una estupidez. Debería haber imaginado que lo averiguarían.

—¿Qué omitiste exactamente? —preguntó Angela con nerviosismo.

—Les hice creer que la abogada defensora actuó peor de lo que lo hizo. Pero el principal problema era una hoja del inventario de la policía en la que figuraban unos fragmentos de cristal en la basura.

—¿Por qué iba a tener eso importancia? —se burló Paula.

—Porque creen que es el marco de cristal que faltaba de la mesilla de noche. Creen que fui yo quien lo rompió durante una pelea con Hunter, y por eso omití la hoja de los documentos que les facilité.

—Bueno, ¿es verdad? —A Paula se le escaparon las palabras antes de que pudiera impedirlo.

Los ojos de su hija rezumaban dolor.

—Claro que no. No era más que un jarrón. Quité esa hoja porque no quería que Laurie diera por supuesto que era el marco de foto.

—Entonces no son más que especulaciones —observó Angela—. Sinceramente, no veo cuál es el problema.

Paula no pudo evitar fijarse en que Angela parecía menos

paciente de lo habitual. Lo achacó a que tenía que irse enseguida a trabajar.

—El problema es que fui yo la que rompió el jarrón. Unos días antes de la gala, cuando vi la fotografía de Hunter y Gabrielle me enfadé tanto que lancé el periódico, tiré el jarrón y se hizo añicos.

Paula notó que se le abría un agujero en el estómago.

—¿Y lo has contado hoy, delante de la cámara? Era la teoría que presentó la fiscalía sobre tu móvil. —Se llevó las manos a la cara—. Ay, Casey...

—Lo sé, mamá. No empieces, por favor. El marco desaparecido era lo único que tenía a mi favor para demostrar que hubo alguien más en la casa aquella noche. Y ahora el intento de ocultarles la existencia de esos fragmentos de cristal se ha vuelto en mi contra. Por no hablar de que han querido dar la impresión de que intentaba manipularlos sugiriendo que no se mencionara el único detalle del marco de la foto. Yo ni siquiera establecí la relación. Y ahora voy a quedar fatal.

Paula se preguntó si su hija sería alguna vez sincera con ella —o consigo misma— sobre lo que hizo aquella noche horrible. Aun así, haría lo que siempre había hecho: querer a su hija y hacer lo que estuviera en su mano por protegerla. Casey siempre decía que Hunter la amaba incondicionalmente, pero nunca parecía darse cuenta de que sus padres también la habían querido siempre así.

Y puesto que Paula siempre hacía lo que podía para proteger a su hija, le dijo a Casey que fuera al cuarto de baño a limpiarse el maquillaje corrido. Una vez entró en el lavabo, ella empezó a ponerse la chaqueta.

—¿Adónde vas? —preguntó Angela.

—A hablar con Laurie Moran, de madre a madre. Tiene que haber alguna manera de impedir que se emita ese programa y dejar que Casey viva su vida en paz.

56

Laurie debía de parecer satisfecha cuando salió del despacho de Brett Young.

—¿Está contento el jefe? —le preguntó su secretaria, Dana, cuando pasaba.

—¿Lo está alguna vez? Pero, sí, en comparación con su estado habitual, está de lo más alegre.

Su mayor esperanza durante la producción era desentrañar nuevos hechos que encajasen para arrojar luz sobre un caso sin resolver. La idea de que alguien fuera a confesar ante la cámara iba más allá de sus sueños más descabellados. Casey no había admitido directamente haber asesinado a Hunter, pero sí había reconocido que estaba celosa de Gabrielle Lawson y que mintió al programa de modo que la creyeran inocente. Sus «lo siento» finales entre sollozos rebosaban arrepentimiento. Unas breves imágenes de ese momento convencerían a los espectadores de que era culpable. No era de extrañar que su abogada defensora le hubiera aconsejado que no testificara.

Como era de esperar, Brett ya estaba metiendo prisas a Laurie para que fijase una fecha de emisión. Esta ya le había dicho que quería ponerse en contacto con una o dos personas del pasado de Casey, pero creía que terminarían pronto con la producción.

Estaba pensando en personas a las que poder entrevistar cuando oyó el sonido de una voz alzada procedente de la zona de su despacho. Se volvió para ver a Grace encaramada a unos tacones de diez centímetros, intentando calmar a una muy estridente Paula Carter. Oyó a esta decir:

—Aunque tenga que gastar hasta el último centavo, contrataré a un equipo de abogados para que tengan a este estudio litigando en los tribunales durante años. ¡Nos están destrozando la vida!

—Señora Carter, ¿por qué no vamos a mi despacho? —preguntó Laurie.

Laurie dejó que la señora Carter despotricara sin cesar durante varios minutos. Cuando por fin se interrumpió para tomar aire, Laurie le dio una copia del permiso que había firmado su hija.

—Es una fotocopia, por si pensaba hacerla pedazos. El contenido está en un lenguaje claro. Casey accedió a hacer una entrevista sin ningún tipo de trabas y nos otorgó el derecho absoluto a emitirla. No tiene autoridad sobre el montaje ni ninguna otra capacidad de veto. Y haga el favor de recordar que fue su hija la que acudió a mí para que la ayudara. Yo no abordé a su familia.

Paula miraba la autorización. Laurie se dio cuenta de que empezaba a quedarse sin ánimo para luchar.

—¿Es usted madre? —preguntó en voz baja.

—Sí —dijo Laurie, de mejor ánimo—. Tengo un hijo de nueve años.

—Dios quiera que nunca le rompa el corazón. No se me ocurre nada más doloroso que perderla por completo.

Al fin la confirmación de que incluso la madre de Casey creía en su culpabilidad. A eso se refería al decir que Casey le había roto el corazón. Se lo había roto al cometer un acto incalificable.

—¿Cuánto hace que lo sabe? —preguntó Laurie.

Paula meneó la cabeza con los labios fruncidos.

—No está ante la cámara, Paula. No voy a repetir lo que me diga.

—Intentamos creerla. Frank y yo llegamos a rezar para no perder la fe en nuestra hija. Pero las pruebas no se podían dejar de lado. Los restos de pólvora en sus manos, la droga en su bolso. Y nosotros sabíamos mejor que nadie el carácter tan fuerte que podía tener. Cuando Hunter empezó a enseñarle a disparar, Frank llegó a bromear con que quizá Casey no fuera la persona más indicada para confiarle un arma. Ser la señora de Hunter Raleigh III era lo que más deseaba en la vida. Si pensó que iba a quedarse sin ello... —Dejó la idea en suspenso—. Por eso Frank quería que se declarase culpable. Pensaba que la cárcel le haría bien. Pero ¿quince años? No volvió a verla fuera de los muros de la prisión. Laurie, mi hija lo está pasando muy mal. ¿Hay alguna manera de convencerla, de una madre a otra, de que pase a otra historia?

Laurie negó con la cabeza. Lo menos que podía hacer era ser sincera con esa mujer.

—Ya sabía que era un error participar en este programa —dijo Paula en voz baja—. Después de que viniera a casa por primera vez, hasta Angela me preguntó si no había alguna manera de disuadir a Casey. Ella tenía la sensación de que Casey cometería algún error y acabaría quedando en peor lugar incluso que en el juicio.

—¿Está diciendo que Angela cree que Casey es culpable? A mí me causó la impresión contraria.

—Causa a todo el mundo la impresión contraria. Procuro no enfadarme por el hecho de que es a Angela a quien Casey considera eternamente leal, pero lo cierto es que mi sobrina también tiene sus dudas. Siempre dice: «Si Casey dice que no lo hizo, es que no lo hizo», pero eso no significa que de verdad la crea. Pero me reconcilié con ello hace mucho tiempo. Me preocupaba que Casey no fuera capaz de sobrellevar la condena si no creía que tenía por lo menos una persona apoyándola de veras. Sigo dejando que Angela desempeñe ese papel.

—Paula, no es asunto mío, pero ¿qué hará cuando se emita el programa? ¿Seguirá guardando silencio mientras Casey culpa a todo el mundo menos a sí misma de la muerte de Hunter? Ya ha cumplido condena. Igual el modo de que encuentre la paz sea reconocer la verdad de lo que hizo, al menos ante su propia familia.

—Ya le he dicho que espero que su hijo nunca le rompa el corazón. El mío quedó roto en mil pedazos cuando me di cuenta de que mi hija nunca me confiaría la verdad. Y si alguna vez repite lo que le he dicho hoy, lo negaré todo, igual que mi hija.

57

Laurie acababa de dejar a Paula en un ascensor cuando se abrieron las puertas del siguiente. Salió Charlotte con pantalones vaqueros y una sudadera con capucha y el logo de Ladyform. Laurie estaba acostumbrada a verla con elegantes trajes de chaqueta y pantalón los días laborables.

—Qué sorpresa —saludó Laurie—. ¿Estamos planeando un atraco?

—Eso sería mucho más divertido. Voy camino de Brooklyn. —Lo dijo como si fuera un país extranjero—. Tenemos que habilitar el almacén para el desfile de moda. Ayer empezaron a montar los decorados, pero hay mucho trabajo que hacer. Angela y yo tenemos que revisar los planos definitivos.

Laurie había estado tan absorta en el programa que había olvidado por completo que su amiga también estaba sometida a sus propias presiones.

—¿Puedo ayudarte de algún modo? Aunque no sé nada sobre desfiles de moda, claro.

—Por desgracia, estoy aquí para pedirte otra clase de favor. Se trata de la prima de Angela. ¿Podemos hablar?

Charlotte quedó evidentemente sorprendida cuando Laurie le dijo que la madre de Casey ya se le había adelantado.

—Se acaba de ir. Le he explicado que el acuerdo firmado

por Casey es muy claro. Ahora no puede retirar su consentimiento.

—Le dije a Angela que no creía que pudiéramos hacer nada. Pero parecía desesperada cuando llamó, y es mi amiga, así que...

—Lo entiendo. Pero si mi programa tiene éxito, siempre habrá por lo menos una familia destrozada por la verdad. Todo el mundo tiene familia. Suena despiadado —añadió Laurie—, pero no puedo preocuparme por eso.

—¿Y si hubieras descubierto algo horrible sobre mi hermana? ¿Habrías seguido adelante con el programa, a pesar de la confianza que depositó en ti mi madre?

Era la primera vez que Laurie se lo planteaba siquiera, pero contestó sin vacilar.

—Sinceramente, sí. Pero, Charlotte, tu hermana era una víctima. Casey no lo es. Sé que es amiga de tu prima, pero es una asesina. Piensa en lo que ha hecho pasar a su familia. Si de alguien me compadezco, es de la familia Raleigh.

James Raleigh perdió a su hijo, y Andrew a su hermano. Si el programa iba a explorar todos y cada uno de los aspectos de la nueva investigación, Laurie también tendría que sacar a relucir sus irregularidades.

—El general Raleigh no es un hombre perfecto —continuó—. No apruebo sus tácticas. Hizo que Jason Gardner escribiera un libro que convenció a todo el mundo de que Casey estaba loca. Él, en connivencia con su secuaz Mary Jane, probablemente estaba detrás de los comentarios de RIP_Hunter.

Se interrumpió después de decirlo. El general había silenciado e incluso amenazado a Mark Templeton para ocultar que Andrew utilizó la fundación como su cajero automático personal. Pero siempre lo había movido la preocupación por sus hijos. Quería asegurarse de que la asesina de Hunter fuera castigada, y estaba desesperado por proteger a su único hijo superviviente.

—Hablaré directamente con Angela si quieres. Tú no tienes por qué verte metida en esto.

—No me he visto metida. Es mi amiga, así que le dije que hablaría contigo. Pero tú también eres mi amiga, y entiendo que tengas que hacer tu trabajo. Con el tiempo, Angela también lo entenderá. Ahora mismo, está conmocionada por Casey. Estaba convencida por completo de su inocencia, y ahora empieza a tener dudas.

El semblante de Laurie debió de revelar su aprensión. Charlotte le preguntó si pasaba algo. Laurie no iba a repetir lo que le había dicho la madre de Casey, pero sí quería que Charlotte supiera que quizá Angela no estaba tan conmocionada como daba a entender.

—Creo que igual Angela ya albergaba sospechas de la culpabilidad de su prima. Si te ha pedido que te implicaras, quizá es porque se siente culpable por no haberle dicho antes a Casey la auténtica razón por la que no creía que debiera participar en el programa.

Charlotte frunció el ceño en un gesto de disconformidad.

—Yo no le daría tantas vueltas —aseguró—. No es más que una persona muy fiel y está preocupada por Casey.

—Seguro que lo está —dijo Laurie—, pero tengo entendido que le preocupaba que se llegara a esta situación. Ninguna de nosotras estaría en este aprieto si nos hubiera contado desde el principio que tenía dudas sobre la inocencia de Casey.

Charlotte desvió la mirada y Laurie cayó en la cuenta de que había hablado de más. Le molestaba que Angela hubiera dejado que Charlotte fuese a dar la cara por su prima, cuando por lo visto le había dicho a su tía que creía que Casey era culpable. Pero Charlotte conocía a Angela desde hacía mucho más tiempo que Laurie. No era asunto suyo poner en tela de juicio su amistad.

—Sea como sea —añadió Laurie—, gracias por entender mi decisión.

—Por lo menos le podré decir a Angela que lo he intentado —dijo Charlotte sin darle mayor importancia—. Hablando de Angela, más vale que me vaya. Ya está en el almacén. Y hablando de almacenes, igual te convendría uno para ampliar tu despacho. Esto empieza a parecer la guarida de un asesino en serie. —Se levantó del sofá y comenzó a curiosear las diversas pizarras blancas que estaba usando Laurie para organizar sus pensamientos—. ¿Qué es todo esto?

—No es tan complicado como parece. La mayoría de esos documentos impresos han sido intentos de averiguar quién ha estado colgando comentarios negativos sobre Casey en la red. Tenía la teoría de que podía ser el auténtico asesino.

—O igual era otro bicho raro escribiendo desde el sótano de su madre —observó Charlotte—. Tendrías que ver las cosas tan horribles que dice la gente en la cuenta de Instagram de Ladyform. Todo el mundo es muy gordo o muy delgado o muy viejo. Es fácil ser cruel cuando puedes refugiarte en el anonimato. ¿Y a qué viene esto de «y además»? —preguntó Charlotte, a la vez que señalaba las letras mayúsculas en rojo que había rodeado Laurie con un círculo.

—Una expresión que tendía a utilizar nuestro trol preferido. De todos modos, ahora no tiene importancia. Buena suerte con el desfile. Seguro que será estupendo.

—¿Quieres venir? —preguntó Charlotte.

—¿De verdad? Me encantaría.

—Guay. Te pondré en la lista para el sábado. Y buena suerte con tu programa también. Me siento fatal por Angela, pero sé que va a ser una gran victoria para ti.

«Una gran victoria», pensó Laurie una vez estuvo sola. Las palabras le recordaron algo que dijo Alex la primera vez que discutieron acerca de Mark Templeton: «Tú ganas». Cogió el móvil de la mesa, con la esperanza de que hubiera llamado, pero no tenía ningún mensaje nuevo.

Estaba harta de esperar. Escribió un mensaje de texto. «¿Tienes tiempo para hablar?» Dejó el dedo suspendido sobre la pantalla un momento y luego pulsó la tecla de enviar.

Esperó, presa de la ansiedad, al ver los puntos en la pantalla, indicio de que él estaba tecleando una respuesta. «Ya recibí tu mensaje anterior. Necesito tiempo para pensar. Te llamaré cuando la situación se haya calmado.»

«Calmado —pensó Laurie—. Más bien, enfriado del todo.»

Oyó que llamaban a la puerta. Era Jerry.

—Vaya ajetreo estamos teniendo —dijo—. ¿Estás preparada para elaborar esa lista final de lo que tenemos que hacer antes de empezar con el montaje?

Habían empezado la lista ese mismo día. Un estudio filial de Washington grabaría imágenes del exterior de la casa de infancia y el instituto de Casey.

Jerry estaba rastreando fotos del anuario e imágenes en vídeo de Tufts, donde Casey había cursado estudios superiores.

Una vez sentados a la mesa de reuniones, Laurie dijo que seguía pensando que tenían que entrevistar a alguien que hubiera conocido a Casey y Hunter como pareja.

—Contamos con los recuerdos de Andrew, pero seguro que él hace hincapié en lo negativo. Mark Templeton queda descartado, claro. Y la prima y la madre de Casey no volverán a hablar con nosotros en el futuro inmediato. ¿No tenía Casey amigas?

—Las tenía, en pasado. La dejaron caer igual que una patata caliente cuando fue detenida.

—¿Y los novios de sus amigas? Igual había alguna pareja con la que salían en plan parejas. —Ahora estaba pensando en voz alta—. De hecho, Sean Murray sería perfecto.

A Jerry le llevó un momento reconocer el nombre del que había sido novio de Angela hacía quince años.

—Pensaba que pasaba de nosotros.

—Lo hizo, pero no se mostró tajante. No le insistí porque no me pareció importante. —Laurie se daba cuenta ahora de que había otro motivo por el que Sean podía ser útil: sería interesante saber si Angela le dijo alguna vez que la propia familia de Casey pensaba que podía ser culpable—. Y creo que le preocupaba cómo se sentiría su mujer en el caso de que su camino volviera a cruzarse con el de Angela.

—Pero ahora que ella no va a aparecer...

—Vamos a buscar su dirección. Igual tengo más suerte en persona.

58

Gracias al tráfico en el puente de Brooklyn, el taxi de Charlotte tardó casi una hora en hacer el trayecto de diez kilómetros escasos desde el despacho de Laurie en Rockefeller Center hasta el almacén de Brooklyn en el que Ladyform celebraría su desfile de otoño dentro de cuatro días. Mientras pagaba con tarjeta la enorme suma de la carrera, el taxista pareció leerle el pensamiento. «A estas horas es mejor cruzar el puente en metro.» Captó la indirecta y le dejó una buena propina para compensar el regreso a Manhattan, donde tendría más clientes.

Se encontró un hueco de un palmo bajo la puerta persiana de acero del almacén. Tiró con fuerza de la manija hasta que la puerta se enrolló lo suficiente para que pudiera pasar por debajo y luego volvió a bajarla hasta donde estaba. Había ido allí en otras tres ocasiones, las suficientes para conocer el trazado básico del edificio. Lo que antaño fuera el centro de distribución de una empresa textil se había reconvertido en un edificio de tres plantas con enormes ventanas abovedadas y techos altísimos. A la larga, se dividirían en apartamentos individuales, pero de momento el promotor obtenía beneficios alquilando el espacio a medio hacer para sesiones de fotos y actos de empresa. Después de que Angela hubiera localizado el lugar, Charlotte se había mostrado de acuerdo de inmediato en que era perfecto para su desfile de otoño. Podrían «aportar su visión» y «hacer suyo el espacio», como había dicho el agente inmobiliario. Además, estaba tirado de precio.

La primera planta se acondicionaría como un gimnasio de *cross-fitness* para lucir las prendas deportivas y de ropa interior por las que ya era famosa Ladyform. La segunda planta, dispuesta como una típica oficina con cubículos, se centraría en la reciente incursión de Ladyform en la ropa de trabajo de sport para la mujer profesional. Y la tercera planta tendría un aire hogareño para poner de relieve los pijamas y la ropa de descanso para el fin de semana.

—¿Angela? —llamó. La voz de Charlotte resonó por el almacén—. Angela, ¿dónde estás?

La única iluminación cenital era la tenue luz de las cajas de fluorescentes del techo que zumbaba por encima de la cabeza de Charlotte mientras recorría la primera planta. Los focos portátiles de trabajo proyectaban sombras a su paso. Las luces para los decorados no llegarían hasta el día siguiente, pero el montaje estaba yendo a buen ritmo. Había una hilera de cintas de andar encarada hacia un surtido de equipamiento de pilates. Los visitantes podrían caminar entre ambos como si cruzaran un gimnasio, con modelos «haciendo ejercicio» a los dos lados.

Charlotte reconoció tres grandes contenedores de equipamiento deportivo y una caja con sus tops deportivos de manga larga de inminente salida al mercado que habían estado en el pasillo delante del despacho de Angela esa misma mañana. Usó la luz de la pantalla del móvil para leer una nota pegada con cinta adhesiva al lateral de uno de los contenedores abiertos: «Para el decorado del gimnasio en la primera planta».

Después de haber hecho todo el recorrido de la primera planta, fue al ascensor a la entrada del almacén. Las puertas se abrieron, pero cuando entró y pulsó el botón del segundo piso, no pasó nada. Probó a darle al «3», pero tampoco funcionó. Viendo la caja de la escalera en el rincón, prefirió subir a pie. Se llevó una decepción al descubrir que la segunda planta estaba prácticamente intacta, salvo por las notas que había dejado Angela por el espacio.

Estaba casi sin resuello cuando llegó a la tercera planta, que parecía un poco más adelantada que la segunda. Se habían construido dos «estancias» falsas —una sala de estar y un dormitorio— como las de un decorado de televisión. Habían colocado unos pocos muebles. Otras notas dejaban constancia de la presencia de Angela. Charlotte solo alcanzó a leer la que tenía más cerca: «Realzar la pared. Pintar de gris».

—Ahí estás —dijo Charlotte al ver a su amiga sentada con las piernas cruzadas en una alfombra que delimitaba el área del falso dormitorio—. Igual debería trabajar menos y hacer más ejercicio. Esos dos tramos de escalera me han dejado baldada.

—Los techos son muy altos, así que se acerca más a cuatro o cinco tramos. —Angela levantó la vista un momento del cuaderno de dibujo en el que estaba escribiendo—. ¿Has visto qué desastre? Y para colmo el ascensor está averiado. Por eso apenas han empezado con la segunda planta. Se ha quedado parado en la planta baja en mitad del día. El agente ha prometido que estará arreglado mañana, pero te aseguro que voy a conseguir que rebajen el precio. Tendría que haber estado aquí todo el día dando caña a los trabajadores.

—Te necesitaba tu familia. Eso tiene prioridad. —Charlotte había pasado cinco años sumida en un frenesí de preocupación por una pariente. No podía ni imaginar lo que sería descubrir que alguien a quien querías como una hermana, tal como Angela quería a Casey, era con toda probabilidad una asesina—. He hablado con Laurie. No ha habido suerte, me temo.

—Bueno, quizá no dependa de ella. Paula estaba planteándose contratar a un abogado.

—Dudo que haga ningún bien. Detesto decirlo, pero ¿no cabe la posibilidad de que tu prima sea de verdad culpable?

El rotulador de Angela dejó de moverse.

—Si te soy sincera, ya no sé qué pensar —dijo en voz baja—. Siento mucho que te hayas visto implicada.

Charlotte estaba caminando por lo que denominaban el decorado «casero», impresionada por los detalles perfilados en las notas de Angela. «Colocar lámpara aquí», en un sitio. «Y aquí», en otro. «Esta silla es demasiado baja. Y además parece más propia del decorado de la segunda planta.»

Charlotte volvió a leer la nota.

—¿Has escrito tú todas estas? —preguntó.

—Claro que las he escrito yo. ¿Quién iba a hacerlo si no?

59

Era ya media tarde, pero Laurie decidió que tenía que intentar entrevistar a Sean Murray. Tenía su dirección, así que bajó y paró un taxi. «Quizá tenga más posibilidades cara a cara que llamando por teléfono», pensó.

El edificio de piedra rojiza de Sean en Brooklyn Heights estaba en una calle tranquila rodeada de árboles por la que los niños podían ir en bici por la acera hasta Prospect Park, y se veían perrillos de pura raza sueltos en algún que otro jardín vallado. Laurie se había planteado muchas veces mudarse para que Timmy tuviera una casa más grande y más espacios abiertos, pero él estaba encantado con su escuela y sus amigos y parecía perfectamente feliz en su apartamento del Upper East Side.

Desde el peldaño de la entrada, oyó el repiqueteo de pasos apresurados en el interior del edificio en respuesta al timbre. «Papáaa —gritó una voz infantil—. Hay una adulta en la puerta. ¿Abro?»

Una voz más grave respondió algo que ella no alcanzó a entender, y poco después tenía ante sí a Sean Murray, el hombre que salía con Angela cuando Hunter fue asesinado. Lo identificó por unas fotografías que les había facilitado Casey para un montaje. Se dio cuenta de que Sean reconocía su nombre cuando se presentó.

—Quería hablar con usted otra vez de la posibilidad de ayudarnos con nuestro programa. —Bajó el tono de voz—. Resulta que al final Angela no va a tomar parte. He pensado que igual eso cambia la dinámica.

Él se retiró para franquearle el paso y la acompañó hasta una sala de estar en la parte anterior de la casa. Del piso de arriba llegaban voces de niños y el sonido de una televisión. Sean tomó asiento en la butaca orejera enfrente de ella.

—Sé que no estaba seguro de qué opinión le merecería a su esposa el programa —dijo Laurie—. ¿Quizá deberíamos quedar en otra parte?

Sean dejó escapar una risilla.

—Me sentí como un idiota en cuanto dije que a mi mujer le molestaría. Jenna no es celosa en absoluto.

—Entonces ¿por qué dijo que era por Jenna?

—Porque se me da fatal mentir —reconoció, riendo de nuevo.

—Sencillamente no quería hablar conmigo —dedujo ella, que hizo ademán de recoger el maletín, convencida de que había ido hasta allí en vano.

Él levantó una mano para detenerla.

—No es eso. Es que... Bueno, más vale que se lo diga. Angela me pidió que pusiera alguna excusa para no participar en el programa.

«Increíble», pensó Laurie. Angela había dejado claro que le preocupaba la decisión de Casey de tomar parte en *Bajo sospecha*, pero ahora resultaba que había estado maquinando contra el programa.

—¿Es porque Angela siempre ha pensado que Casey era culpable?

Sean abrió los ojos de par en par.

—Desde luego que no —insistió—. Personalmente, creo que Casey lo hizo, pero no lo puedo saber con seguridad. Pero ¿Angela? —Meneó la cabeza—. Era una feroz defensora de Casey. Apoyar a su prima le hacía sacar lo mejor de sí.

—¿Y eso? —se interesó Laurie.

—No tengo idea de cómo es Angela en la actualidad, pero entonces, toda su identidad giraba en torno a ser modelo. Cada vez le costaba más encontrar trabajos, que iban a parar a modelos más jóvenes. Empezó a vivir en el pasado, como si sus mejores tiempos hubieran quedado atrás. No era fácil. Angela podía ponerse en plan vanidosa y amargada. Pero pasó a mostrarse de lo más generosa después de que Hunter fuera asesinado. Le decía a cualquiera que le prestara atención que su prima era inocente. Era casi como si ser la partidaria más fiel de Casey hubiera pasado a ser su nueva identidad.

—Entonces ¿por qué no quería que participara usted en el programa?

Laurie se dio cuenta de que Sean estaba dudando si revelar una conversación íntima.

—Venga, se lo voy contar, pero solo por el bien de Angela. Ella y Casey son prácticamente hermanas. No deberían haber tenido secretos. Angela no quería que me entrevistaran porque nunca le contó a Casey que estaba enamorada de Hunter.

—¿Estaba enamorada de él? Tanto ella como Casey me contaron que solo habían salido un par de veces. Hasta bromearon sobre ello.

—Le aseguro que yo también oí su numerito cómico. No, era sin duda algo más. Casey estaba tan preocupada por todas esas mujeres de la alta sociedad que suspiraban por Hunter que nunca se fijó en cómo lo miraba su propia prima. Pero yo sí me fijaba. Un día, sorprendí a Angela mirando con aire soñador su foto en el periódico, así que se lo pregunté a bocajarro: «¿Te gusta el prometido de tu prima?». Ella lo negó en un primer momento, pero cuando le dije que no podía tener una relación con ella si no era sincera, me lo contó. Dijo que durante un tiempo había estado muy enamorada de él. Me hizo prometer que no se lo contaría a Casey.

—¿Siguió con ella, a pesar de que le había mentido?

—Bueno, no fue tanto que me mintiera como que no me dijo toda la verdad. —Laurie no pudo por menos de pensar en su propio bache con Alex, ¿o acaso era el final de su relación? Hizo el esfuerzo de centrarse en Sean, que seguía explicándose—. Irónicamente, enterarme de la relación de Angela con Hunter en el pasado me hizo sentir más próximo a ella. Su amor por Casey era más fuerte que cualquier cosa que hubiera sentido por Hunter. Quería que Casey fuera feliz y no deseaba hacer nada que causara problemas en su matrimonio. Yo admiraba su actitud desprendida. Pero no puedo creer que siga ocultándoselo a Casey después de tantos años. ¿Qué importa ya? Si acaso, demuestra lo importante que era Casey para ella. Una vez me lo dijo a mí, tuve la sensación de que se venía abajo un muro entre nosotros.

Laurie ahuyentó cualquier pensamiento sobre su propio muro, el que había entre Alex y ella, el que parecía incapaz de derribar.

—Entonces ¿por qué se acabó la relación?

—Porque sentirse más próximo a alguien no es lo mismo que el amor verdadero. Creo que Angela me amaba de verdad, pero yo no era él.

—Hunter, quiere decir.

Asintió.

—Me sentí fatal cuando fue asesinado. Para ser sincero, hubo un tiempo en que deseé que ojalá le ocurriera alguna desgracia, sabiendo que Angela aún sentía algo por él. Después de su asesinato, esperaba que por fin hubiera superado lo de Hunter y me abriera su corazón. Pero entonces, una noche estaba buscando en su armario una bombilla para cambiar la que se había fundido en el comedor y encontré una caja que había guardado de su época con Hunter, una especie de «caja de recuerdos» o algo por el estilo. Le di un ultimátum. Le dije que tenía que librarse de ella si íbamos a seguir juntos. Se puso furiosa. No la había visto nunca así. Me asustó, la verdad. Me insultó y dijo que nunca sería un hombre tan bueno como Hunter.

Laurie se dio cuenta de que sus palabras todavía le dolían después de tantos años.

—Fue el fin de nuestra relación. Algo así no se supera.

«No —pensó Laurie—. Hay cosas que no se superan.» Esperaba que no fuera el caso con Alex.

—Pero fue para mejor —dijo Sean, adoptando un tono más alegre—. Conocí a la mujer ideal dos años después. No puedo imaginarme la vida sin Jenna y los niños.

La descripción que había hecho Angela de Sean estaba reñida por completo con la impresión que le había causado a Laurie. Lo que ella describió como unas pocas citas informales con Hunter habían tenido mucha más importancia de la que había dado a entender. Si la relación hubiera sido seria alguna vez, sin duda Hunter se lo habría mencionado a Casey. Y ni el padre ni el hermano de Hunter habían comentado que este hubiera salido con la prima de Casey. En cambio, era un chiste recurrente que Hunter y Angela habrían hecho una pareja horrible.

Pero quizá Angela no lo creyera así. Quizá estuviera fingiendo la risa mientras guardaba una caja de recuerdos de Hunter en el armario. Laurie se imaginó a Angela, con problemas para conseguir contratos de modelo y sin otros planes profesionales, sacando los recuerdos de la caja cuando estaba a solas, sentada en su cama y soñando con una realidad en la que Hunter Raleigh III la había elegido a ella en lugar de a su prima más joven.

—Sean, en esa caja que encontró, ¿había una fotografía de Hunter con el presidente?

Él sonrió.

—Sí que son buenos. ¿Cómo han averiguado lo de esa foto?

60

Charlotte y Angela habían decidido adoptar la táctica de «divide y vencerás». Charlotte dejó que su amiga siguiera trabajando en el decorado «casero» de arriba mientras ella volvía abajo para decidir la disposición exacta del decorado del gimnasio en la planta baja.

Sacó las esterillas de yoga y las mancuernas de los contenedores que había usado Angela para transportarlas desde la oficina. Siempre le impresionaba la capacidad de Angela para encontrar el modo de ahorrar en un presupuesto. Habían alquilado los aparatos más grandes como las cintas de andar y las máquinas de pilates para el desfile, pero Angela era quien había recurrido al gimnasio que tenían en Ladyform para traer los artículos más pequeños.

Charlotte estaba intentando decidir entre dos distribuciones distintas que había bosquejado, pero vio que se le despistaba la imaginación mientras miraba el cuaderno de dibujo. Hizo una pausa para leer todas las notas que había dejado Angela a los montadores por la primera planta y localizó otra en la que había usado la expresión «y además».

Cogió el maletín y sacó el iPad, abrió el email y buscó los mensajes guardados de Angela. Al leerlos, ciertas frases destacaban de una manera nueva. «Lo he confirmado con la empresa de iluminación. Y además tenemos que hablar de la música. Vamos a Lupa esta noche. ¡Tienen la mejor pasta! Y además hay una tienda a dos manzanas de allí a la que quiero echar un vistazo.»

«Y además.» Esa era la expresión que Laurie había subrayado en muchos de los comentarios negativos sobre Casey colgados en la red. Charlotte no se había fijado nunca, pero Angela también acostumbraba a usar esa expresión. «Debe de ser habitual», pensó. Por otra parte, no pudo sino repasar los comentarios que había hecho Laurie esa tarde. «Angela ya albergaba sospechas. Le preocupaba que se llegara a esta situación. Ninguna de nosotras estaría en este aprieto si nos hubiera dicho desde el principio que tenía dudas.»

Quizá Angela hubiera sabido desde el principio que Casey era culpable, pero no quería decírselo a la policía. Casey y sus padres habían pasado a ser los únicos parientes de Angela después de que muriera su madre. Podía imaginar a esta dividida entre delatar o no a Casey si eso significaba perderla no solo a ella sino también a sus tíos. Pero ¿colgar comentarios negativos en la red de manera anónima mientras fingía ser su defensora más leal? ¿Dejar que ella defendiera la inocencia de Casey ante Laurie, pese a que tenía dudas?

Charlotte no podía creer que Angela fuera tan falsa. Se vio tentada de preguntárselo directamente, pero en el caso más que probable de que se equivocase, no quería provocarle a su amiga más estrés del que ya sufría.

Entonces cayó en la cuenta de que quizá hubiera otro modo de despejar sus preocupaciones.

61

Laurie telefoneó a Paula desde la acera delante de la casa de Sean Murray. Paula contestó después del primer tono.

—Ay, Laurie. Dígame que ha cambiado de parecer, por favor. ¿Hay alguna manera de que cancele el programa?

—No, pero igual es algo mejor que eso, Paula. Es posible que haya localizado la fotografía desaparecida. Pero tengo que hacerle una pregunta. Hace dos noches, Casey me llamó a casa para pedirme que no mencionara los detalles de la fotografía que faltaba de la casa de Hunter. Dijo que ella, usted y Angela habían acordado omitir ese detalle del programa.

—Así es. Intenté convencerla una vez más de que se olvidara de todo el asunto, pero no me hizo ningún caso, como siempre.

—Pero la idea de no mencionar la foto de Hunter con el presidente, ¿de quién fue exactamente? ¿Lo recuerda?

—Sí, claro. Fue de Angela. Dijo que así es como lo hacen en los programas de investigación policial. ¿Quiere hablar con ella? Está en Brooklyn, ocupada con los preparativos del desfile de moda de Ladyform, pero puede llamarle al móvil.

Laurie aseguró a Paula que no era necesario y le pidió que no mencionara la llamada a nadie más de momento.

Cuando Laurie colgó, sabía con exactitud por qué Angela no había querido que Sean Murray hablara con Laurie. No quería que nadie supiera que fue ella quien cogió esa fotografía de la mesilla después de asesinar a Hunter e incriminar a la mujer a la que él había escogido en lugar de a ella.

Charlotte había descrito cómo Angela tenía pánico de que se emitiera el programa de televisión. La palabra que había usado era «desesperada». Pero en contra de lo que creía Charlotte, Angela no estaba desesperada por proteger a su prima de la humillación. Estaba desesperada por protegerse a sí misma.

Laurie llamó al móvil de Charlotte, pero saltó el buzón de voz. Lo intentó dos veces más, sin suerte.

No quería que Charlotte se viera atrapada en el fuego cruzado cuando Angela se diera cuenta de que iba a ser detenida. Tenía que avisarla. Abrió la aplicación de Uber y pidió el conductor más cercano.

62

En el almacén, Charlotte estaba sacando la copia impresa más reciente del departamento de información tecnológica de Ladyform, en la que se resumía el acceso a internet en los ordenadores de la compañía. La lista mensual detallaba todos y cada uno de los sitios web a los que se había accedido desde Ladyform, clasificados según la frecuencia de acceso a partir de los de uso más habitual. Como siempre, el sitio web de Ladyform y las redes sociales de la empresa dominaban la cabecera de la lista. Pulsó Control F en el teclado para acceder a la función de búsqueda. Tecleó la palabra «rumores» y pulsó Intro.

Recordó cómo Laurie se había quejado de lo rápido que el blog «Rumores» había dado la noticia de la puesta en libertad de Casey, y con qué connotaciones tan negativas.

Diecisiete coincidencias el último mes, todas desde un ordenador. Los usuarios aparecían por el número del ordenador, no por el nombre.

Sacó el móvil para llamar al departamento informático, pero no tenía cobertura. Al final encontró dos barras de señal en la parte anterior del almacén, justo detrás de la persiana de acero. A Jamie de Informática no le llevó mucho confirmarle que el ordenador en cuestión era el de Angela. También confirmó que no solo había leído el blog: había usado el ordena-

dor para enviar comentarios a la página de «rumores anónimos». Charlotte tenía la sensación de que la fecha y hora de
esas entradas coincidirían con los comentarios que Laurie
había estado investigando.

Le envió un breve mensaje de texto a Laurie: «Creo que
sé quién anda detrás de esos comentarios "Y además" que te
despertaban tanta curiosidad. Es complicado. Hablamos esta
noche».

Laurie, comprensiblemente, no iba a suspender la emisión del programa, pero quizá Charlotte pudiera convencerla
de que dejara el nombre de Angela al margen. No podía ni
imaginar la decisión tan difícil que habría sido para Angela.
Adoraba a su prima, su tía y su tío, pero Casey era una asesina. Esos comentarios en internet sobre la culpabilidad de Casey debían de haber sido su manera de lograr que se hiciera
justicia sin perder por completo a la familia que le quedaba.

Cuando Charlotte volvió al decorado del gimnasio, Angela estaba plantada con los brazos en jarras al lado del equipamiento de ejercicio que había traído de la oficina. Cogió un
par de mancuernas de un kilo y medio de color rosa intenso e
hizo unas flexiones de brazo, fingiendo agotamiento.

—¿Tú qué crees? ¿Las ponemos todas en una zona o las
dispersamos en torno a los aparatos más grandes?

—Las grandes mentes piensan de manera similar —comentó Charlotte, que sacó los dos bocetos alternativos que
había estado sopesando—. Yo tampoco me decido. Igual lo
mejor es lanzar una moneda al aire. Mientras tanto, ¿podemos hablar de una cosa?

—Claro.

—Esto es un poco incómodo, pero ya sabes que puedes
contarme cualquier cosa, ¿verdad?

—Claro. ¿Qué ocurre?

—Sé lo de «Rumores». Y lo de RIP_Hunter. Sé que era tu
manera de decirle al mundo que Casey era culpable.

—Pero ¿cómo has...?

—Supervisamos la actividad en internet en la oficina. Me fijé en las pautas de acceso del mes pasado. —No vio necesidad de contarle a Angela que había buscado una en concreto—. Lo que pasa es que estoy confusa. Siempre me habías dicho lo íntimas que sois. Aseguraste que era inocente.

—Puedo explicarlo, pero, sinceramente, tenía ganas de quitarme a Casey de la cabeza por hoy. Vamos a ocuparnos del decorado primero y luego te cuento lo que quieras saber sobre mi prima y yo. ¿Vale?

—Vale.

—¿Me pasas esa estera de ahí?

Charlotte se volvió y se agachó para coger una estera azul de yoga. El golpe sordo de la mancuerna de kilo y medio contra su cabeza la derribó al suelo, donde la cubrió un manto de oscuridad.

63

Laurie estaba esperando delante del edificio de piedra rojiza de Sean Murray el coche de Uber que tendría que haber llegado hacía tres minutos cuando apareció en su pantalla un nuevo mensaje de texto. Era de Charlotte: «Creo que sé quién anda detrás de esos comentarios "Y además" que te despertaban tanta curiosidad. Es complicado. Hablamos esta noche».

Intentó llamar de inmediato a Charlotte, pero volvió a salirle el mensaje de voz. Buscó la información de contacto de de esta y probó con el número de su trabajo. Contestó su ayudante:

—Lo siento, Laurie, está en el almacén con Angela, pero debe de llevar el teléfono encima. Me ha pedido que le pase con alguien del departamento de informática hace unos minutos.

Charlotte debía de haber hecho esa llamada más o menos cuando le había enviado el texto sobre RIP_Hunter.

—¿Sabes por qué quería hablar con ellos? —indagó Laurie.

—Tenía una pregunta sobre el acceso a internet: quería saber quién miraba qué desde el ordenador de la empresa. Es increíble la porquería que mira la gente mientras trabaja. No tienen sentido común.

Laurie le pidió la dirección del almacén, y luego le dio las gracias por la información y puso fin a la llamada. Charlotte había estado echando un vistazo a los comentarios de RIP_ Hunter cuando pasó por su despacho. Algo en ellos debía de haberle llamado la atención. Si había llegado a la conclusión de que Angela estaba detrás de esos comentarios, corría auténtico peligro.

Laurie estaba llamando a emergencias cuando vio un todoterreno negro con el distintivo de Uber en la ventanilla. A punto estuvo de saltar delante del vehículo para cerciorarse de que el conductor no pasara de largo.

—Emergencias, ¿qué le ocurre? —preguntó la operadora.

Laurie soltó de corrido la dirección del almacén a la vez que se montaba en el asiento de atrás del todoterreno.

—Dese prisa, por favor —le dijo al conductor.

—¿Está usted allí, señora? Tiene que decirme qué ocurre.

—Lo siento, no, no estoy allí. Todavía no. Pero mi amiga sí. Corre peligro.

La operadora siguió en tono profesional:

—¿La ha llamado su amiga? ¿Qué clase de peligro corre?

—Está en un almacén con una mujer que sospechamos es una asesina. Me ha enviado un mensaje de texto porque ha averiguado algo esencial, y ahora no contesta al teléfono.

—Señora, intento entenderla, de verdad, pero lo que dice no tiene ni pies ni cabeza.

Laurie vio que el conductor de Uber la miraba con recelo por el retrovisor. Cayó en la cuenta de que sonaba como una loca. Hizo el esfuerzo de hablar más despacio y le explicó a la operadora que era productora de *Bajo sospecha* y que una mujer llamada Angela Hart era con toda probabilidad culpable de un asesinato por el que se había condenado a otra persona.

—Sabe que vamos tras ella. Estoy muy preocupada por mi amiga. Se llama Charlotte Pierce. Por favor, es un asunto de vida o muerte.

Vio que el conductor ponía los ojos en blanco y meneaba la cabeza. Para él no era más que otra neoyorquina chiflada.

—De acuerdo, señora. Entiendo que esté preocupada, pero no me ha hablado de ningún acto de violencia, amenaza de violencia o peligro concreto contra su amiga. Voy a solicitar que una patrulla vaya a hacer una comprobación, pero es posible que tarde un rato. Tenemos dos emergencias importantes en ese mismo distrito.

Como hija de un policía, Laurie sabía que una comprobación tenía escasa prioridad. Podía pasarse horas esperando. Lo intentó de nuevo, pero se dio cuenta de que hacían oídos sordos a sus ruegos de que se dieran prisa. El tiempo seguía pasando. Colgó y llamó al móvil de su padre. Al cuarto tono, oyó que su buzón de voz la invitaba a dejar un mensaje.

—Papá, es una emergencia. —No tenía tiempo de explicarle toda la historia—. Casey, la prima de Angela, es la asesina. Y ahora creo que Charlotte corre peligro en el almacén de DUMBO. La dirección es calle Fulton 101 en Brooklyn. He llamado a emergencias, pero la operadora solo ha solicitado una comprobación. Charlotte no contesta al teléfono. Estoy en camino hacia allí.

Cuando colgó, comprobó con el corazón en un puño que Leo no había contestado. Le habían pedido que colaborase como asesor en un nuevo equipo antiterrorista. La primera reunión se celebraba esa tarde en el despacho del alcalde.

«Quizá se fije en un mensaje de texto», pensó, y empezó a teclear en el móvil:

«Escucha el buzón de voz. Llámame. Emergencia».

64

—No, no, no, no. —Angela estaba de pie sobre el cuerpo tendido de Charlotte, con las manos firmemente entrelazadas para controlar la energía que corría por sus venas—. ¿Qué he hecho? ¿Qué he hecho?

Se arrodilló y acercó una mano vacilante a la garganta de Charlotte, que no respondió al gesto, aunque tenía la piel caliente. Angela le puso dos dedos sobre la arteria carótida. Tenía pulso. Se inclinó sobre su cara. Seguía respirando.

Charlotte continuaba con vida. «¿Qué voy a hacer ahora? —Angela se angustió—. Quizá aún pueda salir de esta. Tengo que pensar e ir con cuidado, igual que aquella noche en casa de Hunter. Charlotte tiene que morir, aquí, ahora mismo, y tiene que parecer un accidente. Si puedo tirarla por el hueco del ascensor desde la tercera planta, eso sin duda la matará. Todos creerán que el golpe en la nuca lo causó la caída.»

Más segura ahora que tenía un plan, miró alrededor y se precipitó hacia el montón de herramientas que habían dejado los obreros con el material de construcción, sin saber siquiera lo que buscaba hasta que se topó con un paquete de bridas de plástico y un cúter. Se guardó la herramienta en el bolsillo.

Estaba a punto de amarrar la muñeca de Charlotte con una brida cuando se detuvo. Al ver las tiras de plástico ásperas y delgadas, se preguntó si le dejarían marcas en las muñecas y los tobillos, marcas que no podrían explicarse como resultado de una caída por el hueco del ascensor. Tenía que utilizar algo que no dejase...

Angela casi sonrió al captar la ironía de su solución. Después de mirar a Charlotte de cerca para asegurarse de que no recuperaba aún la conciencia, se abalanzó hacia una caja de cartón y sacó dos tops deportivos supersuaves y elásticos de Ladyform.

Le ató las muñecas a Charlotte detrás de la espalda, y estaba anudándole los tobillos cuando la oyó empezar a gemir suavemente. Tenía que darse prisa.

—Ya está —dijo, al tiempo que retrocedía para contemplar su obra. Quizá Charlotte volviera en sí, pero no iba a ir a ninguna parte.

Angela tenía la cabeza disparada. Le hubiera gustado detener el tiempo y remontarse a un universo paralelo diez minutos atrás. Si pudiera haber pulsado el botón de pausa en ese momento exacto, habría visto que la situación no era tan apurada como había creído. Lo único que sabía Charlotte con seguridad era que había accedido a unos cuantos sitios web desde el trabajo. Dependiendo de hasta qué punto supervisara Ladyform los ordenadores de los empleados, quizá Charlotte supiera que había filtrado información a Mindy Sampson y colgado comentarios negativos sobre Casey en internet. En ese instante en el tiempo, si hubiera pensado con claridad, podría haberla convencido de algún modo de que lo dejara correr. Pero no pensaba con claridad, evidentemente, porque ese estúpido programa de televisión le había dado pánico desde el momento en que oyó el nombre de Laurie Moran.

—Igual no debería sentirme tan mal por lo que está a punto de ocurrirte, después de todo —dijo con amargura mientras miraba a Charlotte—. La relación de tu familia con *Bajo sospecha* fue lo que ayudó a convencer a Laurie Moran de que se ocupara del caso de Casey.

Durante todos estos años, había hecho creer a Charlotte —y a todos los demás— que era la amiga y defensora más leal de Casey. Era ella la que visitaba a Casey con regularidad en la cárcel. Cuántas veces había oído que le decían: «Qué buena amiga eres. Qué buena persona eres. Casey tiene una suerte enorme de contar contigo».

¿Podía ahora aferrarse a eso de alguna manera?

Al principio, le fastidiaba imaginar a Casey en televisión, asegurando que era inocente. Sería de nuevo, al menos a los ojos de algunos, la preciosidad que no podría hacerle daño ni a una mosca. Pero luego Casey le dijo que se había dado cuenta de que había desaparecido una fotografía de la mesilla de Hunter después del asesinato. Peor aún, Casey le había hablado de ello a Laurie. En ese momento, Angela pensó que la verdad iba a salir por fin a luz.

Pero luego se percató de cuánto tiempo había pasado desde que mató a Hunter Raleigh. La mente humana es frágil. Los recuerdos se desdibujan y se difuminan. Estaba segura de que Sean recordaría la pelea que había puesto fin a su relación. Recordaría que fue por Hunter. Quizá incluso se acordase de la caja de recuerdos que descubrió en su armario. Pero ¿habría memorizado el contenido exacto de la caja? ¿Sería capaz de evocar aquella foto específica de Hunter con el presidente? Quizá no. De hecho, probablemente no, o de eso había intentado convencerse Angela. Y se había deshecho del contenido de la caja al día siguiente, claro, pese a lo mucho que le había dolido.

Charlotte empezó a moverse. Profirió un gemido grave de dolor que sonó gutural.

Angela había corrido el riesgo de telefonear a Sean después de que Casey sugiriera que Laurie lo entrevistase para el programa. «Después de todos estos años, creo que sería duro que nuestros caminos se volvieran a cruzar. Tú estás felizmente casado. Yo sigo sola. ¿Cómo es que no acabamos juntos? Preferiría que eso no saliera a relucir. ¿Te parece que tiene sentido?» Él convino que lo tenía, aunque no era así, porque la gente tendía a dar por sentado que una mujer soltera de su edad no era feliz estando sola.

Pero ahora Charlotte empezaba a menearse, sin entender por qué no podía mover las extremidades.

—¿Angela? —preguntó con voz entrecortada.

Angela intentó tomar las riendas de sus pensamientos.

«Aunque convencí a Sean de que no participara en el programa de Laurie, no me atreví a preguntarle directamente por la caja de recuerdos que encontró en mi armario. Si se la hubiera mencionado, eso habría desencadenado sus recuerdos o le habría llevado a preguntarse por qué le hablaba de ello. Tuve que cruzar los dedos para que no se remontara a aquella noche. Tuve que aferrarme a la esperanza de que quizá ni tan solo viera el programa. Me imaginé a su mujer diciendo: "¿Qué haces viendo eso? ¿Tienes curiosidad por Angela?". Si no lo veía, no habría ningún problema. Si no recordaba la fotografía de Hunter con el presidente, no habría ningún problema. Y aunque sumara dos y dos, yo podría haber dicho que Sean se confundía. Quizá hubiera visto una foto distinta. O que seguía resentido conmigo después de tantos años. Podría haber dicho que la foto me gustaba mucho y Hunter me dio una copia. No habría manera de condenarme más allá de cualquier duda razonable en base a los antiquísimos recuerdos que conservaba un exnovio mío de una foto enmarcada en una caja dentro de mi armario.

»Pero ahora, hay que ver lo que he hecho. No tengo elección. Tengo que matarla y hacer que parezca un accidente.»

Charlotte estaba recuperando la conciencia. Angela cogió el arma que había guardado en el bolso como precaución desde el día que Casey firmó los documentos para aparecer en *Bajo sospecha*. Vio por la expresión aterrada de Charlotte que estaba lo bastante espabilada para ver el arma que blandía Angela.

—Bueno, jefa —dijo Angela—, tiene que ponerse en pie. Vamos.

65

El conductor de Uber se detuvo delante de la dirección que Laurie había obtenido por medio de la secretaria de Charlotte. Le dirigió unas palabras no muy convincentes de agradecimiento al conductor.

—Lo siento, seguramente ha pensado que estaba entrando en una zona de guerra.

El hombre ya estaba mirando el móvil para ponerse en contacto con su próximo cliente.

—No se ofenda, señora, pero tiene una imaginación disparatada. Si me lo pregunta, debería darse una vuelta a la manzana. Igual hacer un poco de meditación. Es la única manera de lograr salir adelante.

Se alejó, dejando a Laurie sola ante el almacén. Oyó que un perro ladraba a lo lejos. Las calles estaban sorprendentemente silenciosas.

Volvió a llamar a Leo, pero saltó el buzón de voz. Probó luego su propio apartamento.

—Hola, mamá. —Se oía el fondo la banda sonora de un videojuego de Timmy.

—¿Ha vuelto el abuelo de la reunión? —preguntó, procurando evitar que su voz sonase estresada.

—Todavía no. Kara y yo estamos jugando a Angry Birds.

Cuando se quedaba con su canguro preferida, Timmy estaba encantado de que Laurie y Leo volvieran tarde.

Su padre debía de estar en el metro.

Hizo un nuevo intento con el móvil de Charlotte. No hubo respuesta.

Hacia la entrada del almacén, vio un hueco de un palmo bajo la puerta persiana de acero. «¿Ya es demasiado tarde? ¿Se ha dado cuenta Angela de que Charlotte la ha descubierto...?»

No podía esperar más. Se echó al suelo, deslizó la espalda por debajo de la persiana metálica y cimbreó el cuerpo para acceder al interior del almacén.

Leo estaba profundamente absorto en sus pensamientos cuando salió del edificio de oficinas del Bajo Manhattan. Echaba en falta la emoción del trabajo policial, pero no quería retomarlo a jornada completa. La oportunidad de trabajar en un grupo operativo era perfecta. Colaboraría varias tardes al mes, y podría hacer buena parte del trabajo desde casa. Continuaría cuidando de Timmy y estaría disponible para ayudar a Laurie.

Mientras recorría las tres manzanas hasta el metro, vio un taxi que dejaba a sus pasajeros y cambió de opinión. Cuando se apearon, se montó en el asiento trasero y le dio al taxista la dirección de Laurie. Sacó el móvil para ver si tenía mensajes. Entonces recordó que lo había apagado para evitar interrupciones durante la reunión.

El corazón se le disparó al ver el texto de Laurie, y luego escuchó su mensaje de voz. El edificio en el que estaban Charlotte y Laurie quedaba a menos de tres kilómetros.

—Cambio de planes —le gritó al taxista—: Vamos al 101 de la calle Fulton en Brooklyn. ¡Y pise a fondo!

Abrió el billetero y le mostró sus credenciales de policía para que el conductor las viera por el espejo retrovisor.

—Soy policía. No le multarán. ¡Vamos!

Su primera llamada fue al despacho del comisario de policía. Le prometieron que enviarían de inmediato coches patrulla a la dirección de Brooklyn.

Mientras el taxista serpenteaba por las calles estrechas provocando sonoros bocinazos de conductores furiosos, Leo llamó al móvil de Laurie. Se le cayó el alma a los pies cuando saltó el buzón de voz.

67

Le dolía la cabeza. Charlotte, apenas consciente, notó cómo medio la empujaban, medio la arrastraban escaleras arriba. ¿Por qué no podía mover los brazos? Cuánto le costaba mover las piernas. Algo tiraba de ellas.

¿Qué había ocurrido?

Oyó la voz de Angela.

—Tienes que seguir adelante. Venga, Charlotte.

La voz de Angela. «Y además.» «Y además.» Angela había enviado aquellos mensajes horribles. ¿Por qué? Charlotte notó que algo duro se le clavaba en la espalda.

—Empecé a llevar un arma cuando tu querida amiga decidió investigar la condena de Casey. —Era la voz de Angela, pero sonaba distinta. Tenía un deje desesperado, histérico.

Llegaron a la segunda planta. Charlotte notó que se le doblaban las rodillas, pero Angela la empujó para que continuara.

—Sigue subiendo, maldita sea. Y no te preocupes. Cuando te ocurra algo, las cosas tirarán para adelante. —Dejó escapar una risilla—. Quizá tu familia quiera que hable en tu funeral. Mejor aún, es posible que me ofrezcan tu trabajo.

Una vez llegaron a la tercera planta, Charlotte se derrumbó.

—No tienes... por qué... hacer esto —suplicó.

—Claro que sí, Charlotte —dijo Angela con seriedad, alzando el tono de voz—. No tengo elección. Pero somos amigas. Te prometo que será rápido. No sufrirás nada.

Charlotte chilló de dolor cuando Angela le dio un tirón de las muñecas que tenía atadas a la espalda, la obligó a ponerse en pie y empezó a empujarla hacia el hueco del ascensor.

«No puedo subir en el ascensor —pensó Laurie, frenética—. Angela no debe darse cuenta de que estoy en el edificio.»

Oyó una voz que gritaba arriba.

—Te prometo que será rápido. No sufrirás nada.

Su padre le habría advertido que no entrara en el almacén sola, pero no había tenido elección. Dejó el bolso en el suelo, sacó el móvil y se cercioró de que estuviera silenciado. Si quería tener alguna oportunidad de salvar a Charlotte, debía ir con sigilo. Se quitó los zapatos y se dirigió hacia la escalera.

Charlotte intentaba resistirse a Angela, que tiraba de ella hacia el hueco del ascensor averiado.

—No te lo había dicho —comentaba Angela con la misma vocecilla risueña—. El ascensor se ha quedado parado en la primera planta, pero las puertas siguen abriéndose en esta. Hay una caída de quince metros.

Dejó que Charlotte, sin resuello, se derrumbara contra la pared al lado del ascensor.

—No lo entiendo —jadeó Charlotte—. ¿Por qué haces esto?

Angela se guardó el arma en la cinturilla del pantalón de su traje y sacó el cúter del bolsillo de la chaqueta. Charlotte se estremeció al ver la cuchilla.

—¡No!

—No voy a hacerte daño —dijo Angela—. Por lo menos no así. —Cortó primero el top deportivo que llevaba anudado a los tobillos. En un acto reflejo, Charlotte empezó a mover los pies una vez tuvo libres las piernas.

Angela pulsó el botón de llamada del ascensor. Las puertas se abrieron con suavidad, pero no se oyó que la caja del ascensor se moviera de la planta baja. Cuando Angela alargó el brazo para coger a Charlotte por las muñecas y arrastrarla hacia el hueco, Charlotte se zafó. Luchando por sobreponerse al mareo, intentó ganar tiempo. Las palabras apenas le salían de los labios.

—Por favor, antes de que muera, dime la verdad. Mataste tú a Hunter, ¿no?

Desde lo alto de la escalera, Laurie alcanzó a ver a Angela y Charlotte al lado del ascensor del almacén. Angela estaba vuelta de espaldas a Laurie, y le estaba retirando alguna clase de tejido que le rodeaba a Charlotte la parte inferior de las piernas. Esta estaba mirando hacia la entrada, apoyada contra la pared.

—No voy a hacerte daño —oyó decir a Angela—. Por lo menos no así.

Laurie vio la oportunidad. Salió de la caja de la escalera a oscuras hacia el espacio diáfano y agitó los dos brazos. «Que me vea, por favor —rogó—. Que me vea, por favor.»

El espacio del almacén era cavernoso y apenas estaba iluminado. Charlotte solo la vería allí si seguía mirando en esa dirección. Manipuló el teléfono para encender la función de linterna.

Vio otra ocasión cuando Angela se movió hacia el ascensor. Agitó el haz de luz del móvil rápidamente en dirección a Charlotte y luego lo apagó.

«¿Me habrá visto?» No había manera de saberlo.

Entonces oyó la voz de Charlotte.

—Angela, explícame una cosa. ¿Cómo te las ingeniaste para matar a Hunter e incriminar a Casey?

Laurie notó que volvía a respirar. Quizá su plan había

funcionado. Charlotte intentaba ganar tiempo. «Con un poco de suerte, se ha dado cuenta de que estoy aquí.»

Pero no podía ayudar a Charlotte desde allí. Empezó a moverse lentamente por la planta, en busca de las sombras más oscuras, abriéndose camino hacia su amiga.

71

A Charlotte le pareció oír algo a lo lejos, y entonces vio un rápido destello de luz. ¿Había alguien allí, alguien que pudiera ayudarla? Era su única esperanza. Charlotte alcanzaba a ver la oscuridad que la aguardaba más allá de las puertas abiertas del ascensor. Y sabía que no tenía fuerzas para impedir que Angela la empujara por el hueco.

Un dolor de cabeza cegador empezó a engullirle la mente.

«Angela es una asesina. Angela está intentando matarme», pensó. Tenía que encontrar el modo de salvarse, de ganar tiempo. Tenía que conseguir que Angela empezara a hablar. «Si hay alguien ahí, que me ayude, por favor», rezó.

—Por lo menos dime la verdad —suplicó—. Mataste a Hunter, ¿no?

Charlotte sintió un momento de alivio cuando Angela retrocedió un paso y se guardó el cúter en el bolsillo. Pero luego volvió a sacar el arma que había colocado a la espalda bajo la cinturilla del pantalón.

La voz de Angela era apresurada, cada vez más próxima a la histeria.

—Ay, Charlotte, qué buena fuiste al dejarme salir temprano tantos viernes para ir a ver a Casey. Nadie sabía cuánto me alegraba verla envejecer en aquel lugar tan horrible. Era maravilloso y divertidísimo. Mi primita, mi hermana, siempre más lista, más querida, va y acaba en la cárcel. Luego pasó a ser despreciada, detestada por matar a Hunter. Cuando éramos jóvenes, nadie creía que yo llegaría a ser nada especial. Era la de la madre soltera. Nunca sacaba notas tan buenas como Casey, ni participaba en todas las actividades escolares. Fui yo la que pasó de la universidad para ser modelo, la chica alegre. Nadie creyó que fuera a hacer carrera, ni que pudiera casarme con alguien como Hunter Raleigh. Pero los padres de Casey siempre se comportaban como si ella fuera capaz de caminar sobre las aguas.

—Pero ¿por qué matar a Hunter? ¿Por qué matarme a mí? —Ahora la voz de Charlotte era un susurro.

—No quiero que mueras —dijo Angela—, como tampoco quería que muriese Hunter. Cometí la estupidez de creer que igual el programa de tu amiga encontraba algo de peso suficiente para condenarme. Ahora, fíjate lo que he hecho. —Empezó a sollozar—. Le contarás a todo el mundo lo que ocurrió, lo que te he dicho.

—Pero ¿por qué lo mataste? —preguntó Charlotte en un jadeo.

—Eso no tendría que haber ocurrido. Fue todo culpa de Hunter.

Charlotte no atinaba a entender los pensamientos inconexos de Angela.

—Estaba saliendo con Casey, tal como salió conmigo, y con otras. Pero luego le pidió matrimonio, como si ella fuera especial, como si fuera una especie de cuento de hadas. Casey me contó con detalle cómo él se había derrumbado, llorando de pena por haberse visto obligado a ver a su madre morir de cáncer de mama. Ella tuvo la audacia de decir que una pérdida común los había unido. —Había alzado tanto la voz que ahora casi gritaba—. Pero no era Casey quien había sufrido esa pérdida, sino yo. ¿Lo entiendes? ¡Yo! Quizá hubiera perdido a su tía, pero yo perdí a mi madre, igual que Hunter. Pero no, él tuvo que compartir su dolor con Casey.

»Estaban planeando la boda. Era absurdo. Casey fingía ser la señorita Perfecta, pero Hunter tenía que verla como lo que era. La había perdonado después de unas cuantas rabietas de las suyas, pero tenía que ver que acabaría dejándolo en ridículo. Compré Rohypnol en el mercado negro y le eché una pastilla en la segunda copa de vino. —Ahora Angela reía—. Ni que decir tiene, no tardó mucho en hacer efecto.

—Sigo sin entenderlo —susurró Charlotte, con la esperanza de prolongar el relato. «Ayuda —pensó—. Que alguien me ayude. Me he equivocado con la luz. Ahí no hay nadie.»

Ahora era como si Angela hablara consigo misma.

—Me fui de la gala temprano, como estaba previsto, porque al día siguiente tenía una sesión de fotos. Pero no fui a casa. Conduje hasta la casa de Hunter. Aparqué carretera adelante. Cuando llegaron, esperé unos minutos. Fui a la casa. La puerta no estaba cerrada del todo, así que la abrí. Casey estaba tumbada en el sofá. Hunter, inclinado sobre ella, decía: «Casey, Casey, venga, despierta». Cuando me vio, le aseguré que Casey me había preocupado tanto que los había seguido. La señalé y dije: «Hunter, mírala. ¿De verdad quieres casarte con esta borracha?».

»Él me contestó que me callara y me largara.

Por encima del hombro de Angela, Charlotte alcanzó a ver a alguien, Laurie, que se acercaba por entre los decorados a medio montar. No tenía idea de cuánto rato podría lograr que Angela siguiera hablando. «Cuando haya acabado —pensó—, me tirará por el hueco del ascensor.»

—Hunter se fue al dormitorio. Lo seguí. Intenté decirle que mi única intención era ayudarle, evitar que cometiera un error. Pero ni siquiera me estaba prestando atención. Fue entonces cuando decidí que, si no podía ser mío, tampoco sería de Casey. Sabía que él tenía un arma en la mesilla.

Laurie se había detenido detrás del sofá de la supuesta sala de estar, el último lugar a cubierto en el camino hasta ellas. Charlotte hizo un levísimo movimiento con la cabeza en su dirección para indicarle que la veía. «Laurie está aquí, Laurie está aquí —pensó—. ¡Sigue ganando tiempo!»

—Se metió en el cuarto de baño. Oí que abría el grifo del lavabo. Mientras seguía allí, cogí el arma. Además, sabía cómo usarla. Casey no era la única mujer que Hunter había llevado al campo de tiro. Salió del cuarto de baño con un paño húmedo en la mano, supongo que para ponérselo en la frente a su querida Casey. Pero no tuvo oportunidad de hacerlo.

Angela hizo una mueca burlona.

—Qué cara de no entender nada puso cuando me vio apuntarle con el arma. Antes de darme cuenta, estaba tendido en la cama, sangrando, agonizante. Me percaté de que debía salir corriendo de allí. Pero antes tenía que pensar. Debía parecer que le había disparado Casey.

»Hunter había dejado caer el paño húmedo al suelo. Lo recogí. Huellas dactilares. ¿Había dejado alguna? Limpié el cajón de la mesilla.

»Hice un disparo contra la pared.

»Volví al salón.

Charlotte se dio cuenta de que Angela estaba reviviendo la noche del asesinato. Su voz sonaba como si estuviera en trance.

—Casey tenía que ser la última que usara el arma. La limpié. Se la coloqué en la mano. Le puse el dedo en el gatillo. Hice otro disparo contra la pared. Cogí el arma con el paño y la escondí bajo el sofá.

»La Bella Durmiente ni se inmutó. Pensé en las pastillas. Si la policía le hacía un análisis de sangre a Casey, se darían cuenta de que la habían drogado. Pero ¿y si lo había hecho ella misma? Cogí las demás pastillas de Rohypnol que tenía en mi bolso. Limpié la bolsita de plástico en la que estaban. Dejé las huellas dactilares de Casey en ella y se la guardé en el bolso. Qué lista, ¿verdad?

—¿Cómo pudiste hacerle algo así a Casey? —preguntó Charlotte mientras veía a Laurie acercárseles.

La pregunta hizo que Angela abandonara sus divagaciones.

—Ya estoy harta de hablar. —Angela se pasó el arma a la mano izquierda y sacó el cúter del bolsillo—. Date la vuelta —ordenó a Charlotte.

Era la única oportunidad que tenía Charlotte. Tenía que aprovecharla. Se volvió ligeramente para que Angela cortara el top deportivo que le sujetaba las muñecas. Luego se agachó todo lo que pudo y se levantó de un potente salto, golpeándole a Angela el mentón con la coronilla. Le recorrió el cuerpo un intenso dolor. Oyó el eco del metal contra el hormigón al caer el arma de Angela al suelo del almacén.

72

Laurie se precipitó hacia delante cuando vio que Angela trastabillaba hacia atrás, cayendo al suelo a la vez que soltaba el arma. Se abalanzó sobre la pistola, pero fue demasiado tarde. Vio cómo se deslizaba y caía por el hueco del ascensor, y luego oyó un estrépito metálico procedente de la primera planta cuando el arma golpeó la jaula de metal dos pisos más abajo.

Charlotte estaba inclinada hacia delante, con las manos todavía atadas a la espalda. Angela se había vuelto a poner en pie y avanzaba hacia Charlotte. Laurie vio el destello de un pequeño filo plateado.

—¡Aléjate! —gritó Laurie, cuando se precipitaba hacia ellas—. Tiene un cuchillo.

Charlotte dio un traspié hacia delante, cayó y se hizo un ovillo al tiempo que intentaba protegerse la cara pegándola al suelo.

Laurie corrió hacia Angela y se lanzó contra su espalda con toda la fuerza que pudo reunir. Las dos cayeron al suelo. Angela estaba a cuatro patas, pero aún aferraba la herramienta con el puño derecho. Laurie no podía pensar más que en el filo del cúter. No podía dejar que Angela se volviera a levantar, no mientras tuviera esa arma.

Cogió a Angela por el bíceps derecho y le dio un tirón para intentar que soltara el arma blanca.

Charlotte ya no estaba en posición fetal, pero seguía en el suelo, lanzando puntapiés contra los brazos de Angela. Laurie se las apañó para ponerse en pie a trompicones. Descargó un pisotón sobre la muñeca de Angela, con cuidado de que el filo reluciente no le tocara la piel desnuda. Volcó todo su peso sobre los huesos de Angela hasta que vio que soltaba la herramienta.

—Coge el cuchillo —gritó Laurie—. ¡Cógelo!

Charlotte apartó de una patada el cúter de la mano de Angela, y Laurie se abalanzó a cogerlo.

—¡Lo tengo! —gritó. Fue hasta Charlotte y le soltó las muñecas de un tajo.

Angela se había vuelto a poner en pie y se precipitaba hacia ellas. Se detuvo cuando Laurie levantó el cúter.

—¡No me obligues a hacerlo, Angela!

Angela encorvó los hombros al asimilar la realidad de lo que había ocurrido. No tenía más opciones. Laurie oyó el aullido de las sirenas que se acercaban. Cuando se volvió para mirar por la ventana, Angela echó a correr hacia la escalera. Había cruzado la mitad del espacio cuando Leo salió de la caja de la escalera, pistola en mano.

—Alto ahí. Al suelo. Pon las manos detrás de la cabeza —gritó, al tiempo que avanzaba hacia Angela.

Unos momentos después, se oyó un retumbo de zancadas en las escaleras y aparecieron en la tercera planta varios agentes de policía.

—Soy el subcomisario Farley. —Señaló a Angela—. ¡Espósenla!

73

Cuando Paula había vuelto al hotel y le había dicho a Casey que Laurie iba a seguir adelante con el programa, terminó con un grito angustiado:

—Te supliqué que no te hicieras esto, que no nos hicieras esto. Te advertí que no lo hicieras. Te lo dije...

—¡De acuerdo! Ya vale. ¿Te parece que no sé que cometí un error? Ahora todo el mundo pensará que, aunque pasé quince años en la cárcel, salí bien parada. Debería estar cumpliendo cadena perpetua. Y probablemente tú también lo crees.

Volvieron a Connecticut en un silencio pétreo. Los pocos intentos que hizo Paula de trabar conversación no llegaron a ninguna parte. Eran las seis en punto. Fue a la sala de estar y puso las noticias. Oyó al presentador decir: «Tenemos una noticia de última hora. Ha habido un asombroso giro en el caso del asesinato del filántropo Hunter Raleigh, cometido hace quince años. Conectamos con nuestra periodista en el escenario de los acontecimientos, Jaclyn Kimball».

«Ay, Dios —pensó Paula—. Ahora qué.»

Pasmada, vio cómo sacaban a Angela del almacén esposada, con un policía de cada brazo.

—Casey —gritó—. Ven aquí. Ven aquí.

Casey acudió de inmediato.

—¿Qué ocurre?

Entonces oyó la voz de Angela. Se le quedaron los ojos pegados a la pantalla.

Los periodistas acercaban micrófonos a Angela mientras era conducida a empellones hacia un coche patrulla. Se oyó a alguien gritar:

—Angela, ¿por qué mató a Hunter Raleigh?

Ella tenía el rostro deformado por la ira.

—Porque se lo merecía —contestó con un gruñido—. Tenía que ser mío y Casey me lo robó. Ella se merecía ir a la cárcel.

Un agente de policía la metió en el asiento de atrás de un coche patrulla y cerró la portezuela de golpe.

Transcurrieron varios segundos antes de que ninguna de las dos fuera capaz de hablar.

—¿Cómo pudo hacerte algo así? —gritó Paula—. Ay, Casey, lo siento. Siento mucho no haberte creído. —Con lágrimas resbalándole por la cara, se volvió hacia su hija—. ¿Podrás llegar a perdonarme alguna vez?

Casey notó que se le quitaba de los hombros un peso inmenso y alargó los brazos para rodear con ellos a su madre.

—Aunque no me creyeras, siempre estuviste a mi lado. Sí, te perdono. Se ha acabado. Se ha acabado para las dos.

A las dos en punto del día siguiente Laurie estaba en el peldaño de la entrada del domicilio en la ciudad del general James Raleigh. Llamó al timbre y le sorprendió que fuera el propio general quien abrió la puerta de inmediato.

La llevó a la biblioteca y Laurie se sentó en la misma butaca que cuando entrevistó a Andrew hacía dos semanas y media.

—Señora Moran, como puede imaginar, estoy anonadado. La mujer a la que mi hijo amaba apasionadamente pasó quince años en la cárcel por un asesinato que no cometió. Hice oídos sordos a todas sus alegaciones de inocencia. Después de que fuera condenada, presenté a Jason Gardner a mi editora. Le insté a que escribiera un libro que la desprestigiara más si cabe.

»Hice la promesa de colaborar en su programa de televisión y no la cumplí.

»Me he equivocado desde el principio. Intenté convencer a mi hijo de que rompiera su compromiso con Casey Carter. Luego, tras pasar tantos años en la cárcel, me alegró ver que incluso después de salir en libertad, su tormento no había acabado.

»Ahora, si me lo permite, me gustaría aparecer en su programa y ofrecer mis más sinceras disculpas a Casey en televisión nacional.

»Quiero atar un cabo suelto en el que estaba usted interesada. A Hunter le preocupaba que mi ayudante, Mary Jane, hubiera sido despedida de su anterior trabajo. Lo que ocurrió fue lo siguiente. Era ayudante ejecutiva del marido de su mejor amiga. Cuando casualmente descubrió que él tenía planeado hacer un viaje con su amante, despidió a Mary Jane. Le dijo que le destrozaría la vida y arruinaría su reputación si decía una sola palabra. En los veinte años que ha pasado conmigo, ha sido una magnífica empleada y confidente.

—General, todo esto ha sido terrible para usted. No le quepa duda de que lo entiendo.

—He llamado por teléfono a Casey esta mañana. —Ahogó un sollozo—. Le he dicho que lamentaba no haberle dado la bienvenida con los brazos abiertos a nuestra familia. Se ha mostrado sumamente comprensiva. Ahora entiendo lo que veía en ella mi hijo.

Unos minutos después el general Raleigh acompañó a Laurie a la puerta principal.

—Quiero darle las gracias de nuevo por todo lo que ha hecho su programa. Nada puede devolvernos a Hunter. Pero me ha hecho recapacitar. En los años que me quedan, voy a intentar ser mejor padre para Andrew.

Laurie le besó en la mejilla y bajó los peldaños de entrada en silencio. Se montó en el coche que la esperaba y le dio al conductor la dirección de Alex.

Abrió la puerta el propio Alex. Laurie no vio señal de Ramon. La abrazó fugazmente, pero a ella el gesto le pareció frío.

—Gracias por recibirme —dijo.

—Claro —contestó Alex con aspereza, a la vez que la acompañaba a la sala de estar—. ¿Quieres tomar algo?

Negó con la cabeza y se sentó en el sofá, dejándole sitio a su lado. En cambio, él tomó asiento en un sillón frente a ella.

—Alex, sé que dijiste que necesitabas tiempo para pensar, pero este silencio me está volviendo loca. Se suele decir que no hay que acostarse nunca enfadados. Nosotros hace dos días que no hablamos.

—Eso se suele decir de las parejas casadas, Laurie. Nosotros no lo estamos ni de lejos, ¿no crees?

Ella tragó saliva. Iba a ser más difícil de lo que esperaba.

—No, pero yo creía...

—Creías que te esperaría tanto como hiciera falta. Eso pensaba yo también. Pero cuando yo necesitaba tiempo, unos pocos días para pensar cómo podíamos encajar tú y yo, con nuestro trabajo, con nuestras vidas, no me lo concediste. En cambio, aquí estás, exigiéndome algo que ni siquiera sé con seguridad que quieras.

—No te exijo nada, Alex. Lamento haberte presionado tanto con lo de Mark Templeton. Tienes razón: debería haber confiado en ti cuando dijiste que lo dejara correr. Solo quiero que todo vuelva a ser como antes de este caso.

—¿Como antes de este caso? ¿Y cómo era todo exactamente? ¿Dónde estábamos, Laurie? ¿Qué somos ahora que ya no soy el presentador de tu programa? Soy el amigo que ve partidos con tu padre, el colega de tu hijo. Pero ¿qué soy para ti?

—Eres..., eres Alex. Eres el único hombre que he conocido desde que murió Greg que de verdad me hace desear pasar página.

—Ya sé que suena despiadado, Laurie, pero hace seis años.

—Haz el favor de entender que, durante cinco de esos seis años, me despertaba todos los días en el limbo. Incluso salir a cenar con otro hombre sin saber quién mató a Greg me hubiera parecido una traición. En ese espacio vivía cuando me conociste. Todavía estoy aprendiendo a dejarlo atrás. Pero lo conseguiré, sé que lo conseguiré. Siento que estoy despertando otra vez. Y tú eres el único que me hace querer que así sea.

Dio la impresión de que el tiempo se detenía mientras él la miraba en silencio. No podía desentrañar su expresión. Hizo el esfuerzo de respirar.

—Quería pensar que solo era cuestión de tiempo, Laurie. De verdad que sí.

No pudo evitar fijarse en que hablaba en pasado. «No —pensó—, que no ocurra esto, por favor.»

—Estaba dispuesto a esperar tanto como fuera necesario. Pero este... asunto que ha ocurrido con tu programa es perturbador. No puedo pasarlo por alto sin más. Los dos hemos estado diciéndonos que todo funcionará con el tiempo, pero igual el problema es que sencillamente no confías en mí.

—He dicho que lo siento. No volverá a ocurrir.

—Pero no puedes controlar lo que siente tu corazón, Laurie. Greg era un héroe. Salvaba vidas en urgencias. Tú fuiste su único amor verdadero. Luego tuvisteis a Timmy y os convertisteis en una familia. Y ya he visto cómo adoras a tu padre, que es también uno de los buenos. Combate la delincuencia y ayuda a las víctimas. Y eso es lo que haces tú ahora con tu programa. Pero ¿quién soy yo? Un soltero solitario que se gana la vida como asesor a sueldo defendiendo a culpables, nada más.

—Eso no es verdad.

Él negó con la cabeza.

—Yo desde luego no lo pienso, pero tú sí. Reconócelo, Laurie: nunca me admirarás, no como a Greg. Así que puedes seguir diciéndote que intentas pasar página. Pero no lo harás. No hasta que encuentres a la persona adecuada, y entonces ocurrirá sin más. No requerirá ningún esfuerzo. Pero ¿esto? —Hizo un gesto que los abarcaba a los dos—. Esto no ha sido más que un esfuerzo constante.

—¿Qué me estás diciendo?

—Te aprecio muchísimo. Te quería con todo el corazón. Probablemente aún te quiero. Pero no puedo esperar eternamente a que me permitas pasar. Ahora creo que ha llegado el momento de que dejemos de intentarlo. Puedes marcharte.

—Pero yo no quiero marcharme.

Alex profirió una risa triste.

—No es así como funciona eso de «si quieres a alguien, déjalo en libertad», Laurie. Tú no tienes voz ni voto en esto. Si alguna vez crees estar preparada de verdad para estar conmigo, házmelo saber y quizá lo retomemos a partir de ahí. Pero eso no va a ocurrir hoy, ni mañana ni la semana que viene.

En otras palabras, se había hartado de esperar.

Cuando le dio un abrazo en la puerta, a Laurie le pareció una despedida.

«No —pensó Laurie, a la vez que entraba en el ascensor—. Esta historia no acaba aquí. Estoy lista para vivir de nuevo, no en el limbo, sino en libertad y con alegría, tal como Greg hubiera querido que lo hiciera. Alex es el hombre con el que quiero compartir mi vida, y encontraré el modo de demostrárselo.»

Alex estaba a punto de echar ginebra en una coctelera de metal cuando Ramon salió de su cuarto, hizo que se apartara y ocupó su lugar.

—Los martinis te quedan siempre mejor que a mí —dijo Alex en tono agradecido.

—No he podido evitar fijarme en que sonreías —observó Ramon—. ¿Ha ido todo bien?

Alex sabía que hacerle daño a Laurie ahora era el precio que había que pagar por el futuro.

—Ha sido un caso peliagudo, Ramon —dijo Alex, a la vez que cogía la copa que le había dejado delante su amigo—. Pero acabo de hacer un buen alegato final y creo que el jurado decidirá en nuestro favor.

Se retrepó en el asiento y empezó a tomarse el martini a sorbos.

megustaleer

Descubre tu
próxima lectura

Apúntate y recibirás
recomendaciones de lecturas
personalizadas.

www.megustaleer.club

megustaleerES   @megustaleer   @megustaleer